오연서

성운을 먹는 자

성운을 먹는 자 15

김재한 퓨전 판타지 소설

초판 1쇄 찍은 날 § 2016년 5월 13일
초판 1쇄 펴낸 날 § 2016년 5월 20일

지은이 § 김재한
펴낸이 § 서경석

편집책임 § 이창진
디자인 § 신현아

펴낸곳 § 도서출판 청어람
등록번호 § 제387-1999-000006호
등록일자 § 1999. 5. 31
어람번호 § 제1-2429호

주소 § 경기도 부천시 원미구 부일로 483번길 40 서경B/D 3F (우) 14640
전화 § 032-656-4452   팩스 § 032-656-4453
http://www.chungeoram.com
E-mail § chungeorambook@daum.net

ISBN 979-11-04-90801-9 04810
ISBN 979-11-04-90287-1 (세트)

FUSION FANTASTIC STORY

김재한 퓨전 판타지 소설

성운을 먹는 자

예지의 바깥

15

목차

제84장
사대마(四大魔)

성운을
먹는자

1

마인 술사의 습격은 척마대가 예상한 시점에, 그것도 최악은 벗어난 상황에서 이루어졌다.

운강에서 상대한 수적단은 강적이었다.

마곡정이 청해군도에서의 경험을 살려서 해치우기는 했지만 상당히 애를 먹었다. 전사자는 나오지 않았지만 중상자가 셋, 경상자는 넷이나 나왔다.

마곡정은 그들을 탓하지 않았다. 이번에는 그들이 실수해서가 아니라 적이 예상 이상으로 강해서 나온 피해이기 때문이다. 비난받아야 할 사람은 정보부와 작전을 세운 수뇌부였지 현장에서 피를 흘리며 싸운 이들이 아니었다.

하지만 적이 그들의 예상을 연달아 뛰어넘는다면 누굴 탓해야 할까?

푸드드드드득……!

숲을 질주하는 마곡정 일행의 양옆에서 까마귀들이 날아들었다.

놀라서 날아오르는 게 아니었다. 백 마리도 넘는 까마귀들이 눈을 빨갛게 빛내며 일행을 공격해 왔다.

뿐만이 아니다. 뒤쪽에서 시체를 얼기설기 이어 붙인 끔찍한 몰골의 시귀들이 추적해 오고 있었다.

크어어엉!

심지어 그 시귀들은 인간만이 아니라 동물의 시신을 이용해서 만든 것들도 있었다. 약물 냄새를 진하게 풍기는 곰과 호랑이의 시귀가 포효하며 달려드는 것은 끔찍한 경험이었다.

"이 자식들!"

마곡정이 앞쪽에서 달려드는 곰 시귀를 허공섭물로 멈추고는 곧바로 도기를 뿌렸다. 순간적으로 칼끝에서 1장 가까이 뻗어 나간 도기가 목을 가르는 순간, 상처를 통해서 지독한 냉기가 침투하면서 내부에서 폭발했다.

콰하하핫!

시귀의 몸을 뚫고 삐죽삐죽한 얼음이 솟아 나왔다. 마곡정은 기공파로 곰 시귀를 날려 버리고는 거세게 도를 휘두르기 시작했다.

"하아!"

종횡무진으로 휘둘러지는 도가 사나운 궤적을 그려냈다. 의기상인과 허공섭물을 능수능란하게 다루는 마곡정의 도기가 살아 있는 것처럼 허공을 누비면서 사술로 조종당하는 까마귀들을 참살했다.

'굉장하다!'

강연진과 양우전은 그의 기량에 감탄을 금할 수 없었다.

마곡정의 실력은 압도적이었다. 도저히 그가 스무 살의 청년이라는 것을 믿을 수 없을 정도였다.

하지만 그의 기량에 감탄하는 대신 우려를 표하는 목소리가 있었다.

"마 부대주님! 적은 아직 시작도 안 했습니다. 내공을 아끼셔야 합니다."

파견 경호대 소속의 무사 박윤익이었다. 놀라운 쾌검으로 까마귀들을 처리하던 그가 경고하자 마곡정이 흠칫했다.

확실히 적은 아직 모습을 드러내지도 않았다. 그에 비해 마곡정은 운강에서 수적단과 싸우면서 쌓인 피로가 회복되지 않은 상태다.

'내가 쓰러지면 최후의 보루가 무너진다. 무슨 일이 있어도 버티고 서 있어야 해.'

마곡정이 숨을 골랐다.

일행의 상태는 좋지 않았다. 부상자도 여럿이고 다치지 않은 자들도 다들 격전을 치른 지 얼마 되지 않아서 지쳐 있었다.

마곡정은 부대주로서 그들을 지켜야 한다는 사명감을 짊어지고 있었다. 이제는 더 이상 예전처럼 앞뒤 가리지 않고 날뛰어서는 안 되는 입장이었다.

마곡정이 진조족의 장신구를 통해 가려에게 말을 걸었다.

―가 무사, 아직입니까?

—죄송합니다. 적이 움직이지 않고 있습니다.

가려와 형운의 호위단은 이미 와 있었다. 하지만 일행과 합류하는 대신 모습을 감춘 채 마인 술사의 위치를 파악하는 중이었다.

마인 술사가 움직이는 순간 가려가 은밀하게 다가가서 급습할 것이다. 치명적인 한 수를 위해서는 마곡정 일행이 드러난 적의 공격을 확실하게 버텨줘야만 했다.

"이 정도로 철저하게 준비했을 줄은……."

일행은 마인 술사의 공격에 치를 떨었다.

이번에는 마인 술사가 이전보다 훨씬 철저하게 준비했다는 느낌이 들었다. 먼저 인근의 도적 떼들을 술법으로 광폭화시켜서 공격해 왔고, 그들을 물리치고 나자 시귀와 까마귀들이 달려들었다.

여기까지만으로도 일행의 여력이 상당히 깎여 나갔다. 그런데 마인 술사는 아직 모습을 보이지도 않고 있는 상황이었다.

"도대체 어디의 어떤 놈이냐!"

마곡정이 치미는 화를 참지 못하고 포효했다. 하지만 그의 목소리가 메아리칠 뿐 대답은 들려오지 않았다.

문득 파견 경호대의 기환술사 광현이 입을 열었다. 그는 곰 같은 거구에 순박한 얼굴을 지닌 사내였다.

"짚이는 구석이 있소."

"뭡니까?"

"다른 것은 모르겠지만 이 시귀들은 아무리 봐도 홍사촌(紅砂村)의 기술 같소. 마교를 제외하고 이 정도로 시귀를 제조하는 기술이 능수능란한 것은 그들 정도고, 무엇보다 짐승까지 시귀로 만든다는 점이 그렇소."

"홍사촌이라면 사대마(四大魔)?"

마곡정이 놀랐다.

위진국에 오흉마가 있다면 하운국에는 사대마가 있다. 오랜 시간 동안 전설처럼 전해지는 흉명을 떨치는 자들.

홍사촌은 본거지의 위치가 밝혀지지 않은 마인 집단으로 오랫동안 사대마의 일각을 차지해 왔다. 온통 붉은 모래로 뒤덮인 기이한 마을에서 산다는 전설이 있는 그들은 수백 년 동안이나 유지되어 왔으며 대대로 홍사촌장(紅砂村長)이라 불리는 우두머리가 이끌고 있었다.

그들은 마공보다는 술법에 치우친 자들로 죽음을 갖고 노는 데 능숙하다고 알려져 있었다. 하지만 마인들이 다들 그렇듯 강자와의 충돌은 피하려 애쓰기에 별의 수호자와 부딪친 일은 몇 번 없었다.

그런데 이토록 노골적으로 공격해 왔단 말인가?

"설마 그 마인 술사가 홍사촌장이라는 겁니까?"

"그것까지는 알 수 없소. 시귀는 홍사촌의 기술 같지만 나머지는 어디의 것인지 모르겠군. 홍사촌에 이런 기술이 있는지도 알 수 없고……."

광현이 고개를 저을 때였다.

"크크크큭, 제법 안목이 있구나."

음산한 목소리가 울려 퍼졌다.

'어디냐?'

눈을 번뜩이던 마곡정은 곧바로 한 가지 사실을 깨달았다.

'지난번 그놈의 목소리가 아니야!'

물론 목소리를 내는 위치를 알 수 없도록 술법을 능수능란하게 다루는 자라면 다른 사람의 목소리를 내는 게 가능해도 이상하지 않다. 하지만 마곡정은 지금 말한 놈이 다른 인물이라는 느낌이 들었다.

'젠장. 피 냄새랑 약품 냄새가 너무 지독해서 위치를 알 수가 없군.'

마곡정은 후각을 기감으로 활용할 수 있는 능력의 소유자다. 그래서 모습을 감춘 적을 후각으로 찾아보려고 했지만 상황이 나빠서 무리였다.

"설풍미랑, 너는 훌륭한 소재가 될 것 같군. 되도록 깨끗한 시체로 만들어주마."

"이 자식이······!"

조롱하는 말에 마곡정이 발끈할 때였다.

아직도 남아 있는 시귀와 까마귀 떼 저편에서 뭔가가 날아들어서 연달아 폭발했다. 그리고 시커먼 연기가 급속도로 퍼져 나갔다.

"젠장! 독이다! 막아!"

마곡정은 후각을 통해서 그것이 술법으로 정제된 독임을 알아차리고 대응했다.

그의 명령을 들은 척마대원 하나가 품에서 작은 나무판 형태의 기물을 꺼내더니 기운을 불어넣어서 던졌다. 그러자 그로부터 광풍이 일어났다.

후우우우우우!

광풍이 독무를 몰아내었다. 마인 술사에게 대응하기 위한 기물 장비 중 하나였다.

하지만 그 광풍을 뚫고 새로운 시귀들이 등장했다.

"이런 짓을 벌인 걸 후회하게 해주마. 홍사촌장이 직접 행차한 거라면 이 기회에 사대마를 삼대마로 줄여주지!"

"크흐흐. 얼굴은 곱상한 주제에 혈기 넘치는 애송이로군. 마음대로 떠들어두도록 해라. 죽으면 더 이상 그러지도 못할 테니까."

마인이 마곡정을 비웃었다.

다음 순간, 음산한 조소가 비명으로 변했다.

"컥……?"

"쳇, 벌써 처리했나?"

마곡정이 혀를 찼다.

가려가 마인의 위치를 찾아내서 급습한 것이다.

하지만 다음 순간, 가려의 다급한 외침이 날아들었다.

─진짜가 아니었습니다. 조심하십시오!

마곡정이 눈을 크게 떴다.

동시에 척마대원 하나가 비명을 질렀다.

"크악!"

그가 상대하던 시귀가 갑자기 조금 전까지와는 비교도 안 되게 가속했다. 이성이 없는 움직임을 상대하다가 놀랍도록 정밀하고 빠른 공격이 날아들자 완전히 허를 찔리고 말았다.

"왕평!"

마곡정이 당한 대원의 이름을 외쳤다.

하지만 이미 늦었다. 대원은 완전히 몸통이 관통당해서 절명하고 말았다.

"이 자식……!"

"이제 나를 봤으니 만족하느냐? 애송이 주제에 이름 높은 나를 직접 보는 대가치고는 싸다고 생각된다만?"

시귀가 어깨를 으쓱했다. 조금 전까지와는 달리 몸짓부터가 인간적이었고 눈에서 붉은 귀화가 타오르고 있었다.

"죽어!"

마곡정이 격노해서 달려들었다. 땅을 박차는 순간, 마곡정의 머리칼 일부가 새하얗게 물들고 얼굴에 짐승의 흉성이 드러나면서 놀라운 힘이 폭발했다.

콰아아아!

일격에 시귀의 몸통이 두 동강 나서 날아가 버렸다.

그런데 그 순간, 그 옆에 있던 다른 시귀가 쌍장을 날리는 게 아닌가?

'이런!'

마곡정이 힘을 폭발시킨 직후를 완벽하게 노린 공격이라 도저히 피할 수가 없었다.

쾅!

마곡정이 피를 뿌리며 나가떨어졌다. 하지만 땅에 충돌하기 직전, 한 팔로 땅을 짚고는 공중제비를 넘어서 착지하고는 땅을 미끄러졌다.

"잘했다. 나도 모르게 공격하기는 했는데 자칫하다가는 몸을 박살 낼 뻔했군. 잘 방어해서 다행이야."

이번에는 덩치 큰 시귀가 홍사촌장의 목소리로 키득거렸다.

마곡정이 비틀거리며 그를 노려보았다.

"크윽……!"

완벽하게 허를 찔린 상황에서도 마곡정은 놀라운 대응력을 보여주었다. 몸을 틀면서 호신강기를 타격 지점에 집중해서 피해를 최소화한 것이다.

하지만 큰 타격을 입은 것은 어쩔 수 없었다.

'빌어먹을. 너무 크게 맞았어. 게다가 이건… 놈의 마공 특성인가?'

쌍장에 맞았을 때 강력한 독기가 침투해서 진기 흐름을 방해했다.

'하지만 아무리 재주가 좋아도 그렇지, 자기 몸도 아니고 술법으로 조종하는 시귀로 이런 짓을 할 수 있다고?'

홍사촌장은 술법으로 조종하는 시귀에 자신을 투영하는 능력을 지니고 있는 게 분명했다. 하지만 아무리 그렇다고 해서 시귀로 이런 무공을 발휘할 수 있다니?

"시귀는 정말 좋지. 멋지지 않느냐? 인간은 썩어나도록 많고, 세상에 널린 시체도 많으니 인간이 존속하는 한 나는 무한히 시귀를 소모품으로 쓸 수 있다."

거구의 시귀를 조종하는 홍사촌장이 마곡정에게 성큼성큼 다가갔다.

그 앞을 두 명의 척마대원이 가로막았다.

둘 다 앳된 소년임을 알아본 홍사촌장이 잔혹하게 웃었다.

"흐흐흐, 애송이들이 용맹하구나. 난 용맹한 것들의 시체를 사랑하지."

홍사촌장이 양손에 검은 독기를 일으킨 뒤 두 사람에게 각각 일장을 내질렀다. 도저히 시귀를 조종해서 낸다고는 믿을 수 없는 위력의 붉은 기공파가 쏘아졌다.

쾅!

하지만 다음 순간, 그의 왼팔이 강한 충격에 부러지면서 몸이 옆으로 홱 돌아갔다.

그리고 한 박자 늦게 품 안으로 파고든 한 명이 발차기로 머리통을 날려 버렸다.

"허, 뭐야?"

이번에는 좀 떨어진 곳에 있던 여성의 시귀가 홍사촌장의 목소리를 냈다. 그가 믿을 수 없다는 듯 바라보는 동안 소년들의 몸을 푸른빛의 기류가 휘감고 맹렬하게 회전하기 시작했다.

강연진과 양우전이었다.

나란히 서서 똑같은 자세를 잡은 둘은 서로를 흘끔 바라보고는 못마땅한 표정을 지었다. 둘 다 상대랑 호흡을 맞추는 것이 너무나도 싫다는 기색이 역력했다.

"음?"

그들을 탐욕스럽게 바라보던 홍사촌장이 놀랐다.

푹!

그의 목을 뚫고 한 자루 검이 솟아났다. 그리고 미처 반응할 새도 없이 목을 완전히 잘라 버렸고 동시에 등 뒤에서 갈긴 일장이 몸통을 부숴 버렸다.

암습을 가한 것은 가려였다. 그녀가 유령처럼 은신한 채로 전장에 들어왔던 것이다.

2

"맙소사."

동시에 아직 전장에 남아 있던 인간 시귀에 자신을 투영한 홍사촌장이 놀랐다.

"그새 숲에 있던 내 인형하고 부하들까지 전부 처리했어? 네년은 정체가 뭐냐? 미치도록 훌륭한 소재로군!"

"본체를 드러내라."

가려가 싸늘하게 대꾸했다.

그녀의 뒤로 세 명의 인물이 모습을 드러냈다. 그녀와 함께 숲 속에서 시귀들을 처리하고 있던 형운의 호위단이었다.

형운은 청해군도에서 돌아온 뒤로도 굳이 호위단 인원을 충원하지 않았다. 대신 살아남은 세 명에게 아낌없는 지원을 베풀었다.

청해궁에서 형운이 '개인적으로' 받은 비약과 화성 하성지와의 거래로 얻어낸 무공, 거기에 형운과 가려의 지도까지 받은 그들은 그동안 기량이 일취월장했다.

"큭큭큭큭……."

그때였다.

소름 끼치도록 기괴한 울림이 섞인 웃음소리가 숲을 울렸다.

마곡정이 반응했다.

"역시 있었구나, 이 개자식!"

지난번에 그들을 습격했던 마인 술사였다.

"망신살이 뻗쳤군, 홍사촌장."

"애송이들이 생각보다 제법이었다. 흠, 그래도 이놈들을 소재로 제작할 시귀를 생각하면 이득 보는 장사가 될 것이다. 이놈들 시체는 내가 차지하기로 한 것을 잊지 마라, 흑무곡주."

"물론이다. 내가 흥미 있는 것은 단 한 명뿐이니까. 나머지는 마음대로 해도 된다."

두 마인의 대화에 다들 경악했다.

흑무곡주(黑霧谷主).

그것은 사악한 신비문파 흑무곡의 지배자로 홍사촌장과 함께 사대마의 일각을 차지하는 이름이었다.

'사대마 중 둘이 합공을 펼치다니! 도대체 무슨 일이 일어난 거야?'

상상도 못 한 사태였다.

사대마라고 묶어서 부르지만 어디까지나 하운국 마인 중에 가장 유명한 이름 넷일 뿐이다. 그들은 제각각이었고 서로 연합한 적이 있다는 정보는 입수된 적이 없었다.

그런데 지금, 둘이 척마대를 치기 위해 손을 잡았다. 최악의 사태였다.

홍사촌장이 물었다.

"네놈이 입을 연 것을 보니 그놈이 오고 있나?"

"상황은 모르겠지만 위치만은 확실하다. 가까워지는 속도로 보건대 앞으로 일각(15분) 안에 도착할 것이다."

흑무곡주는 흑영신교에게서 형운에 대한 정보를 받았다. 그가 자신을 향한 시선을 귀신처럼 알아차린다는 것을, 심지어 술법이나 짐승을 조종해서 보내는 시선까지도 파악한다는 것을 알았다.

그래서 몇 개월 동안 조심스럽게 형운의 위치를 파악할 수 있는 방법을 연구했다. 그의 술법으로 조종되는 맹금은 형운을 보지 않는다. 술법으로 활성화된 눈으로 형운이 지나간 자리에 남은 기의 흔적을 본다.

당연히 형운이 무엇을 하고 있는지 실시간으로 살피는 것은 불가능하다. 기의 흔적이 일정 농도 이상일 경우, 형운과 가까워졌다고 판단하고 가까이 가지 않도록 설정해 두었으니까.

하지만 형운의 위치만은 파악할 수 있었다.

물론 그것도 형운이 이번에 나온다는 것을 사전에 알아야만 써먹을 수 있는 방법이었다. 흑영신교 측에서는 형운이 아니라 지성 위지혁의 움직임을 예지하는 과정에서 그 사실을 알아냈고, 흑무곡주는 그 정보에 따라서 위지혁 부근에 형운을 추적하기 위한 맹금을 대기시켜 두었다.

홍사촌장이 말했다.

"그럼 그때까지 이놈들은 정리해 둬야겠군. 슬슬 네놈도 힘을 써라."

"그렇잖아도 이미 세 번째 패를 움직였다."

흑무곡주가 소름 끼치는 웃음소리를 냈다. 그리고 가려가 신음처럼 중얼거렸다.

"또 병력이 있었나?"

저편에서 40명 정도의 무장한 인원들이 다가오고 있었다. 사슴의 머리를 가진 거구의 요괴가 이끄는 산적으로 보이는 무리들이었다.

그들 모두 눈이 붉게 충혈되었고 표정은 꿈이라도 꾸는 것처럼 몽롱했다. 척 봐도 사술로 조종당하고 있음을 알 수 있는 상태였다.

문득 흑무곡주가 말했다.

"슬슬 네놈들도 가면을 벗는 게 어떻겠느냐? 지난번과는 다르다. 여기서 뼈를 묻게 해줄 것이다."

그 말에 낯빛을 바꾼 사람이 둘 있었다. 파견 경호대 소속의 박윤익과 광현이었다.

"확실히 때가 되긴 했지."

한숨 섞인 목소리로 말한 박윤익이 모두의 시선을 받으며 얼굴에 손을 가져갔다.

그리고 그대로 얼굴을 잡아 뜯어버렸다.

'인피면구!'

마곡정이 눈을 크게 떴다.

조금 전까지 그는 20대 청년의 얼굴이었다. 하지만 인피면구를 벗고 드러난 얼굴은 30대 후반 장년의 그것이었다.

섬뜩할 정도로 인상적인 생김새를 가진 남자였다. 왼쪽 눈이, 눈동자만이 아니라 안구 전체가 새빨갰고 그 눈 위부터 턱까지 길게 칼로 베인 흉측한 흉터가 있었다.

아무리 봐도 왼쪽 안구까지 통째로 베여서 실명했어야 정상인 부상이었다. 그러나 그는 새빨갈지언정 눈을 뜨고 있었고 시력도 정상적이었다.

그 얼굴을 본 마곡정이 아연해하며 중얼거렸다.

"백건익 대주?"

그는 위지혁과 더불어 지성 후보로 거론되었던 파견 경호대의 대주, 백건익이었다.

3

정체를 드러낸 백건익이 마곡정을 보며 말했다.

"본의 아니게 정체를 숨기게 되어서 미안하네, 마 부대주."

"백 대주, 당신이 어째서……?"

"부디 나쁜 의도로 숨어든 것은 아님을 알아주게. 실은 확신할 수 없지만 무시할 수도 없는 정보를 얻어서 혹시나 하는 마음에, 그리고 척마대주의 실력을 좀 보고 싶어서 이런 일을 꾸민 걸세. 하지만 불길한 예감이 들어맞았군."

정체를 드러낸 백건익의 기파가 급변했다.

가려가 숨을 삼켰다. 조금 전까지와는 비교도 안 되게 날카롭고 위압감 넘치는 기파가 주변을 장악하고 있었다.

"쯧, 결국 이렇게 되는군."

정체를 드러낸 백건익에게 기환술사 광현이 등에 지고 있던, 천으로 둘둘 만 막대기 같은 것을 던져주었다. 그것이 날아가는 동안 허공에서 천이 자연스럽게 풀려 떨어지면서 그 안에 있던 무기가 모습을 드러냈다.

백건익이 들고 있던 칼을 놔버리고 그 무기를 잡았다.

그것은 기이한 검이었다. 일단 보통 검보다 검면이 한 배 반 정도 넓었다. 칼날의 테두리는 흑청색을, 그리고 검신은 청백색을 띠고 있는데 그로부터 위압적인 기파가 풍기는 것이 척 봐도 영험한 힘이 깃든 보검임을 알 수 있었다.

백건익이 허공을 바라보며 말했다.

"흑무곡주, 겁쟁이라는 것은 익히 들어서 알고 있다. 하지만 강호에서 200년이나 사람의 피를 취하며 살아온 괴물이라면 이럴 때라도 당당하게 앞에 나서보는 것은 어떻겠나?"

"후후, 애송이가 입을 건방지게 놀리는구나. 하지만 어차피 이곳에서 죽을 목숨, 뭐라고 떠들든 관대하게 봐주도록 하마."

"나올 생각은 없으시다 이거군."

백건익이 코웃음을 쳤다. 그리고 말했다.

"홍사촌장까지 나온 것에는 좀 놀랐지만, 네놈들이 어떤 수작을 준비했든 간에 호락호락하지 않을 것이다."

동시에 그가 검을 휘둘렀다.

너무나도 자연스러운 동작이었다. 다들 그가 그냥 연습 삼아 허공에다 칼날을 털어보는 줄 알았다.

서걱!

그런데 5장(약 15미터) 정도 떨어져 있던 홍사촌장이 두 동강 났다.

"이런?"

홍사촌장이 경악했다. 백건익은 한 번 더 검을 휘둘러 그를 4등분해 버리고는 몸을 날렸다.

"광익!"

"알았다."

기환술사 광현이 혀를 찼다.

동시에 그의 등 뒤에서 마치 날개처럼 보이는 푸른 불꽃이 솟구쳤다.

"영수술사 광익!"

마곡정이 신음처럼 중얼거렸다.

광현, 아니, 광익의 기파도 급격하게 변했다. 뿐만 아니라 모습까지 변하기 시작했다.

크르르릉…….

짐승의 으르렁거림이 울려 퍼지며 광익의 덩치가 한층 더 커졌다.

키가 1장(약 3미터) 가까이 커지고 눈은 푸른 광망을 토해내기 시작했다. 그리고 전신에서 회색의 털이 돋아나면서, 왠지 팔다리가 인간처럼 길고 손가락도 있는 곰이 인간의 옷을 입고 있는 것처럼 변했다.

"으음……!"

가려도 신음했다.

무시무시한 영력이 휘몰아치고 있었다. 둔갑을 풀고 본모습을 드러낸 광익에게서 숨 막힐 정도로 압도적인 기운이 뿜어져 나왔다.

척마대가 그렇듯이 파견 경호대에도 한 명의 대주와 세 명의 부대주가 있었다.

그들 중에는 왠지 공식 석상에 모습을 드러내지 않아서 얼굴이 알려지지 않은 존재가 있으니 바로 고위 영수이면서도 별의 수호자의 일원으로 일하고 있는 광익이었다.

그는 수수께끼가 많고, 좀처럼 모습을 보이지 않는 인물이라 온갖 소문이 떠돌고 있었다.

지금 이 시대에는 인간들이 주도하고 있는 술법을 배우기 위해서 왔다더라.

영수로서 성장하기 위해 별의 수호자의 일월성단이 필요해서라더라.

수뇌부에 그의 은인이 있어서 보은하고자 하는 뜻이라더라… 등등.

모습을 드러낸 그는 꽤나 인상이 강렬했다. 거구의 곰 인간의 등 뒤에 날개처럼 보이는 푸른 불꽃이 솟아 있다니 불균형함의 극치 아닌가? 한번 보면 잊을 수 없을 것 같은 모습인데 여태 소문이 나지 않은 게 기이했다.

그들을 보면서 멍청하니 있던 마곡정의 뇌리에 과거의 일이 스쳐 갔다.

'그때 그 말이……'

첫 번째 습격 때, 흑무곡주는 마곡정이 누군가의 비호를 받고 있다고 하면서 물러났었다.

그때는 영문을 몰랐는데 지금은 무슨 뜻인지 알겠다. 흑무곡주는 그때 이미 백건익과 광익이 정체를 위장하고 있다는 것을 꿰뚫어 보았던 것이다.

광익이 말했다.

"둘 다 숨는 솜씨는 정말 대단하군. 찾기 까다로운데."

모습은 변했는데 목소리는 인간으로 둔갑했을 때 그대로였다.. 말 사이사이에 숨소리와 으르렁거림이 섞여 나오는 정도의 차이만 있다.

백건익이 핀잔을 주었다.

"본모습까지 드러냈으니 좀 찾아봐. 자랑하던 둔갑술도 간파 당한 주제에."

"그건 할 말 없군."

광익이 한숨을 쉬었다. 그리고 곰 손과 인간 손의 중간쯤 되는 손을 들어서 합장하며 말했다.

"그래도 시귀는 전부 포착했다. 위치를 알려주지."

동시에 그로부터 따뜻한 파동이 퍼져 나가면서, 그 자리에 있는 척마대원들에게 신기한 감각이 찾아들었다. 머릿속에 마치 자신들이 있는 위치를 높은 곳에서 내려다본 듯한 영상이 떠오르며 시귀들이 숨어 있는 지점들이 표시되는데 자연스럽게 어딘지 이해할 수 있었다.

'굉장한 술법이다.'

다들 경탄을 금치 못했다.

광익이 말했다.

"흑무곡주. 잘도 숨어 있지만, 거기서 나와서 움직이는 순간이 내 술법에 잡히는 때가 될 것이다."

"확실히 대단한 술법이군. 걱정하지 않아도 된다. 너희들이 정말로 내가 준비한 병졸들을 전부 처리할 수 있다면, 그때는 나를 보게 될 것이다. 고위 영수를 먹는다면 내 수명이 늘어나겠군. 머리부터 발끝까지 남기지 않고 먹어줄 테니 그 몸을 귀하게 간수하도록 해라."

흑무곡주가 끔찍한 소리를 했다.

홍사촌장이 불만을 표했다.

"웃기지 마라! 네놈은 분명 그 한 명만을 갖겠다고 말했다. 저 영수는 당연히 내 것이다."

"허어. 생각해 보니 그렇군. 뭐 좋다. 그를 손에 넣을 수만 있다면……."

흑무곡주의 말은 끝까지 이어지지 못했다. 백건익이 떠들어 대던 홍사촌장의 시귀를 일격에 베어버렸기 때문이다.

뒤이어 백건익이 허공에다 대고 호쾌한 검격을 날렸다. 그러자 그 궤적으로부터 반월형의 검기가 쏘아져 나가 아직 달려들지 않고 대기 중이던 산적 떼를 덮쳤다.

콰콰콰콰콰……!

단 일격으로 선두에 있던 산적부터 그 뒤의 일곱 명이 박살나서 피와 육편을 흩뿌렸다.

하지만 그들의 두령인 사슴인간 요괴는 기민한 동작으로 그것을 피했다. 그리고 눈에서 혈광을 발하면서 백건익을 향해 철창을 찌른다.

투학!

검과 철창이 부딪쳤다. 백건익이 눈살을 찌푸렸다.

"술법 하나는 탁월하군."

그는 의기상인을 펼쳐서 요괴를 저지할 생각이었다. 그런데 흑무곡주가 요괴에게 둘러준 방어 술법이 의기상인을 차단해 버렸다.

요괴의 움직임은 놀라웠다. 고위 요괴도 아닌 것 같은데 신체 능력이 무시무시하게 높아서 속도와 힘만큼은 백건익보다도 훨씬 위였다.

광익이 말했다.

"사술로 과출력 상태로 만들어둔 거다. 수명이고 뭐고 생각하지 않고 힘을 뽑아내게 만든 거야. 오래 상대하면 자멸하겠지만……."

"그럴 여유는 없겠지."

위치가 들킨 홍사촌장의 시귀들이 한꺼번에 숲 속에서 튀어나와서 일행을 덮쳤다.

동시에 흑무곡주가 말했다.

"확실히 설풍미랑 이상의 고수로구나. 그럼 네 번째 패도 움직여 주지. 그가 오기도 전에 이만큼이나 패를 소모하게 되다니 내 계획을 많이 틀어놓는군."

"뭐라고?"

백건익이 놀랄 때였다.

숲을 헤치고 또 다른 적들이 모습을 드러냈다.

이번에는 인간이 아니라 늑대 무리였다. 눈에서 혈광을 발하는 늑대 30여 마리가 무시무시한 살기를 뿜어내며 달려들었다.

"이놈, 대체 얼마나 준비를 해놓은 거야?"

광익이 질려 버렸다. 어찌나 은밀하게 감춰놨는지 움직이지 않고 대기하는 동안에는 눈치채지 못했다.

"크악!"

"악!"

척마대원들 사이에서 비명이 울려 퍼지기 시작했다.

일행은 이미 지쳤고, 마곡정은 내상으로 제대로 움직이지 못하고 있으며, 적들은 유리한 고지를 선점한 채 사방팔방에서 달려들고 있었다.

홍사촌장과 흑무곡주가 틈틈이 걸어오는 술법도 문제였다. 광익이 놀라운 실력으로 그것들을 방어하면서 일행을 지원했지만 한계가 있었다.

무엇보다…….

"크크큭, 나를 너무 무시하는 것 아니냐?"

직접 자신을 투영하는 시귀를 바꿔가면서 일행을 상대하는 홍사촌장은 최악이었다. 볼 만큼 봤으니 다들 대비하고는 있지만 실력의 격차는 어쩔 수가 없었다.

쾅!

폭음이 울리며 척마대원 하나가 쓰러졌다.

"이 자식! 거기 있어라! 죽여 버린다!"

마곡정이 이를 갈았다. 하지만 내상 때문에 제대로 싸울 수가 없었다.

파악!

그런데도 마곡정이 달려들어서 날린 도격이 쉽게 홍사촌장의 시귀를 베어버렸다.

'음?'

순간 마곡정은 한 가지 사실을 깨달았다.

"이놈! 시귀에 기운을 비축해 뒀다가 한순간만 폭발적인 힘을 내는 거다! 모두 홍사촌장이 나타나면 한순간만 버텨! 버티고 나면 이놈은 제대로 힘을…….."

"들통났군. 하지만 그걸 안다고 해서 뭐가 달라지겠느냐?"

홍사촌장이 기분 나쁜 웃음소리를 내면서 마곡정을 기습했다.

앞쪽에서는 혈안의 늑대가, 뒤쪽에서는 홍사촌장의 시귀가 급습해 온다. 한쪽에 대응하면 한쪽에게 당해 버리는 진퇴양난의 상황이었다.

파악!

마곡정은 어느 쪽도 선택하지 않았다.

거의 동시에 늑대와 홍사촌장 양쪽의 목이 날아갔다.

"대, 대단하군! 그 몸 상태로 그런 일을 하다니. 놀라운 재능이구나."

곧바로 다른 시귀로 갈아탄 홍사촌장이 경악했다.

마곡정은 전방의 늑대를 잡기 위해 의기상인과 허공섭물을 융합, 다가오는 순간 활성화되는 도기의 덫을 놓았다. 거기에 걸린 늑대의 목이 날아가는 것과 동시에 폭발적으로 가속한 도격이 후방의 시귀를 베어버린 것이다.

"크억, 헉, 허억……!"

하지만 내상을 입은 몸으로 그런 짓을 했으니 상태가 더 심각해졌다.

주저앉은 마곡정을 향해 홍사촌장이 쌍장을 날렸다.

아니, 날리려고 했다.

파악!

등 뒤에서 나타난 가려가 그의 몸통을 비스듬히 베어버렸다.

홍사촌장이 믿을 수 없다는 듯 말했다.

"몇 번이나 내 뒤를 잡다니, 네년은 정체가 대체 뭐냐?"

물론 그의 술법이 아무리 뛰어나도 시귀를 통해서는 제 실력을 발휘할 수 없다. 그렇다고 하더라도 난전 중에 마치 실체 없는 유령처럼 기감과 술법의 관측 양쪽을 다 피하면서 뒤를 잡는 가려의 움직임은 도저히 이해할 수 없는 경지에 도달해 있었다.

가려는 대답하지 않았다.

'시귀의 성능은 혈귀수의 것보다 떨어진다.'

청해군도에서 싸웠던, 흑영신교 이십사흑영수의 일원이었던 시귀 전문가 혈귀수. 흑영신교의 강시술까지 통달한 그의 시귀는 무시무시했다.

홍사촌주의 시귀는 그의 것보다 완성도가 떨어진다. 그저 시귀에 자신을 투영하고, 시귀에 기운을 비축해 두었다가 일순간에 폭발적인 힘을 발휘하는 수법이 놀라울 뿐이다.

'백 대주와 광 부대주가 있는 이상, 충분히 버틸 수 있다.'

피해가 나기는 했지만 시간이 갈수록 상황이 회복된다.

짧은 교전으로 사슴인간 요괴를 쓰러뜨린 백건익이 적들을 물리치기 시작했기 때문이었다. 검을 휘두르는 그의 실력은 무시무시해서 일단 공격에 들어가면 단 일격으로 적을 처치하고 있었다.

그리고…….

─누나! 상황은?

진조족의 장신구를 통해서 형운의 목소리가 날아들었다.

4

백건익이 자유로워지자 순식간에 전세가 바뀌었다.

적들이 거의 다 쓰러졌을 때, 문득 흑무곡주가 말했다.

"왔군."

"이런. 결국 정리하기 전에 와버렸는가? 네놈의 예측이 맞아 떨어진 게 없구나, 큭큭."

홍사촌장이 비웃었지만 흑무곡주는 아랑곳하지 않았다.

"예상이 벗어나는 경우도 상정해 두었다. 오히려 공들여서 준비한 패들을 헛되이 쓰지 않게 되어 기쁘군. 네놈을 포함해서 말이다."

"오래 살고 볼 일이군. 흑영신교 놈들의 중재로 네놈과 거래하게 되다니."

홍사촌장이 킬킬거렸다.

둘은 사이가 좋지도 않았고, 서로를 믿지도 않았다. 그런데도 손을 잡게 된 이유는 흑영신교가 둘의 거래를 책임지는 보증인 역할을 맡았기 때문이다.

그리고 전장에 형운이 갑작스럽게 출현했다. 산 너머에서 단번에 운화로 공간을 뛰어넘은 것이다.

"사형!"

강연진이 반색했다.

장내를 돌아본 형운의 표정이 분노로 물들었다. 형운이 백건익과 광익에게 말했다.

"오면서 사정을 들었습니다. 백 대주, 광 부대주, 두 분의 조력에 감사드립니다."

둘은 어리둥절해했다.

운화에 대해 몰랐기에 형운이 갑자기 나타난 것도 놀라웠을 뿐더러 진조족의 장신구에 대해서 모르니 도대체 어떻게 사정을 들었는지도 알 수 없었기 때문이다.

물론 형운은 그에 대해서 가르쳐 줄 이유도, 그럴 생각도 없었다.

그저 숲의 한 지점을 바라보더니 대뜸 유성혼을 날렸다. 허공으로 쏘아진 유성혼이 포물선을 그리며 숲 한복판에 떨어져 내렸고…….

"아니?!"

시종일관 여유 넘치던 흑무곡주의 경악성이 울려 퍼졌다.

꽈과과광!

그저 유성혼 한 발일 뿐이었지만, 떨어지는 순간 폭심지로부터 반경 10장(약 30미터)를 날려버리는 폭발이 일어났다. 형태는 고스란히 유지한 채로 위력만을 높이는 기술을 발휘한 것이다.

"큭……!"

그리고 낭패스러운 신음이 울리면서 흑무곡주가 모습을 드러내었다.

그것은 흐느적거리는 검은 액체의 군집체였다. 그것이 허공에서 춤추더니 한곳으로 집결하며 인간의 모습을 취한다. 얼굴에 온통 새카만 붕대를 칭칭 감았고, 그 사이로 붉은 눈동자가 빛을 발하는 괴인의 모습이었다.

사령의 힘을 받아들여서 인간을 벗어난 괴물, 사령인이었다.

"이놈, 어떻게 내 은신을……."

형운은 그가 입을 놀리길 기다려 주지 않았다.

한 줄기 섬광이 그를 관통했다.

"이, 이건 무극의 권?"

흑무곡주가 경악했다. 그의 몸이 한순간 끓어오르며 흩어지나 싶었지만 몸 일부에서 붉은빛이 일어나면서 제 모습을 찾았다.

하지만 그 순간, 그가 육화한 지점으로부터 무시무시한 냉기가 폭발했다.

콰아아아아아!

일순간 허공과 땅을 잇는 커다란 얼음기둥이 생겨나더니 일거에 깨져 나가면서 주변의 기온이 급강하했다.

다들 할 말을 잃었다. 멍청하니 그 광경을 본 광익이 백건익에게 말했다.

"저 청년, 분명 너하고 경쟁하는 사이 아니었나?"

"……"

백건익은 말문이 막혀서 대답을 하지 못했다. 산전수전 다 겪은 그가 멍해질 정도로 형운이 등장하는 순간부터 보여준 행동들이 충격적이었다.

그것은 다른 이들도 다르지 않았다. 특히 양우전의 충격은 보통이 아니었다.

"말도 안 돼……."

자신과 형운의 격차가 크다는 사실은 알고 있었다.

그래도 충분히 따라잡을 수 있는 차이라고 생각했다. 시간이 지날수록 격차를 줄여서 10년 안에는 따라잡을 것이라고…….

마곡정의 무위를 보면서 그런 생각은 확신으로 변했다. 마곡정은 분명 지금의 자신과는 격이 다른 실력자다. 하지만 자신이 그의 나이가 되었을 때 따라잡을 수 없을 정도라고는 생각하지 않았다.

그런데 형운이 전투를 개시한 순간, 양우전은 자신이 엄청난 착각을 하고 있었음을 깨달았다.

저편에서 육화한 형운이 냉기가 폭발한 지점을 보며 이를 악물었다.

흑무곡주는 건재했다.

"크윽, 믿을 수가 없군! 심상경의 절예라니, 이런 정보는 없었거늘!"

그의 목소리가 경악으로 떨리고 있었다.

그가 아는 형운에 대한 정보는 흑영신교에게서 받은 것과 지난 반년간 직접 수집한 것을 취합한 결과였다. 하지만 그중에 형운이 심상경에 올랐음을 알 수 있는 단서는 존재하지 않았다.

"만약을 대비하지 않으면 큰일 날 뻔했어. 정녕 놀랍구나. 내 호부를 3할이나 날려 버리다니."

극도로 몸을 사리는 흑무곡주는 예상치 못한 순간에 심상경의 고수와 맞닥뜨릴 가능성을 염두에 두고 있었다. 그렇기에 심상경의 절예를 방어하기 위한 호부를 항시 장비하고 다녔는데 그것이 그의 목숨을 구했다.

형운이 눈을 가늘게 떴다.

'3할? 1할이겠지. 정말 덕지덕지 처바르고 왔군. 준비를… 아니, 죄 없는 사람을 얼마나 희생시킨 거냐!'

거짓된 정보를 심어주려고 해봤자 형운의 눈을 피할 수는 없었다.

흑무곡주의 전신에서 강력한 호부의 존재가 감지되었다. 분명 인간의 목숨을 갈아 넣어서 만든 호부들이리라.

스스스스······.

액체로 이루어진 흑무곡주의 몸이 기분 나쁘게 흐물거렸다. 아무리 봐도 이 세상의 생명체로는 보이지 않는 모습이었다.

'이미 인간을, 그리고 기심법의 개념조차 벗어났군.'

형운의 눈에도 흑무곡주의 기심이 보이지 않았다. 액화한 몸이 흐물거리는 것에 따라서 전신의 기맥도 제멋대로 일그러지고 있었다.

흑무곡주는 인간이기를 포기하고 사령인이 된 지 100년이 넘었다. 인간의 일생보다도 긴 시간 동안 변모를 계속해 온 그는 인간보다는 요괴에 가까운 존재가 되어 있었다.

'기운의 총량만 보면 고위 요괴 이상. 무공은 심상경에 도달하지 못한 것 같지만 술법이 어느 정도인지 가늠할 수 없어.'

형운은 신중하게 흑무곡주의 전력을 가늠했다.

그것은 자의 반, 타의 반이었다.

마음 같아서는 공세를 가하면서 탐색하고 싶다. 하지만 구윤과의 격전에서 입은 내상과 진기 소모가 발목을 잡았다.

오자마자 강공을 펼친 것도 그래서였다. 아직 상대가 자신에 대해서 잘 모를 때 끝장내기 위해서, 만약 상대가 버텨낸다 하더라도 기선 제압을 통해서 심리적 이득을 보기 위해서.

치직, 치지지지직!

형운의 주변에서 불꽃이 튀기 시작했다.

'사령의 저주.'

사방에서 사령들이 흐느적거리며 저주를 토해내고 있었다.

형운은 눈썹 하나 까딱하지 않았다. 호신강기로 방어할 필요도 없이 진조족의 장신구가 그를 보호해 주었다.

'쓸데없이 힘을 낭비할 필요가 없어서 다행이군.'

지금 형운의 상태를 생각하면 저것에 대응하기 위해 힘을 낭비하는 것도 꽤 부담스러운 일이었다.

그리고 그것이 흑무곡주의 의도일 것이다. 막대한 규모의 힘을 다룸으로써 상대방이 마치 늪에 빠진 것처럼 힘이 깎여 나가게 만드는 것은 술법을 이용하는 전투에서는 정석이었으니까.

후우우우우……!

곧바로 광풍혼이 형운의 몸을 감싸고 유성혼이 소나기처럼 쏟아져 나왔다.

폭음이 연달아 울렸다. 그리고 허공에 냉기가 휘몰아치기 시작했다.

"음……!"

흑무곡주가 신음했다. 형운의 의도를 읽었기 때문이다.

유성혼이 명중하든 빗나가든 상관없다. 어쨌거나 어딘가에 닿으면 폭발하고, 폭발할 때마다 냉기가 폭발하면서 주변의 기온을 낮춘다. 그리고 기온이 낮아지면 낮아질수록, 냉기의 기류가 강해지면 강해질수록 형운이 유리해진다.

'전장을 자기가 원하는 환경으로 만들려고 하는군. 무인의 방식이 아니라 술사의 방식이다. 재미있는 놈이로고.'

그에게는 익숙한 방식이었다. 특정한 현상을 다루는 무인이 아니고서는 염두에 두지 않을 전투법이기도 하다.

파아아아아!

흑무곡주가 대응하려는 순간, 형운이 연발로 쏘아내던 유성혼을 멈추면서 전방위로 냉기 파동을 발했다.

그것을 받아낸 흑무곡주는 의아함을 느꼈다. 거의 압력이 느껴지지 않았기 때문이다.

'무슨 수작이지?'

답은 곧바로 나왔다.

형운이 갑자기 그의 앞에 나타나더니 주먹을 내질렀다.

쾅!

기공파로 화력전을 펼치는 것처럼 생각하게 만들고는 흑무곡주가 술법으로 대응하려는 순간을 노린 것이다. 술법을 위해 집중하는 순간 발생한 틈을 놓치지 않는 기습이었다.

그러나 형운의 표정이 변했다.

"큭······!"

"훌륭해. 사령인과의 전투도 경험이 있는 게냐? 아, 잘난 스승을 둬서일지도 모르겠군. 영성 귀혁, 그는 사령인과의 전투 경험이 풍부했지."

완벽하게 허를 찔렀다고 생각했건만, 흑무곡주가 전광석화처럼 일장을 뻗어내어 형운의 주먹을 막아냈다. 폭음이 울리며 흉흉한 기파가 주변으로 퍼져 나갔다.

콰드득!

형운의 주먹을 받아낸 흑무곡주의 손이 얼어서 터져 나갔다.

침투한 냉기를 이기지 못한 것이다.

그러나 동시에 형운도 눈앞이 아찔해지는 것을 느끼며 뒤로 물러났다. 맞닿은 지점을 통해서 사령의 저주가 침투해 들어왔기 때문이다.

"역시 직접 맞닿으면 먹히는군."

흑무곡주가 성큼 다가왔다. 형운이 아직 침투한 기운을 해소하지 못한 오른손 대신 왼손을 지르자 유연한 손놀림으로 걷어낸다. 형운이 곧바로 몸을 돌리며 발차기를 날리자 몸을 틀어서 받았다.

투학!

마치 통나무를 걷어찬 것 같은 소리가 울리며 형운의 발이 튕겨 나간다.

형운이 경악했다. 흑무곡주는 형운의 발차기가 날아드는 순간, 그 안쪽으로 뛰어들면서 정확한 순간에 몸을 틀어서 충격을 튕겨냈다.

반응 속도, 기술의 선택과 구사, 그리고 거기에 실린 기운까지 감탄스러울 정도로 완벽한 대응이었다. 무엇보다…….

'유도당했어!'

수읽기에서 졌다.

처음에 한 손을 내주면서 형운의 한 팔을 무력화한 것도, 그 후에 격투전으로 뛰어든 후의 전개도 완전히 그가 의도한 대로였다.

쾅!

폭음이 울리며 형운이 튕겨 나갔다.

흑무곡주는 곧바로 추격하지 못했다. 그의 발밑이 움푹 파이면서 지면이 원형으로 터져 나갔다.

"음! 대단하군!"

분명 형운은 그의 의도에 걸려들었다. 그러나 완벽하게 드러난 빈틈으로 치명적인 일격을 찔러 넣는 순간, 형운의 몸이 비정상적인 반응을 보였다. 무력화했다고 생각한 오른손이 그의 일장을 비껴내면서 격공의 기가 머리 위쪽을 강타했다.

무심반사경이었다.

좌아아악!

땅에 충돌하기 직전, 겨우 자세를 바로잡은 형운이 땅을 미끄러졌다.

그리고 그런 그의 주변에서 새카만 사령들이 따라붙어서 통곡하기 시작했다.

흐어어어어……!

형운은 진조족의 장신구를 믿고 무시했다. 그러지 않으면 곧바로 돌진해 오는 흑무곡주를 막을 수 없었다.

팍!

형운의 권과 흑무곡주의 장이 교차했다.

파바바바밧!

무수한 잔상을 그려내면서 둘이 질풍처럼 격돌했다.

형운의 팔이 침투한 사령의 기운 때문에 마비된 것은 잠시뿐이었다. 상당히 밀도 높은 기운이었지만 일월성신의 기운이 금세 녹여 버렸다.

"과연. 창술만큼은 일품이었던 마창사괴를 쓰러뜨릴 만하구나."

흑무곡주가 재미있다는 듯 웃었다.

얼어서 터져 버렸던 그의 손은 어느새 멀쩡해져 있었다. 그는 이미 인간을 벗어난 존재다. 신체를 훼손당해도 자신을 이루는 구성품 일부를 잃을 뿐, 인간처럼 영영 손실하는 것이 아니었다.

"으윽……!"

형운의 표정이 일그러졌다.

속도만으로 보면 형운이 더 위다. 내상을 입고, 진기를 소모한 지금도 형운의 신체 능력과 감극도의 조합은 최고였다.

그런데 흑무곡주가 보여주는 권사로서의 기량이 무시무시했다.

기술 하나하나의 완성도, 그것을 적재적소에 활용하는 능력도 놀라울 정도였다. 적이고 인류을 저버린 놈만 아니었어도 아낌없는 찬사를 퍼붓고 싶을 정도로.

귀혁을 통해 온갖 기기묘묘한 무예에 대한 대응책을 익혀온 형운이다. 실전 경험도 충분히 쌓였다.

그런데 수 싸움에서 뒤진다.

정신없이 싸우다 보면 형운은 그가 의도한 대로의 수를 낼 수밖에 없는 상황에 몰렸다. 흑무곡주는 사령인이라는 특성을 십분 활용, 자잘한 타격은 일부러 허용해 가면서 전체적인 국면을 유리하게 가져갔다.

파악!

결국 수세로 돌아선 형운의 방어 위에 흑무곡주의 일장이 작렬했다. 그것을 시작으로 흑무곡주가 일방적으로 공세를 퍼부어댔다.

"기묘하군, 기묘해."

흑무곡주는 무시무시한 공세를 가하면서도 여유가 있었다.

"균형이 엉망진창이야. 도대체 어떻게 배웠기에 이런가?"

형운은 이미 심상경의 절예로 그를 놀라게 했다. 또한 격공의 기를 놀라운 정밀도로 써먹는 것도 보여주었다.

그런데 그런 것치고는 의기상인과 허공섭물을 다루는 솜씨가 영 아니었다.

물론 그동안 형운도 그 두 가지를 열심히 수련했다. 이전에 비하면 훨씬 완성도가 높아져 있었다.

하지만 여전히 심상경의 무인으로 보기에는 부실한 수준이었다. 그리고 그 취약점 때문에 흑무곡주에게 일방적으로 밀렸다.

'젠장!'

사령의 힘과 술법은 진조족의 장신구와 전신에 휘감은 냉기의 광풍혼으로 버텨내고 있다. 하지만 사령의 힘과 융화해서 감각을 찔러 들어오는 의기상인에 말려서 조금씩 움직임에 오차가 발생했다.

"어디……."

갑자기 흑무곡주의 움직임이 빨라졌다. 속도에서 우위를 점하고 있던 형운이 아찔해질 정도로 급가속하면서 연격을 퍼붓는다.

파파파파파파!

형운도 진기 흐름을 가속시키면서 따라잡았다. 내상 때문에 진기 흐름을 억제하고 있었지만 어쩔 도리가 없었다.

'버텨줘라, 내 몸아!'

흑무곡주는 사령의 기운을 맹렬하게 연소시키고 있었다. 일반 무인이 진기 격발을 했을 때처럼 과출력 상태에 들어간 것이다.

하지만 일반 무인의 진기 격발이 내상을 유발하는 데 비해 흑무곡주에게는 그런 부담이 없었다.

과부하가 걸려서 몸이 망가진다? 그럼 부서진 부분을 버리면 그만이다. 나중에 인간을 먹잇감으로 삼아서 얼마든지 보충할 수 있으니까.

그런데 흑무곡주의 눈에 놀람이 스쳐 갔다.

'이보다 더 빨라질 수 있단 말인가?'

과출력 상태로 가속한 속도를 형운이 따라오고 있었다.

아니, 그냥 따라오는 것에 그치지 않는다. 시간이 지날수록 형운이 흑무곡주보다 더 빠르게 가속하는 것이 아닌가?

흑무곡주의 눈이 빛났다.

'무식하게 싸웠다면 필패였군.'

그의 입가에 흉악한 미소가 걸렸다.

곧 형운은 그 미소의 의미를 깨닫게 되었다.

'수, 숨이……!'

점차 형운의 얼굴이 고통으로 물들었다.

흑무곡주는 격전을 벌이면서 은밀하게 술법을 펼쳤다. 일정 권역의 공기를 빼내서 진공에 가까운 상태를 만드는 효과를 발휘하는 술법이었다.

그러자 둘의 결정적 차이가 드러났다.

아무리 형운의 육체가 뛰어나더라도 결국은 살기 위해서 호흡해야 한다는 명제에서 벗어날 수 없다. 그에 비해 흑무곡주는 그 제약을 초월한 괴물이었다.

무호흡 상태로 한계를 초월한 격전을 벌이는 시간이 길어지면 길어질수록 형운의 몸이 격렬하게 산소를 요구했다. 사고가 둔화되면서 고통이, 숨을 쉬고 싶다는 충동만이 뇌를 가득 채웠다.

'아, 안 돼……!'

결국 방어가 무너진 형운에게 흑무곡주가 주저 없이 일장을 날렸다.

그리고 회심의 공격이 허공을 쳤다.

"아니?!"

흑무곡주가 경악했다.

공격에서 방출된 기운이 전방을 때리며 폭음이 울려 퍼졌다. 흑무곡주는 황망하게 주변을 둘러보았다.

그리고 자신에게서 40장(약 120미터) 떨어진 곳에 형운이 주저앉아 있는 것을 보았다.

5

"헉, 허억, 허억……!"

형운은 정신없이 숨을 몰아쉬었다.

흑무곡주가 지면을 미끄러지듯 다가가면서 말을 걸었다.

"그 공간을 넘는 법, 축지와는 다른 방법이로구나. 봉했다고 생각했거늘……."

이미 형운은 그에게 운화를 두 번이나 보여주었다.

처음 전장에 나타났을 때, 그리고 화력전을 벌이는 척하다가 기습했을 때.

당연히 흑무곡주는 싸울 때 운화를 염두에 두었고, 술법과 의기상인으로 운화를 봉쇄하려고 했다. 하지만 결정타를 날리는 순간, 형운이 운화해서 빠져나갔다.

'다음에도 할 수 있다는 보장은 없어.'

형운이 다가오는 그를 보며 계속 숨을 쉬었다. 그가 여유를 부리는 동안 조금이라도 더 많은 산소를 받아들여야 했다.

장시간 무호흡 격투를 강요받았을 때, 형운은 집중력을 쥐어짜 내어 운화를 준비하기 시작했다. 그것은 이런 국면이 실전에서는 처음이지만 훈련으로는 겪어본 적이 있었기에 가능한 일이었다.

'사령인이나 요괴, 환마 같은 것들과 싸울 때 주의해야 할 것은 그들이 생명체의 특성을 벗어난 존재일 경우, 그리고 자신의 특성을 이용할 줄 아는 경우다. 힘에 자신 있는 놈이 힘 싸움으로 몰고 갔을 때가 무섭듯이, 그런 놈들이 자신의 특성을 강요하는 상황으로 몰고 가는 것을 경계해야 한다.'

귀혁의 가르침이 없었다면 형운은 방금 전에 죽었을 것이다.

'완벽한 상태라도 얼마나 버틸 수 있었을지…….'

형운은 흑무곡주의 기량에 전율했다. 그는 격투 능력으로만 보면 형운이 만난 적을 통틀어 최강이었다.

"후후. 다 죽어간다고 생각했거늘 아직도 팔팔하군. 좀 더 힘을 빼둘 필요가 있겠어."

흑무곡주는 형운과 어느 정도 거리를 둔 채 멈춰 섰다. 방금 전의 공방은 그가 압도했다. 형운이 가까스로 빠져나가기는 했지만 실력의 우열은 갈라졌다고 봐도 좋았다.

그런데도 군이 끝장을 보기 위해 뛰어들지 않는다. 형운은 그의 시선에서 광기에 가까운 신중함과 인내를 읽었다.

'다 잡은 것 같은 사냥감을 두고도 위험을 감수하지 않겠다는 건가?'

마인들은 대부분 성정이 폭급하지만 흑무곡주는 극도로 몸을 사리는 것으로 유명했다. 이름난 고수와 맞붙을 경우 호기롭게 나서는 경우는 없고 대부분 싸움을 피해서 사대마 중 가장 겁이 많다는 비웃음이 따라다녔다.

하지만 그가 200년 가까운 세월을 살아남은 것은 그래서였을 것이다. 형운은 그에 대한 풍문이 사실임을 깨달았다.

스스스스……!

사방에서 사령의 힘이 깃든 불길한 안개가 몰려들었다.

형운은 그 너머에서 인간들이 접근해 오는 것을 감지했다.

'도대체 몇이나 준비한 거지?'

조금 전까지 그들의 존재를 몰랐던 것은 숨는 솜씨가 기가 막혀서가 아니었다. 그들이 전장에서 멀찍이 떨어진 곳에, 그것도 각각 흩어져서 은신하고 있었기 때문이다. 그러다가 흑무곡주가 신호하자 곧바로 달려온 것이다.

53명의 마인들이었다. 그들은 생김새도 차림새도 제각각이었지만 마기 말고도 한 가지 공통점이 있었다.

바로 눈이 흑무곡주와 똑같은 붉은빛을 발하고 있다는 것이다.

'섭혼술이다.'

형운은 그들이 섭혼술로 심령을 조종당하고 있음을 알아차렸다.

아마도 흑무곡의 일원들이리라. 마창사괴처럼 그를 우두머리로 모시는 이들일 텐데 굳이 섭혼술로 심령을 조종하다니…….

'지독하군. 하지만 마인들의 본성을 생각하면 당연한가?'

마인들끼리 모이면 그것은 그야말로 힘의 논리가 지배하는, 신의나 법도 따위는 존재하지 않는 악귀들의 집단이 된다. 흑영신교나 광세천교가 제대로 된 조직을 이루고 있는 것은 어디까지나 그들의 근본이 종교적 광신이기 때문에 가능한 일이다.

"예상외의 사태 때문에 계획이 틀어지기는 했지만, 이제라도 계획대로 해야겠지. 자, 어디 마창사괴를 쓰러뜨릴 때처럼 힘을 내보거라."

흑무곡주가 기분 나쁘게 웃었다. 그의 웃음소리에 호응하여 사방을 포위한 사령들이 우는지 웃는지 모를 소리를 토해내고, 그 속에서 마인들의 기세가 흉흉하게 증폭되었다.

그리고 숨을 고르고 있는 형운을 향해 그들이 사냥감을 노리는 맹수의 무리처럼 달려들었다.

6

흑무곡의 마인들은 흑무곡주가 준비한 마지막 패였다. 형운이 등장하길 기다리며 마지막까지 감춰두었던 것이다.

그전까지 동원한 네 개의 패는 척마대 앞에서 무너졌다. 이렇게 되자 홍사촌장도 밑천을 드러내지 않을 수 없었다.

"쯧."

시귀의 모습으로 혀를 차는 그의 뒤쪽에서 홍사촌의 마인들이 다가오고 있었다.

홍사촌의 마인들은 흑무곡의 마인들보다는 수가 적어서 20명에 불과했다. 하지만 실제 전투 병력은 40명이다.

마인 한 명당 전신에 철갑을 두른 시귀를 한 개체씩 대동하고 있었기 때문이다.

시귀들 중에 셋은 굉장히 눈에 띄었다.

한 명은 해골이고 나머지는 피골이 상접한 모습인데 눈에서 발하는 빛이 다른 시귀들과는 달랐으며, 전신을 흐르는 기파가 분명 뚜렷한 의도에 의해 제어되고 있는 티가 났다.

영수술사 광익은 그 시귀들의 정체를 알아보았다.

'강시가 셋이라.'

강시는 일반 시귀보다 훨씬 강력하고, 유지 보수가 가능하며, 완성도가 높을 경우에는 인간처럼 사고하며 기술을 구사하는 것까지도 가능한 무시무시한 괴물이다.

백건익이 말했다.

"광익, 강시들을 맡아줘."

"홍사촌장은 네가 맡을 건가?"

"그럴 셈이다."

백건익은 동시에 마곡정에게 전음을 날렸다.

―마 부대주, 제안을 하고 싶네. 부상자가 많은 상황이니 전투 가능한 인원은 방어에 치중하게 해주게. 그동안 내가 놈들의 수를 줄이면서 홍사촌장을 치지.

―부담이 만만치 않을 텐데요?

―달리 방법이 없을 것 같군.

―알겠습니다. 하지만 이번 일에 대해서는 나중에 확실하게 따질 겁니다.

―하하하. 각오하고 있겠네.

백건익은 마곡정의 대답을 듣자마자 몸을 날렸다. 마인들이 포위진을 형성하기 전에 가장 가까운 시귀를 쳤다.

퍼억!

"헉?"

마인들이 경악했다.

백건익의 공격을 인식하고 방어에 들어가려는 순간, 조금 떨어진 곳에 있던 마인의 목이 날아가는 게 아닌가?

당하고 나서도 이해할 수가 없었다. 백건익은 자신이 덮친 시귀를 공격했다. 그리고 그의 검이 시귀가 두르고 있던 철갑에 막혔다.

그런데 왜 백건익이 쳐다보지도 않은 마인의 목이 날아가는가?

"홍사촌장, 어설픈 것들을 부하로 두고 있군."

백건익이 씩 웃었다. 순간 시귀에게 가로막혀 있던 그의 검이 흔들렸다.

콱!

폭음이 울리며 시귀의 몸에 커다란 구멍이 뚫렸다. 막힌 것은 눈길을 끌기 위한 속임수였고, 정지 상태에서 검기를 발하는 것만으로도 시귀를 부술 수 있었던 것이다.

"큭, 막아라!"

마인들이 일제히 백건익을 향해 시귀들을 움직였다. 전방위에서 완전히 깔아뭉갤 심산으로 달려들었다.

순간 백건익의 입가에 차가운 미소가 걸렸다.

콰아아아아아아!

무시무시한 폭음이 울리며 시귀들이 일제히 튕겨 나갔다.

"이, 이럴 수가!"

마인들이 경악했다. 실로 무시무시한 내공이었다.

폭발의 뒤를 따라서 휘몰아치는 기류 사이로 황백색 섬광이 번뜩인다. 압도적인 한 수에 마인들이 시선을 빼앗기는 순간……

"어억?"

마치 보이지 않는 누군가가 발목을 붙잡고 잡아당긴 것처럼, 그들의 균형이 일제히 무너졌다.

반은 가까스로 균형을 바로잡았고, 반은 넘어지고 말았다. 그리고 넘어진 자들의 운명이 결정되었다.

꽉! 파하하하학!

섬뜩한 소리가 울리며 그들의 등에서 피가 솟구쳤다. 백건익이 틈을 놓치지 않고 연달아 날린 검기가 그들을 가르고 지나간 것이다.

백건익이 곧바로 나머지를 덮치려는 순간이었다.

쾅!

폭음이 울리며 그의 몸이 한쪽으로 날아갔다.

"큭……!"

그가 있던 자리에는 몸이 반쯤 날아간 시귀가 신음하고 있었다.

홍사촌장이었다. 그는 부하들이 다루는 시귀에도 의식을 투영할 수 있었던 것이다.

"나서는 게 너무 늦으시군."

사뿐하게 땅에 내려선 백건익이 말과 함께 검을 휘둘렀다. 반쯤 망가진 시귀가 뻗어나간 검기를 피하지 못하고 부서졌다.

다른 시귀로 갈아탄 홍사촌장이 말했다.

"이놈, 허공섭물을 다루는 재주가 비상하구나."

"알아보셨으면 진즉 나서지 그랬나? 흑무곡주나 네놈이나 정말 바닥이 안 보일 정도로 겁이 많군."

백건익은 파견 경호대주다. 즉 특정한 요인을 지키는 것을 업으로 삼는 인물이라는 뜻이다.

그는 다수를 상대로 싸우는 것에, 그리고 은밀하게 몸을 감추고 암습을 가해오는 자객을 상대하는 것에 능숙했다. 파견 경호대로서 실전 경험을 쌓는 동안 그의 무공은 압도적인 존재감과 은밀함, 양극단을 자유자재로 오가는 형태를 취하게 되었다.

눈에 띄는 검과 강맹함으로 적들의 시선을 빼앗고 그로 인해 발생한 틈을 찌른다. 그런 의도로 기술을 발전시킨 결과 허공섭물을 놀라울 정도로 능수능란하게 다루는 경지에 이르렀다.

홍사촌장은 백건익의 전투법에 숨은 철학을 읽어내었다.

"원래 잡으려고 했던 것은 흑무곡주였지만, 유감스럽게도 이 자리의 주역은 내가 아닌 것 같군. 여기서는 홍사촌장 네놈을 잡는 것으로 만족하겠다."

"흑무곡주와 원한이 있는 놈이었나?"

"홍사촌과도 있을지도 모르지. 네놈들이 원한을 진 상대가 한둘이더냐?"

백건익이 홍사촌장에게 황백색으로 번뜩이는 투명한 기공파를 쏘았다. 척 봐도 강맹해 보이는 기공파를 홍사촌장이 쌍장으로 받아쳤다.

'이건?'

그리고 곧바로 손끝에 걸리는 느낌이 너무 약하다는 사실에 기겁했다. 백건익이 쏘아낸 기공파는 보기에만 요란했지 속은 알팍했던 것이다.

"크악!"

모두가 거기에 눈길이 끌린 한순간, 백건익은 무시무시한 속도로 가속하면서 홍사촌의 마인들을 베어 넘겼다. 시귀보다는 그것을 조종하는 마인들부터 베어 넘겨야 한다고 광익이 충고해 왔기 때문이다.

또한 척마대가 시귀들을 잘 상대하고 있기도 했다.

'영성의 제자들, 실전 경험도 별로 없는 어린 녀석들이 훌륭

하군.'

척마대원들 모두가 분전하는 가운데, 강연진과 양우전이 시귀들을 상대로 눈에 띄는 활약을 보여주고 있었다. 기환술사를 중심으로 형성된 진 속에서 감극도로 철두철미한 방어를 펼치면서 시귀들을 하나씩 요격해 간다.

덕분에 광익은 강시들을 막는 한편, 틈틈이 그들을 지원할 정도로 여유를 보이고 있었다.

'홍사촌장을 잡는 것을 우선해서는 안 된다. 놈의 의식을 내게로 붙잡아두면서 졸개들을 처리한다.'

백건익은 우선순위를 명확히 정해두고 있었다. 그것은 요인을 경호할 때 반드시 필요한 덕목이었다.

홍사촌장은 자신을 약 올리는 듯 싸움을 피하며 부하들을 쓰러뜨리는 백건익의 의도에 넘어갔다. 그를 무시하고 척마대를 덮친다면 상황을 바꿀 수 있을지 모르는데도 계속 백건익을 상대하는 데 전념했다.

'그런데……'

상황을 원하는 대로 이끌어 나가던 백건익은 문득 한 가지 사실을 떠올렸다.

'이 아가씨는 어디로 사라졌지?'

아까 전까지만 해도 전장에서 큰 존재감을 발휘하던 한 사람이, 어느새 감쪽같이 사라져 버렸다.

7

형운은 점점 척마대에게서 멀어지고 있었다.

이 상황은 반은 형운이 원한 대로였다. 형운은 전장을 옮겨 흑무곡주가 척마대원들을 덮치는 상황을 피하고 싶었다.

하지만 반은 흑무곡주의 의도대로였다. 흑무곡주는 흑무곡의 마인들을 앞세워서 형운을 치는 한편, 틈틈이 간섭해서 형운을 점점 척마대원들로부터 멀찍이 떨어뜨려 놓았다.

백건익과 광익이 부담스러웠기 때문이다. 그들이 형운에게 가세한다면 형운을 잡을 수 있다는 보장이 없었기에 확실한 상황을 만들고자 했다.

"정말 팔팔하군. 흑영신교 놈들이 말한 대로야."

그는 형운이 싸우는 모습을 보며 중얼거렸다.

형운은 놀라운 힘으로 53명의 마인과 대적하고 있었다.

물론 마인들 개개인의 실력은 형운과 비교할 수준이 못 된다. 하지만 그들 중에 몇몇은 마창사괴와 비등한 실력을 가졌고, 그게 아니더라도 흑무곡주가 술법으로 그들의 힘을 하나로 묶어 진법을 형성하고 있다는 점을 생각하면 벌써 형운이 짓눌려 버렸어도 이상하지 않았다.

그런데 형운이 쓰러지기는커녕 다섯 명의 마인이 쓰러졌다. 중간중간 흑무곡주가 개입하지 않았더라면 훨씬 처참한 상황이었을 것이다.

형운은 흑무곡주의 시선에 묻은 탐욕을 느꼈다.

'저놈은 나를 원하고 있어. 나를 죽이는 게 목적이 아니라, 내 몸을 원하고 있다.'

그와 홍사촌장이 손잡은 것은 흑영신교의 의도가 작용한 결과다. 그리고 그가 움직인 것은 이익이 있기 때문이다. 단순히 흑영신교가 제시한 대가만이 아니라, 일월성신인 형운을 먹어 치울 수 있다는 것 때문에.

'이대로는 당한다. 계기가 필요해.'

형운은 점차 지쳐가고 있었다.

마인들의 수가 하나씩 하나씩 줄어간다. 그럴 때마다 그들의 기운을 묶어 형성한 진법의 압력도 약해진다.

그러나 동시에 형운의 기력도 점차 깎여 나갔다. 마인들의 수가 줄어드는 것보다 형운이 지치는 게 더 빨랐다.

당연한 일이었다.

형운이 위지혁을 도와서 구윤과 격전을 벌인 지 채 한 시진(2시간)도 지나지 않았다. 그 싸움으로 심신 양쪽에 막대한 피로가 쌓인 데다 내상까지 얻었다.

그런 상황에서 운기조식할 여유조차 없이 먼 길을 달려와서 격전을 치르고 있는 중이다. 다른 사람이었다면 벌써 내상이 심해져서 쓰러졌을 것이다.

문득 형운의 표정이 변했다. 동시에 날아든 검을 막아낸 그의 몸이 뒤로 주르륵 밀려났다.

"케케케케! 끝이다!"

마인 중 하나가 뛰쳐나왔다. 핏빛 검기를 뿜어내는 자였다.

그와 형운이 격돌하는 순간이었다.

"크악!"

마인들 사이에서 비명이 울려 퍼졌다.

핏빛 검기의 마인이 움찔했다. 뒤에서 무슨 일이 벌어졌단 말인가?

그 한순간의 틈을 형운은 놓치지 않았다. 자신의 손과 맞닿은 검에 냉기를 침투시키고는 돌려차기로 몸을 강타했다.

핏빛 검기의 마인은 팔이 부러지는 상황 속에서도 노련한 대응을 보였다. 반대쪽 팔로 일장을 쳐내면서 땅을 박차고 뒤로 물러나는 게 아닌가?

파악!

하지만 그런 그의 머리가 몸통과 분리되어 날아올랐다.

'어?'

그는 머리통이 땅에 떨어지는 순간까지도 이해할 수 없다는 표정을 짓고 있었다.

상황을 명확하게 파악한 것은 단 두 사람, 형운과 흑무곡주뿐이었다.

"어느새……."

흑무곡주가 믿을 수 없다는 듯 중얼거렸다.

땅에서 솟아난 것처럼 마인들 사이에 나타난 한 사람이 한순간에 세 명을 베어버렸다. 그리고 형운과 격돌했던 마인이 물러나는 지점에다가 의기상인과 허공섭물을 융합, 닿는 순간 구현되는 검기를 함정으로 깔아두었다.

"내 술법마저 속이다니! 무슨 수를 쓴 것이냐?"

흑무곡주가 외쳤다.

혼란에 빠진 마인들 속에서 검을 휘두르는 것은 온통 새카만 옷으로 몸을 두른 여검사, 가려였다.

그리고 형운 역시 그녀가 만들어낸 틈을 놓치지 않았다. 진법을 이루는 마인들의 기운이 흐트러지는 것을 보자마자 돌진했다.

쾅! 콰쾅!

허점을 보인 마인들은 비명조차 지르지 못했다. 형운의 주먹이 그들의 머리통을 날려 버렸기 때문이다.

"제기랄! 저년부터 잡아!"

안에서는 가려가, 밖에서는 형운이 맹공을 펼치자 마인들이 우왕좌왕했다.

그들은 몇 명이 형운을 막는 동안 내부에 파고든 가려부터 붙잡으려고 했다. 은신술이 놀랍기는 했지만 그뿐일 것이라고 생각했다.

파악!

그런 생각으로 뛰어든 마인의 목이 일격에 날아갔다.

"조심해! 이 계집, 내공이 상당하다!"

가려의 은신술이 워낙 뛰어나서 도무지 기파를 읽을 수가 없었다. 그런데 격돌하는 그 한순간에만 폭발적인 기파가 터져 나오면서 무시무시한 검격으로 적을 베어버렸다.

더 큰 문제는, 그 일격에 시선을 빼앗긴 잠시 동안에 그녀의 모습이 사라져 버린다는 것이다.

파하하학!

그리고 피 보라가 일었다.

모두의 눈에서 사라지는 것은 아니다. 수십 명에게 둘러싸여서 싸우다가 그럴 수는 없다.

가려는 오직 자신이 공격할 대상의 눈에서만 사라졌다. 그리고 그들이 다시 그녀의 존재를 파악했을 때는 누군가의 몸에서 피가 솟구친 후였다.

"이년이!"

마인들은 머리끝까지 분노했다.

원래부터 폭급한 자들이다. 흑무곡주의 섭혼술로 인해서 심령이 조작되어 목숨을 도외시하고 싸우는 지금은 더더욱 그랬다.

"크아악!"

"으윽, 이 자식! 어딜 공격하는 거냐!"

앞뒤 가리지 않고 공격한 마인들은 가려가 아니라 동료를 쳐 버리고 말았다.

마인들은 형운을 상대하기 위해서 뭉쳐 있었다. 그런데 그것이 자기들 사이에서 불쑥 솟아난 가려를 상대할 때는 문제가 되었다.

가려가 그들의 동선이 서로 겹치도록 방해했기 때문이다. 그녀는 실체 없는 유령이라도 된 것처럼 눈앞의 적들을 농락하면서 혼란을 증폭시켰다.

그리고 그사이 형운이 무서운 속도로 마인의 수를 줄여 나가고 있었다.

적들 사이로 뛰어든 형운은 확신했다.

'이제 안 붙잡힌다.'

마인들의 기운을 하나로 엮는 진법은 아직도 발동 중이다. 하지만 위력이 현저히 약해졌고, 기운의 흐름이 헝클어지면서 구멍이 숭숭 뚫렸다.

이제까지는 진법의 압력에 붙잡힐 것을 우려해서 운화를 물러날 때만 썼다. 하지만 지금이라면 진법 안에서도 얼마든지 운화를 쓸 수 있으리라.

"사, 사라졌다!"

형운의 측면에서 공격을 가한 마인이 경악했다. 형운이 운화로 사라져 버렸기 때문이다.

퍽!

황급히 주변을 두리번거리는 그의 뒤통수가 터져 나갔다. 형운이 발한 격공의 기였다.

"크악!"

"이놈, 대체 어떻게……!"

"아아악!"

마인들의 비명이 울려 퍼지기 시작했다. 자기들 사이에서 계속해서 공간을 뛰어넘는 형운의 존재는 공포 그 자체였다.

얼마 지나지 않아서 그들은 전멸 가까운 상황에 몰렸다. 남은 것은 실력이 뛰어난 세 명뿐이었다.

형운과 가려가 한곳에 모여서 그들을 노려보았다.

"쯧."

그때 흑무곡주가 불쾌한 듯 혀를 찼다.

'저놈, 설마…….'

형운은 그의 시선에서 갈등을 읽었다.

'…지금 상황에서 물러날지 계속 싸울지 고민하고 있는 거야?'

놀랍게도 흑무곡주는 물러날 것을 진지하게 고려하고 있었다.

예상이 어긋나는 바람에 피해가 엄청났고, 어떻게든 손에 넣고 싶었던 형운을 포기해야 하지만 그래도 그 자신이 죽는 것보다는 나았다.

그는 그런 사고방식을 가졌기에 지금까지 살아남을 수 있었다.

하지만 결국 흑무곡주는 한발 앞으로 나섰다.

"어쩔 수 없군."

희생시킨 것들이 아까워서가 아니다. 여기서 형운을 놓치면 두 번 다시 이런 기회를 잡을 수 없을 것이라고 판단해서였다. 그만큼 그는 형운을, 정확히는 그 육신을 갈망하고 있었다.

"내게 목숨을 저울질하게 한 대가는 비쌀 것이다."

제85장
손잡다

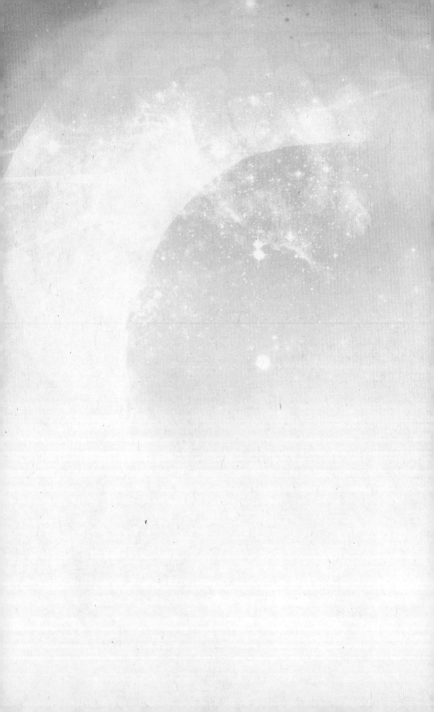

1

혹무곡주는 오래전부터 형운의 존재를 알고 있었다.

단지 선풍권룡의 명성만을 알고 있었던 것이 아니다. 운강에서 마창사괴가 쓰러진 그 순간부터 형운에 대한 정보를 수집해왔다.

물론 그가 수집할 수 있는 정보는 한계가 명확했다. 그리고당시에는 형운의 존재에 대해서 잘 알아둬야겠다고 생각했을뿐이다. 마창사괴의 죽음에 대한 원한 따위는 그의 마음속에 존재하지 않았다.

형운을 잡겠다고 결단한 계기는 혹영신교의 제안이었다.

반년 전쯤에 혹영신교에서 사자를 보내서 교섭을 시도했다.

"그에 대한 정보를 제공할 테니 그를 잡아주지 않겠나? 최고의 기회를 잡도록 도와주겠다."

"내가 왜?"

"대가는 만족스러운 수준으로 지급하겠다. 지난번 마창사괴를 빌려줬을 때 이상으로……."

"거절한다."

흑무곡주는 별의 수호자가 얼마나 무서운 조직인지 잘 알고 있었다.

무엇보다 형운을 잡기 위해서는 자신이 직접 나서야 한다. 흑영신교가 아무리 큰 대가를 지불한다고 해도 자신의 목숨을 위험에 던질 마음은 추호도 없었다.

흑영신교의 사자는 그런 반응을 예상했다는 듯 말을 이어갔다.

"그대가 술법을 준비하는 데 필요한 것들을 제공해 주지. 그리고 믿음직한 원군도 준비해 주마. 그대와 같은 사대마의 일각이라면 어떻겠나? 해볼 만하지 않나?"

"거절한다. 나를 네놈들의 용병으로 취급하는 게 가능하다고 생각하지 마라. 자기가 싼 똥의 뒤처리는 스스로 하도록."

흑무곡주는 코웃음을 쳤다.

자신의 목숨은 그 무엇보다도 귀중하다. 그 귀중한 목숨을 위험에 던져야 할 때가 있다면, 그것은 오로지 자신을 위한 일이어야 한다. 남이 주는 대가에 혹해서 그럴 일은 결코 없을 것이다.

흑영신교의 사자는 여전히 웃으며 말을 이었다.

"우리를 위한 일만이 아니다. 아마 귀하의 이익이 더 클 것이다."

"무슨 궤변을 늘어놓고 싶은가?"

"슬슬 한계에 도달했지 않나? 최대한 길게 생각해도 10년이겠지."

"……."

흑무곡주에게서 진한 살기가 뿜어져 나왔다.

마창사괴를 빌려줬을 때, 그가 흑영신교로부터 받은 대가는 사령인과 관련된 비술들이었다.

흑무곡주는 벌써 200년 가까이 살아왔다. 사령인으로 살아온 세월만도 150년에 달했다.

처음에는 영생불사할 수 있으리라 여겼다. 스스로가 인간이 아닌 무언가로 변모해 가는 과정은 공포스러웠지만, 어느 순간부터 그것을 당연하게 받아들이는 괴물이 되었다.

그런데 시간이 흐를수록 자신의 예상이 틀렸음을 깨달았다.

긴 세월 속에서 그는 끊임없이 변화했다. 이제는 자신을 이루는 구성품 중에 인간이었던 부분을 찾기가 어려울 정도였다.

문제는 정신이 육체를 따르고 있다는 것이다. 처음 사령인이 되는 순간부터 그랬던 것처럼 꾸준하게.

"결국은 자아가 무너져서 사령이 되고 말 것이다. 그대가 지닌 힘이 강대하고 집착이 강하니 요괴로 재생할지도 모르지. 하지만 그것은 이미 그대가 아닐 것이다."

인간성을 잃는 것은 두렵지 않았다.

하지만 자아가 사라지는 것은 두려웠다.

흑무곡주는 더 이상 '나'라고 할 수 있는 존재가 사라진다는 것이 두려워서 지금까지 발버둥 쳐왔다. 살기 위해 다른 사람을 죽였고, 살기 위해 마공을 익혔으며, 살기 위해 사령인이 되었다.

그런데 이제 그 발버둥이 한계에 달했음을 절감하고 있었다.

위진국에서 형운에게 쓰러진 오흉마 살무귀와는 정반대의 경우였다.

살무귀는 마공을 연마하는 과정에서 인성이 마모되어서 자아를 잃었다. 그리고 오로지 최초에 정신에 새겨진 방향성만을 추구하는 마공의 화신이 되었다.

하지만 흑무곡주는 그렇게 되지 않기 위해 온갖 노력을 하면서 살아왔다.

마공도, 술법도, 사령인이 된 것조차도 모두 자신이 자신으로서 살아가기 위한 수단이었을 뿐이다. 자신이 품은 목표는 모두 자신이 살아서 성취해야만 의미가 있었다.

흑영신교의 사자는 그 점을 파고들었다.

"흉왕의 제자에게 귀하가 갈망하는 답이 있다. 그는 일월성신, 별의 수호자의 연단술사들이 꿈꾸던 완전한 기운의 그릇이지. 그를 취하는 것이 그대를 괴롭게 하는 문제의 해답이 될 것이다. 지금 내 말이 진실임을 위대한 흑영신께 맹세하지."

흑무곡주는 결국 그들의 의도대로 움직일 수밖에 없었다.

2

가려는 더없이 긴장한 눈으로 흑무곡주를 노려보았다.

형운을 돕기 위해 이 전장에 진입했을 때, 그녀는 흑무곡주부터 노릴 생각이었다. 형운에게 정신이 팔린 그를 암습할 수 있다면 그걸로 상황이 끝날 테니까.

하지만 그럴 수가 없었다.

이제 그녀의 은신술은 인간의 감각만이 아니라 술법의 탐지마저 속여 넘길 수 있는 경지에 도달했다. 그녀는 자신의 존재를 파악할 수 있는 기운의 흐름을 읽을 수 있었고, 그것을 피할 수 있는 방법을 알았다.

그런데도 흑무곡주를 암습할 수 있다고 확신하지 못했다.

'사령을 넘을 수 있을까?'

흑무곡주의 기감과 탐지 술법을 속이는 것까지는 도전해 볼만했다. 하지만 그의 주변을 휘감고 있는 무수한 사령들을 완벽하게 속일 자신이 없었다.

'확률은 반반. 더 확실한 계기가 필요하다.'

그래서 그녀는 불확실한 도박에 모든 것을 걸기보다는 확실하게 형운에게 도움이 되는 쪽을 택했다. 그리고 그 선택은 옳았다.

"누나."

형운이 흑무곡주를 노려보며 말했다.

"그동안 연습한 것, 실전에서 써볼 때가 생각보다 빨리 왔네요."

"그렇군요."

가려가 고개를 끄덕였다.

흑무곡주가 말했다.

"이만큼 보니 확신이 깊어지는군. 그래, 너는 분명 내가 위험을 감수할 만한 가치가 있는 먹잇감일 것이다."

"네놈은 쓰레기지만, 내가 위험을 감수할 만한 가치가 있군. 네놈을 없애면 세상이 조금은 평화로워질 테니."

형운은 그를 도발할 의도로 말했다. 하지만 흑무곡주는 형운이 무슨 말을 하든 상관하지 않았다.

살아남은 세 마인이 셋으로 갈라져서 움직였다. 형운과 가려를 포위할 심산이었다.

그러나 형운이 한발 빨랐다.

펑!

그들이 노린 위치로 이동하기도 전에, 운화로 공간을 뛰어넘은 형운이 그들 중 하나를 덮쳤다.

"음……!"

흑무곡주가 신음했다.

그는 아까부터 형운의 운화를 막아보려고 시도하고 있었다. 하지만 직접 격투를 벌이면서 여유를 빼앗는다면 모를까, 원거리에서 간섭하는 정도로는 형운이 운화하지 못할 정도로 집중력을 빼앗을 수가 없었다.

하지만 형운은 형운대로 초조했다.

'젠장. 몸 상태가 온전했다면…….'

세 마인은 모두 내공이 6심에 이르러 있었다. 무공 또한 뛰어나서 형운의 기습을 잘 받아냈다.

염마도 구윤과 싸운 다음이 아니었다면 훨씬 상황이 좋았을 것이다. 여전히 흑무곡주는 두려운 적이었겠지만 전투를 수행하면서 고를 수 있는 선택지가 훨씬 많았을 테니까.

'아니, 지금은 어쩔 수 없는 것을 안타까워할 때가 아니야.'

형운은 마음을 다스렸다. 지금은 눈앞의 상황에 집중할 때였다.

'난 혼자가 아니야. 누나와 힘을 합치면 이길 수 있다.'

형운은 계속해서 운화로 공간을 뛰어넘으면서 적들이 포위진을 형성할 수 없도록 만들었다.

하지만 어느 순간 흑무곡주가 형운의 움직임을 따라잡았다.

펑!

흑무곡주가 발한 격공의 기가 형운을 덮쳤다. 형운은 그 직전에 격공의 기를 발해 막아냈지만 미세한 틈이 발생하는 것은 어쩔 수 없었다.

세 마인 중 하나가 달려들면서 검기를 뿌렸다. 누가 봐도 제대로 들어가는 공격이었다.

"헉!"

그런데 다음 순간, 다른 두 마인이 경악했다.

자세가 흐트러진 형운의 팔이 거짓말처럼 완벽한 궤도를 그리면서 검기를 받아쳤다. 폭음이 울리며 마인이 주춤하는 순간이었다.

파악!

어느새 그 뒤를 따라온 가려가 뒤에서 목을 잘라 버렸다.

"너부터 잡아야겠구나."

흑무곡주가 눈을 가늘게 뜨는 순간이었다.

형운이 재빨리 광풍혼 연쇄를 펼쳐서 가려를 휘감았다. 일순간 그녀의 모습이 푸른빛의 기류에 감싸여 사라졌다.

퍼버버버벙!

흑무곡주가 날린 사령의 기운이 거기에 가로막혔다.

하지만 그렇게 생긴 틈 때문에 형운의 위치가 고정되었다. 흑무곡주가 노도처럼 기공파를 쏘아대자 다른 두 마인도 합세했다.

콰쾅! 콰콰콰콰콰!

형운은 정신없이 뒤로 물러났다. 반은 받아치고 반은 비껴냈지만 지금 몸 상태로는 도저히 감당할 수 없는 화력 차가 있었다.

"커어……!"

그 상황을 바꾼 것은 갑자기 터져 나온 신음이었다.

흑무곡주가 깜짝 놀라서 고개를 돌렸다. 쌍장으로 기공파를 퍼붓던 마인이 등에 비수가 꽂힌 채로 부들부들 떨고 있었다.

"도대체 어떻게?"

믿을 수가 없었다. 마인의 등에 비수를 찍은 것이 가려였기 때문이다.

"무슨 수작을 부린 것이냐!"

흑무곡주가 그녀에게 기공파를 쏘아냈다. 그러자 가려는 방금 죽인 마인의 시신을 차올려서 방패로 삼았다.

콰아앙!

폭음이 울리며 마인의 시체가 산산조각 났다.

그리고 그 폭발을 이용해서 가려가 다시 사라졌다. 흑무곡주의 감각으로도 폭연에 묻어서 이동하는 그녀를 포착할 수가 없었다.

"큭……!"

술법을 펼쳐서 그녀를 포착할 틈은 없었다. 쏟아지던 기공파가 끊기는 순간, 형운이 무서운 기세로 돌진해 왔기 때문이다.

투학!

흑무곡주와 형운이 격돌했다.

이해할 수 없는 가려의 움직임이 흑무곡주에게 준 충격은 컸다. 동요한 그의 허점을 포착한 형운이 그를 몰아붙였다.

하지만 그것도 잠시였다. 흑무곡주는 금세 평정을 되찾고 형세를 뒤집었다.

"슬슬 몸이 삐걱거리는 모양이구나."

그 말대로였다. 내상을 입은 상태로 쉬지도 못하고 격전을 치른 형운의 움직임이 아까보다 둔해져 있었다.

"제아무리 대단한 몸이라도 살아 있는 인간인 한에는 어쩔 수 없는 일. 그 대단한 힘을 갖고도 인간의 틀을 벗어나지 못한 것을 한탄해라."

"…웃기지 마."

다시 수세에 몰린 형운이 분노를 드러냈다.

"내 삶은 네놈 같은 쓰레기가 평가할 정도로 싸구려가 아니었어."

사람답게 살고 싶어서, 사람이기 위해서 필사적으로 살아왔다.

가혹한 운명 속에서도 사람일 수 있었던 것은 자신의 힘만으로 이뤄낸 것이 아니었다.

손을 내밀어 기회를 준 사람들이 있었다.

자신을 위해 목숨까지 희생해 준 사람들도 있었다.

그런 사람들의 마음이 형운을 지금까지 사람일 수 있게 해주었다. 사람의 눈으로 세상을 보고, 사람의 마음으로 생각하며, 사람의 손으로 다른 사람의 손을 잡을 수 있게 해주었다.

"그렇게 인간의 삶이 하찮아 보이나? 네 생각이 틀렸다는 것을 증명해 주마."

"오호, 그럴싸한 말이야. 과연 어리석은 것들이 협객이라며 칭송할 만도 하구나. 하지만 그래서 지금의 네가 뭘 할 수 있지?"

흑무곡주가 형운을 비웃었다. 그를 둘러싼 사령의 힘이 더욱더 강해지면서 술법이 펼쳐지기 시작했다.

순간 형운이 빛으로 화했다.

"무극의 권? 통하지 않는다!"

흑무곡주가 형운의 시도를 비웃었다.

격전 중에, 그것도 그가 알아차리지 못하도록 은밀하게 무극의 권을 완성한 것은 감탄할 만한 일이다. 만약 그가 순수한 무인이었다면 이것으로 승부가 났으리라.

하지만 그는 인간을 벗어난 사령이며, 고도의 술법을 다루는 자였다.

무극의 권은 전신의 호부가 막아줄 것이다. 그는 그 직후에 폭발하는 냉기를 방어하면서 육화한 형운을 공격하기만 하면 된다.

'냉기가 뒤따라오는 것은 놀랍지만, 이미 한번 보았다.'

아까 전에는 무극의 권보다는 그 직후 폭발하는 냉기를 방어

하느라 타격을 입었다. 하지만 이번에는 무슨 일이 일어날지 이미 알고 있다. 냉기를 방어할 준비를 마친 이상, 형운이 자신을 관통한 직후에 육화하는 지점을 포착하고 공격하는 것이 중요했다.

그리고 형운의 무극의 권이 관통할 궤도가 뻔한 이상, 육화할 지점을 예측하기도 어렵지 않다. 그는 형운이 빛으로 화하는 그 순간 곧바로 몸을 뒤로 돌렸다.

구우우우웅……!

'음?'

그런 그의 귀에 둔중한 소음이 들려왔다. 그리고 마치 물속에 들어온 것 같은 압력이 흑무곡주의 전신을 짓눌렀다.

'이런! 무극의 권을 두 종류로 나눠서 쓸 수 있었나? 게다가 그걸 미끼로 나를 속여?'

형운의 무극의 권은 그를 표적으로 삼지 않았다. 가려와 대치하고 있던 마지막 한 명의 마인을 소멸시켰고, 그것은 완전히 흑무곡주의 허를 찌르는 행동이었다.

그리고 형운은 육화하자마자 지금까지 싸우는 동안 한 번도 쓰지 않은 중압진을 전개했다.

"큭!"

흑무곡주가 곧바로 방어 술법의 종류를 전환했다. 냉기 폭발에 대한 방어 술법이 압력에 대한 방어 술법으로 바뀌면서 중압진의 효과가 무력화된다.

하지만 틈이 발생하는 것은 어쩔 수 없었다. 형운은 곧바로 운화로 뛰어들어 오면서 그의 배후를 급습했다.

쾅!

폭음이 울리며 흑무곡주의 몸통에 커다란 구멍이 뚫렸다.

하지만 그것은 치명적인 타격이 아니었다. 도저히 방어할 수 없는 상황에 몰린 흑무곡주가 몸을 액체화해서 공격을 받아버렸다.

형운은 개의치 않았다. 폭풍처럼 연격을 퍼부었다.

퍼퍼퍼퍼펑!

폭음이 울리며 흑무곡주의 몸을 이루는 검은 액체가 흩어졌다. 그가 태세를 갖추고 형운의 공격을 받아내기까지의 시간은 아주 짧았지만 그동안 입은 타격은 엄청났다.

"이노오오옴! 하찮은 애송이 주제에 감히!"

액체화한 그의 몸 곳곳에서 불길한 붉은빛이 번뜩였다. 폭음이 울리며 형운이 밀려나자 다시 원래의 모습으로 돌아간 그가 달려들며 쌍장을 날렸다.

피할 수 없다. 그렇게 판단한 형운이 똑같이 쌍장으로 받아쳤다.

콰아아아앙!

폭음이 울리며 두 사람 주변의 지면이 원형으로 터져 나갔다. 그러나 둘은 폭심지에서 밀려나지 않고 서로 쌍장을 맞댄 채였다.

"큭……!"

형운이 신음했다. 쌍장을 받아치는 반동으로 밀려나려고 하는 그를 흑무곡주가 붙잡았다.

"네놈의 내공이 대단하다고는 하나 그 몸 상태로는 내게 잡아먹히는 것만 남았다."

내공 대결로 들어가는 형국이었다.

형운의 상태가 멀쩡했다면 내공 대결은 유리한 선택이었을 것이다. 하지만 구윤과의 싸움, 그리고 지금까지의 격전으로 상당량의 내력을 써버린 데다가 내상이 점점 심해지는 지금은 최악의 선택이었다.

"오래 끌 생각은 없다. 네놈이 완전히 부서져 버리면 나도 곤란하거든."

흑무곡주가 잔인하게 웃었다.

가려가 숨어서 자신을 노리고 있는 지금, 형운과 내공 대결로 움직일 수 없게 되는 것은 위험하다. 그래서 이 형국을 만들기 전에 이미 준비를 마쳐두었다.

그의 몸 일부가 검은 액체로 화해 솟구쳤다. 내공 대결로 꼼짝도 할 수 없는 형운을 쳐서 쓰러뜨릴 셈이었다.

"이럴 줄 알았지……!"

그것을 본 형운은 미소를 지었다.

흑무곡주가 섬뜩함을 느끼는 순간, 형운의 손목과 발목이 빛을 발했다.

파지지지지직!

그로부터 일어난 뇌전이 흑무곡주의 전신을 휘감았다.

3

그것은 전혀 생각지도 못한 기습이었다.

흑무곡주는 형운의 능력을 다 봤다고는 생각하지 않았다. 하지만 기환술사라면 모를까, 무인의 기술은 영역이 한정되게 마련이다. 무엇보다 필사적으로 내공 대결을 펼치는 상황에서 뭘할 수 있겠는가?

　하지만 형운에게는 진조족의 장신구가 있었다. 평소 형운의 기운을 저축해 두었다가 필요한 순간에 꺼내 쓸 수 있으며, 축지를 비롯한 온갖 술법이 내장되어 있는 팔찌와 발찌였다.

　그중에는 진조족의 권능이라고 할 수 있는 뇌전을 발생시키는 술법도 있었다.

　"크아아아악!"

　흑무곡주가 비명을 질렀다.

　완전히 허를 찔렸다. 형운이 쓰는 기공파나 냉기에 비해 위력은 대단치 않았지만 전혀 대비하지 않은 공격이라는 점이 문제였다.

　내공 대결로 들어갔던 상황이 깨졌다. 하지만 형운은 공격하지 못했다. 당장에라도 피를 토할 것 같은 상태를 막느라 안간힘을 다하고 있었다.

　그에 비해 흑무곡주는 금세 회복했다. 그러나…….

　푹!

　그의 등 뒤에 한 자루 비수가 꽂혔다.

　"이런……!"

　그는 가려가 급습해 왔음을 알았다. 곧바로 몸을 액체화하며 대응하려고 했다.

　퍼엉!

그러나 그 순간, 비수에 담긴 힘이 폭발하면서 그의 움직임을 경직시켰다.

파파파파파파!

뒤이어 가려의 검격이 몸을 난도질했다.

"크아아악!"

흑무곡주의 비명이 울리며 피인지, 아니면 액체화한 몸인지 알 수 없는 시커먼 액체가 사방으로 튀었다.

하지만 그는 계속 당하고 있지 않았다. 기어코 몸을 액체화하면서 위치를 바꿨고, 곧바로 가려에게 반격을 가했다.

팍!

가려의 검과 그의 팔이 충돌했다.

그제야 흑무곡주는 가려의 모습을 눈에 담을 수 있었다.

"계집! 편안히 죽을 생각은 버려라!"

그의 눈에서 흉흉한 붉은빛이 쏟아져 나왔다. 하지만 가려는 조금도 동요하지 않고 질풍 같은 검격을 날렸다.

콰콰콰콰콰!

검과 팔이 충돌하면서 폭음이 울렸다.

흑무곡주는 경악했다. 가려가 조금도 밀리지 않았기 때문이다. 자신이 연달아 타격을 입어서 제 힘을 발휘하지 못하는 것을 감안하더라도 믿기 어려웠다.

'젊은 계집의 내공이 대단하군!'

가려는 천명단을 복용한 후 6심 내공을 이루었다. 이제는 내공 격차 때문에 속수무책으로 밀리는 상황을 만나기도 어려우리라.

하지만 더 놀라운 것은 그녀가 보여주는 기술이었다.

'마공도 아닌 정공에 이런 요망한 기술이 존재한단 말인가?'

평생 마공을 연마해 온 그가 그런 생각을 할 정도로 가려의 기술이 기묘했다.

검술은 날카롭고 정교하지만 그에게는 미치지 못한다. 신체 능력도 여유롭게 대응할 수 있는 정도다.

하지만 기공만은 달랐다. 그의 의기상인과 허공섭물을 대등하게 받아내는 것은 물론이고…….

'또 놓치다니!'

뻔히 눈앞에서 싸우다가도 한 번씩 그녀의 모습을 놓치고 있었다.

은신술이 대단하다는 것은 충분히 실감했다. 하지만 은신술이라는 것이 몸을 숨기다가 덮칠 때까지나 의미가 있지, 맞붙어서 격투를 벌이는 데 무슨 의미가 있는가? 고작해야 기척을 현혹시키는 정도인데 흑무곡주 정도의 고수에게는 통하지 않는 수작이다.

그런데 가려는 그런 상식을 산산조각 내고 있었다.

투학!

일순간 시야 사각으로 사라진 그녀가 옆에서 내지른 검격을 막아낸 흑무곡주가 주춤했다.

믿을 수가 없었다. 자신이 힘과 속도는 물론이고 격투술에서도 우위를 점하는데 이런 식으로 혼란에 빠지다니?

아까 전부터 술법이나 격공의 기로 균형을 무너뜨리려고 했지만 가려는 전혀 틈을 주지 않았다. 그녀는 흑무곡주의 의식과 감각이 향하는 지점을 꿰뚫어 보고 있었기 때문이다.

'사소한 것 하나라도 놓쳐서는 안 돼. 놓치는 순간 당한다.'

가려의 집중력은 무섭도록 날카로워져 있었다.

흑무곡주의 시선, 몸짓, 기파까지 수집할 수 있는 모든 정보를 이용해서 그의 움직임을 통찰한다. 거기에 맞춰서 자신의 존재감을 자유자재로 조절할 수 있어야만 지금 그녀가 보이는 곡예 같은 싸움을 성립시킬 수 있었다.

인간의 감각이 아무리 많은 정보를 잡아낸다 해도 인간의 의식이 순간순간 주목하는 정보는 한정적이다. 아무리 넓게 보려고 노력해도 한 지점에 집중할 수밖에 없는 순간이 있다.

그 순간이야말로 다른 모든 것을 놓치게 되는 순간이다. 아무리 뛰어난 감각을 지녔어도 한 지점에 시선을 빼앗기는 그 순간만큼은 다른 것을 볼 수 없다.

가려가 이용하는 것은 인간인 이상 벗어날 수 없는 본질이었다.

자신의 공격이 적과 격돌하는 순간, 적의 의식이 거기에 쏠리는 것을 이용한다.

의도적으로 상대가 자신의 움직임을 통찰할 수 있도록 만든 다음 그 사실을 이용한다.

그리고 이제는 격전 중에 의기상인으로 자신과 겹치지만 약간 어긋나는 지점에서 거짓으로 만들어낸 존재감마저 이용할 수 있게 되었다.

흑무곡주는 경악했다.

'이럴 수가.'

점점 가려의 모습을 놓치는 일이 잦아지더니 마침내 그녀의 모습이 완전히 사라졌다.

자신과 격투를 벌이던 상대가 은신술로 모습을 감추다니 상상도 못 해본 일이었다. 이것은 이미 자객의 기술을 뛰어넘은 무언가였다.

'경이로운 계집이로군. 하나 암습을 선택한 이상 거기까지다.'

흑무곡주는 전방위로 힘을 방출했다. 구형으로 퍼져 나가는 기공파에 어쩔 수 없이 가려의 모습이 드러났다.

"으윽!"

은신술이 풀린 그녀가 비틀거렸다. 억눌러 두었던 기파가 흘러나오면서 허점이 드러났다.

"거기군!"

흑무곡주가 쌍장을 펼쳐 강맹한 기공파를 날렸다. 사령의 저주가 깃든 새카만 기공파가 가려를 덮치는 순간이었다.

그녀의 앞에서 기공파가 꺼지듯이 사라져 버렸다.

'뭐냐?'

도저히 이해할 수 없는 사태에 흑무곡주가 경악했다.

콰아아아아앙!

그리고 그런 그의 뒤를 강맹한 충격이 덮쳤다.

'무슨, 일, 이 일어, 난⋯⋯?'

사고가 가닥가닥 끊겼다.

이해할 수가 없었다. 도대체 무슨 일이 일어난 것인가?

"크으으윽⋯⋯!"

땅을 뒹군 그는 몸을 액체화하며 몸을 바로 세웠다. 머리로 생각하고 한 행동이 아니고 본능적으로 선택한 행동이었다.

동시에 한 가지 깨달음이 찾아들었다.

'내 공격이었다.'

자신을 덮친 기공파는, 바로 가려를 향해 쏘아낸 바로 그 기공파였다. 피격 지점을 통해 침투한 사령의 힘이 그 증거였다.

하지만 그 과정을 이해할 수가 없었다. 도대체 어떻게 그런 일이 일어날 수 있는가?

서걱!

순간 그의 팔이 잘려 나갔다. 잠시 의식이 흐트러진 틈을 타서 가려가 접근해 온 것이다.

"크아아! 감히! 감히……!"

흑무곡주가 격노했지만 가려는 신경도 쓰지 않았다. 소름 끼치도록 묵묵히 검을 놀려서 그를 베어나갔다.

퍽!

액체화된 흑무곡주의 목이 끊어졌다가 다시 이어졌다.

퍼엉!

타격 순간 둔중하게 충격이 퍼져 나가는 기공파가 액체화된 그의 몸 일부를 날려 버렸다.

"크아아아아!"

비명을 지르는 흑무곡주의 몸 일부가 붉게 빛났다. 동시에 자색의 연기가 폭발했다.

'독!'

가려는 곧바로 판단을 내렸다. 호흡을 멈추고 정신없이 검을 휘둘러 격풍을 일으키면서 뒤로 물러났다.

독연 속에서 흑무곡주의 몸 일부가 시커먼 연기를 발생시키며 끓어올랐다.

인간의 몸이었다면 벌써 죽었을 타격이었다. 하지만 인간을 벗어난 그는 죽음에 이르지는 않았다.

하지만 아무리 그라도 이런 상태로는 제대로 힘을 쓸 수 없었다. 무인으로서 힘을 쓸 수 없는 지금, 그가 택할 수 있는 것은 술법뿐이었다.

'내가 나를 희생시키게 하다니! 이 대가는 네년의 목숨으로 치르게 될 것이다!'

바로 술사 자신의 생명을 자원으로 삼아 큰 힘을 발생시키는 것이다.

평소라면 흑무곡주가 절대 선택하지 않았을 방법이었다. 이런 방법을 쓰느니 서둘러 도망치고 만다.

하지만 지금은 너무 크게 당했다. 그리고 이런 희생을 치러서 얻을 수 있는 과실이 너무 달콤해 보였다.

그런 조건들이 그의 판단력을 흐트러뜨렸다.

쾅!

사방팔방에 독무를 퍼뜨리고 술법을 준비하던 그의 뒤쪽을 충격이 덮쳤다.

흑무곡주가 비명조차 지르지 못하고 나가떨어졌다. 동시에 자신을 덮친 존재의 정체를 알았다.

'이놈, 그만큼 내상을 입었으면서 이 독무 속으로 뛰어들다니……!'

일반인이라면 흡입하기만 해도 죽어버릴 극독이었다. 그래서 아무리 내공이 강한 자라도 뚫고 들어오려면 시간이 걸린다고 확신하고 있었다.

하지만 형운은 만독불침이었다. 그 정보를 알지 못한 것은 그에게는 치명적이었다.

"이놈, 지긋지긋한 놈 같으니……!"

"내가 할 말이다, 괴물!"

형운이 노성을 지르며 달려들었다.

한 방, 두 방, 세 방… 전력을 다한 주먹이 흑무곡주에게 꽂히며 폭음이 울려 퍼졌다. 그럴 때마다 흑무곡주의 몸에서 검은 액체가 폭발적인 기세로 튀었다.

하지만 어느 순간, 흑무곡주가 일장을 쳐내어 형운의 권격을 받아쳤다.

쾅!

폭음이 울리며 형운이 주춤거리며 밀려났다. 내상이 심해져서 제대로 힘을 쓸 수가 없었다.

그에 비해 흑무곡주는 금세 자세를 회복했다. 형운은 그 이유를 알 수 있었다.

'이 작자는 자신을 불태워서 힘을 얻고 있어.'

인체 구조상의 한계를 초월한 괴물이기에, 그리고 고도의 술법을 구사할 수 있기에 가능한 방법이었다. 몸을 이루는 구성물을 연소시켜서 힘을 얻어도 신체의 형태와 기능을 유지할 수 없다면 크게 한 방 날리고 자멸하는 꼴이 될 뿐이니까.

팟! 파밧! 파바바밧!

이번에는 흑무곡주가 형운을 몰아붙였다.

'어찌 이런?'

하지만 그는 경악해야만 했다.

형운을 압도할 수가 없었다.

격투전은 슬금슬금 밀어붙이고 있었지만, 의기상인의 공방이 팽팽하게 이어진다. 마치 다른 사람이 되기라도 한 것처럼.

'이대로라면 그 계집이……'

그가 가려의 존재를 떠올리며 섬뜩해하는 순간이었다. 바로 옆에서 가려가 다가오는 기척이 느껴졌다.

'아!'

그 방향으로 주의를 기울인 그가 경악했다. 그곳에는 아무도 없었다. 그저 의기상인으로 통제되는 무형의 기운이 한곳으로 뭉쳐서 가려와 똑같은 존재감을 발했을 뿐이다.

그리고 그 틈을 타서 형운의 주먹이 그를 강타했다. 뒤이어 아무것도 없는 허공에서 가려가 뛰쳐나오며 그의 몸을 베었다.

"기, 기공전만을 그년이 대행하고 있었다고? 이런 일이, 가능할, 리가……!"

흑무곡주는 무슨 일이 벌어진 것인지 깨닫고 경악했다.

4

가려는 싸움이 진행되는 내내 형운에게서 몇 발짝 떨어진 곳에 은신해 있었다. 형운이 발하는 압도적인 존재감에 묻어갔기에 가능했다.

형운은 그녀에게 의기상인과 허공섭물로 치르는 기공전을 완전히 맡기고 자신은 격투전과 격공의 기만을 담당했다. 가려를 절대적으로 믿지 않는다면 결코 선택할 수 없는 방법이었다.

'확신할 수 있어. 눈 감고 싸워도 어긋나지 않아.'

지금 이 순간 형운의 마음속에는 추호의 망설임도 없었다.

가려를 믿는다. 만약 실수해서 목숨을 잃더라도 그것은 무인으로서 기량이 부족함을 원통해할 일이지 서로를 원망할 일이 아닐 것이다.

이 순간이 현실이 되기까지 수많은 난관을 넘어야 했다.

신뢰만으로는 안 된다.

기술만으로도 불가능하다.

누구든 형운과 연계하기 위해서는 반드시 갖춰야 하는 조건들이 있었다.

형운의 움직임을 따라올 수 있어야 하며, 싸움 과정에서 발생하는 충격과 기파를 버텨낼 수 있는 내공이 있어야 한다. 그 두 가지 조건을 갖추지 못하면 연계를 시도해 봤자 방해물이 될 뿐이다.

형운의 신체 능력과 내공 수준이 일정 수준을 넘어버린 후, 효율적인 연계를 체현해 낸 사람은 서하령이 유일했다. 그녀가 아니고서는 폭풍처럼 주변을 휩쓸어 버리는 형운과 맞출 수가 없어서였다.

하지만 이제 가려가 그 조건을 충족시켰다.

'할 수 있다.'

집중력이 극한까지 올라간 가려는 지금껏 보지 못한 세계에 발을 들였다.

이전에는 어렴풋한 느낌으로만 파악했던 것들이, 온 신경을 곤두세워야만 겨우 그 동향을 읽을 수 있었던 것들이 손에 잡힐 것처럼 뚜렷해졌다. 자신을 경계하는 흑무곡주의 의식이 향하는 지점을, 기감이 움직이는 방향을 너무나도 쉽게 통찰하고 그 사각을 찔렀다.

둘이 하나가 된 듯한 연계에 흑무곡주가 무너지기 시작했다.

콰핫!

형운의 관수가 그의 목을 스쳤다.

펑!

형운의 발차기가 그의 허벅지를 반쯤 끊어놓았다. 그리고…….

'또 사라졌다!'

조금 전까지만 해도 흑무곡주의 시야에 있던 가려가, 형운이 광풍혼을 전개해서 시야를 가리는 짧은 틈에 사라져 버렸다.

─공자님, 지금입니다!

뒤이어 가려의 전음이 형운에게 날아들었다. 형운은 곧바로 그녀의 요청에 응했고, 진조족의 팔찌와 발찌가 희미한 빛을 발하며 내장된 술법을 발동시켰다.

동시에 가려가 흑무곡주의 측면을 덮쳤다.

"당할 것 같으냐!"

흑무곡주는 가려의 존재에 온 신경을 곤두세우고 있었다. 그러느라 집중력이 흐트러져서 형운에게 몇 번이나 공격을 허용하는 것까지 감수하면서.

그리고 가려가 나타나는 순간, 사령이 그에게 경고해 왔다. 흑무곡주는 형운의 공격을 도외시하며 가려를 공격했다.

'이년만 치워 버리면 저놈은 충분히 잡을 수 있다.'

그가 확신을 갖고 쌍장을 날리는 순간이었다.

비수처럼 달려들던 가려의 모습이 사라졌다.

'뭣?'

흑무곡주는 혼비백산했다. 그가 날린 회심의 공격이 헛되이 허공을 갈랐다.

그리고…….

푸욱!

등 뒤에 홀연히 나타난 가려의 검이 흑무곡주를 관통했다. 뒷덜미부터 몸통 깊숙한 곳까지를 관통하는 치명적인 일격이었다.

"설마 축지? 이런, 어떻게 이런……?"

흑무곡주는 믿을 수 없다는 듯 허우적거렸다.

가려가 모습을 드러낸 것은 의도된 함정이었다. 그가 공격을 가하는 순간, 이미 앞서 두 번이나 그를 속여먹었던 수법이 발동되었다.

바로 형운이 지닌 진조족의 장신구에 내장된 축지의 술법이었다.

앞서 가려가 한번 모습을 감췄다가 마인을 급습한 것도, 그리고 흑무곡주의 기공파가 그 자신을 때리게 만들 수 있었던 것도 바로 축지의 술법이 있었기 때문이다.

형운과 가려는 축지의 술법이 발동되는 모습을 교묘하게 감쳐서 흑무곡주가 볼 수 없게 했다. 처음에는 광풍혼 연쇄로 시야를 가렸고, 두 번째는 흑무곡주가 쏜 기공파가 그의 눈을 가려주었다.

그리고 세 번째는, 들통나도 상관없었다. 어차피 축지를 쓸 수 있는 것도 이번이 마지막이었으니까.

그리고 그런 그에게 형운이 싸늘하게 고했다.

"저승에서 생각해 보시지."

형운의 몸을 휘감은 광풍혼이 한곳으로 집중되었다. 그사이 가려가 검을 놓고 물러나면서 연거푸 기공파를 쏘아내어 흑무곡주를 난타했다.

콰콰콰쾅!

그래서 흑무곡주는 형운이 힘을 모으는 것을 뻔히 지켜보면서도 어찌할 방법이 없었다.

"가라!"

형운의 외침이 울려 퍼지며 노도와 같은 섬광이 폭발, 흑무곡주의 존재를 집어삼켰다.

'내가 이런 애송이들에게 당하다니……!'

그 순간 흑무곡주는 긴 세월 동안 미뤄왔던 일을 받아들일 수밖에 없게 되었다.

바로 죽음이라는 최후의 일을.

5

홍사촌장이 신음했다.

"이럴 수가. 그 괴물이……."

그는 흑무곡주가 당했다는 사실을 감지하고 경악했다. 흑무곡주는 200년 가까이 살아온 괴물이며, 짜증 날 정도로 신중하고 몸을 사리는 자였다. 그런 자가 머리에 피도 안 마른 애송이에게 당하다니?

쉬익!

하지만 지금은 놀라고 있을 때가 아니었다. 홍사촌장은 날아드는 검격을 아슬아슬하게 피했다.

"큭……!"

그는 더 이상 시귀에 자신을 투영하지 못했다. 투영할 시귀가 남지 않았기 때문은 아니었다. 그의 본체가 숨어 있는 곳을 발각당했기 때문이었다.

일단 본체가 드러나자 상황이 반전되었다. 백건익은 무시무시한 기세로 그를 몰아붙였다.

"뭐에 그렇게 정신이 팔려 계신가? 역시 사대마의 일각을 차지하는 거물이라 나처럼 하찮은 존재를 상대하는 게 지루한 모양이지?"

이죽거리는 백건익의 모습은 처음과는 달랐다. 흉터가 가로지른 붉은 안구가 불꽃처럼 타오르는 빛을 발하고 있었다.

그것은 단순히 외형적 변화에 그치는 것이 아니었다. 백건익의 신체 능력과 기파가 폭발적으로 증폭되었다.

거기에 시귀들을 다 처리한 광익의 지원이 더해지자 홍사촌장이 궁지에 몰렸다.

콰콰콰콰……!

백건익의 뒤쪽에서 수십 개의 푸른 불꽃이 날아올랐다. 그리고 그것이 비처럼 쏟아져 내리면서 주변에서 폭발했다.

열기라고는 조금도 없는 불꽃이었다. 하지만 그것에 닿는 순간 홍사촌장의 기파가 흐트러졌다. 그것은 마기를 흐트러뜨리는 정화의 술법이었기 때문이다.

"크악! 지긋지긋한 놈들!"

"나도 마찬가지다. 슬슬 끝내지. 잔뜩 각오하고 기다린 표적은 다른 놈에게 뺏기고 안중에도 없던 놈을 상대하는 나도 별로 기분이 좋진 않거든?"

"이놈, 내가 그리 쉽게……!"

파악!

홍사촌장은 말을 끝까지 잇지 못했다.

전신에 불꽃같은 기운을 두른 백건익이 벼락처럼 가속하면서 그의 몸을 베고 지나갔기 때문이다.

"이, 이런. 진짜 속도를 숨기고 있었느냐!"

백건익은 대답하지 않았다. 곧바로 몸을 돌리며 재차 가속, 홍사촌장이 방어하든 말든 그 위를 강타했다.

쾅!

격돌할 때마다 폭음이 울려 퍼졌다.

홍사촌장은 어떻게든 반격하려고 했지만 백건익이 너무 빨랐다. 한번 가속할 때마다 보이지도 않는 속도로 공격해 오니 막는 것만으로도 기적이었다.

"우리에게 본체를 발각당한 시점에서 네가 진 거다, 홍사촌장."

비틀거리는 그의 뒤를 잡은 백건익이 선언했다. 그리고 홍사촌장이 뒤를 돌아보는 순간, 섬뜩한 소리가 울리며 그의 목이 날아가 버렸다.

"후우."

홍사촌장의 죽음을 확인한 백건익이 긴 숨을 토해내었다.

동시에 그의 붉은 안구에서 타오르던 기운이 사라졌다. 폭발적으로 증폭되었던 기운이 쪼그라들면서 그가 비틀거렸다.

그의 붉은 안구는 죽은 영수의 것을 이식한 것이다. 거기에 깃든 힘을 일깨우면 마치 영수의 혈통을 이은 자들처럼 일시적으로 능력이 폭발적으로 상승한다. 하지만 그만큼 반동도 컸다.

"만만치 않은 상대였군. 무인으로서는 격이 떨어졌기에 망정이지, 무공까지 뛰어났다면 큰일 날 뻔했어."

"확실히. 너 혼자 상대였다면 필패였겠지. 애당초 본체를 잡을 수도 없었을 테니."

광익이 눈에 띄는 푸른 불꽃의 날개를 접고 다가오며 말했다. 나무에 기대어 선 백건익이 투덜거렸다.

"사실이긴 한데 꼭 이럴 때 한마디 해야겠나? 힘들어 죽겠구만."

홍사촌장은 무공 면에서는 그렇게 대단하지 않았다. 만약 무공만을 겨루는 상황이었다면 백건익 혼자서도 어렵지 않게 처리했을 것이다.

하지만 술법만큼은 정말 무시무시했다. 더 이상 다룰 시귀가 없어진 상황에서도 온갖 술법으로 백건익의 발목을 잡아가면서 격전을 벌였다. 확실히 광익과 함께 싸우지 않았다면 오히려 당했으리라.

광익이 홍사촌장의 시신을 유심히 살펴보면서 말했다.

"가짜는 아니로군. 혹시나 했는데……."

계속해서 시귀를 조종하는 모습을 보여왔으니 이런 의심은 필요한 과정이었다.

백건익이 물었다.

"시귀를 조종하듯이 몸을 조종했을 가능성은?"

"그것도 의심했지만 아닌 것 같다. 만약 원격으로 조종하는 몸으로 그 정도 무공과 술법을 보일 수 있었다면 홍사촌은 사대마의 일각이 아니라 또 다른 마교로 불리고 있었겠지."

"마교는 가능하다는 건가?"

"흑영신교에는 그런 술법이 존재한다. 물론 술법의 대상이 되는 몸도 귀하고, 술법을 쓰는 자의 능력에 따라서 발휘할 수 있는 힘도 천차만별이지만……."

"과연 마교라 불릴 만한 놈들이군."

백건익이 혀를 내둘렀다. 그도 흑영신교나 광세천교와 충돌한 적이 몇 번 있기는 했다. 하지만 그가 만난 최고위층은 광세천교의 십육귀 정도였다.

문득 두 사람이 시선을 돌렸다.

숲 저편에서 형운과 가려가 오고 있었다.

6

흑무곡주를 쓰러뜨린 뒤, 형운은 당장에라도 혼절할 것 같은 의식을 붙잡았다.

몸이 불덩이처럼 뜨거웠다. 내상이 악화되는 와중에도 무리해서 싸웠으니 당연했다. 다른 무인이었다면 벌써 주화입마에 빠졌어야 정상이었다.

"더 이상은 무리입니다. 일단 쉬시지요. 뒷일은 제가……."

가려가 그를 부축하며 말했다. 하지만 형운은 고개를 저었다.

"아니에요. 지금 쓰러질 수는 없어요."

형운은 일행의 우두머리였다. 아직 상황이 마무리되지 않은 상황에서 쓰러져서는 안 된다. 그런 책임감으로 의식을 붙잡아 두었다.

"잠시 운기할 테니까 도와주세요."

"알겠습니다."

가려는 품에서 자신의 내상약을 건네주었다. 형운은 그것을 마시고는 털썩 주저앉아서 운기행공에 들어갔다. 가려가 그의 등에다 손을 넣고 천천히 진기를 흘려 넣었다.

"누나."

일각(15분) 정도 지났을 때, 형운이 눈을 감은 채로 불쑥 입을 열었다.

가려가 대답했다.

"네."

"기분이 좋아 보여요."

"무슨 말씀이십니까?"

가려가 당황했다.

처음에는 얼토당토않은 소리라서 그랬다고 여겼다. 하지만 곧 정곡을 찔려서임을 깨달았다.

'기뻐하고 있어? 내가?'

가려는 기뻐하고 있었다.

물론 기뻐하기만 하는 것은 아니었다. 동료들이 죽어나간 이 상황에 대한 분노가 가장 강했고, 만신창이가 된 형운에 대한 우려가 그다음이었다.

하지만 그다음은, 분명 기쁨이 차지하고 있었다.

"…그렇군요."

찬찬히 자신의 감정을 살핀 가려는 형운의 지적을 인정했다. 자기도 모르는 새 형운을 보는 눈길에 기쁨이 드러나고 있었다. 그리고 그것은 형운이 살아남았다는 사실 때문에서 비롯된 감정은 아니었다.

"이제야 어디 가서 이야기할 수 있을 것 같습니다."

"뭘요?"

"제가 공자님의 호위무사라고요."

"……."

형운이 움찔하며 입을 다물었다. 그 반응에 가려는 자기도 모르게 빙긋 미소 지었다.

오랫동안 이날을 꿈꾸어왔다. 형운의 호위무사로서 자기 몫을 다해내는 날을.

분명 형운은 그녀가 충분히 제 몫을 하고 있다고 말할 것이다. 가식이 아니라 그렇게 믿어 의심치 않으리라.

다른 사람들 역시 마찬가지다. 가려는 충분히 제 몫을 하고 있다는 평가를 받았으니까.

형운은 영성의 대제자이며 차기 오성 후보로 거론될 정도로 강력한 무인이다. 그런 무인을 호위하는 자들을 평가하는 기준은 무인이 아닌 자를 호위할 때와는 달라질 수밖에 없다.

호위 대상이 사람인 이상 어쩔 수 없이 드러낼 수밖에 없는 허점들을 메우고, 유사시의 위험을 차단하는 것이 그들의 의무다. 그런 관점에서 보면 가려는 자신의 몫을 훌륭하게 해내고 있었다.

하지만 가려는 늘 자신이 부족하다는 사실에 고통받고 살았다.

중요한 순간이 왔을 때 늘 그녀는 형운을 지킬 수 없었다. 오히려 그가 위험을 감수하고 지켜야만 하는 방해물이 되고 말았다.

그런 경험들은 그녀의 가슴에 깊은 상처로 남았다. 지금까지 필사적으로 노력해 온 것은 상처를 짓누르는 부채감을 뿌리치기 위해서였다.

그리고 지금 이 순간, 가려는 자신이 형운과 나란히 서서 싸울 수 있는 자격을 얻었음을 기뻐하고 있었다.

"누나."

잠시 입을 다물고 있던 형운이 웃음 섞인 목소리로 말했다.

"고마워요."

"제가 드릴 말씀을 가로채시는군요."

그렇게 대꾸하는 가려는, 형운에게는 보이지 않았지만 겸연쩍은 표정을 짓고 있었다.

척마대 일행의 상황은 처참했다. 목숨을 잃은 대원만 다섯 명이었고, 사경을 헤매는 중상자도 넷이나 있었다.

"다들 힘들겠지만……."

형운이 천천히 운을 뗐다.

그저 말하는 것만으로도 눈앞이 아찔해졌다. 내상약을 먹고 한차례 운기하기는 했지만 여전히 상태가 심각했다. 멀쩡한 척하느라 온 정신을 집중하고 있었다.

"아직 어떤 위험이 남아 있을지 모른다. 시신을 수습하고, 부상자들을 치료하면서 주변을 경계한다. 혹시 긴급 지원 요청에 응답은 없었나?"

"있었습니다."

척마대의 기환술사 서보가 말했다.

"조금 전에 또 신호가 왔습니다. 20리(약 8킬로미터) 정도까지 왔답니다."

흑무곡주가 홍사촌장이 이곳을 전장으로 고른 것에는 이유가 있었다. 별의 수호자의 지부나 사업체들로부터 충분히 떨어져 있다는 것, 그리고 흑영신교가 제공한 정보로 이 시기에 근방을 지나는 별의 수호자의 다른 일행이 없다는 것을 알았기 때문이다.

그래서 일행이 긴급 지원 요청을 보냈음에도 지원 병력이 도착하기까지 상당한 시간이 걸렸다.

형운이 말했다.

"그럼 그들이 합류할 때까지 이곳에서 대기하겠다. 교대로 운기조식하면서 기력을 회복해 두도록."

"당장 대주부터 그래야 하지 않겠나?"

불쑥 끼어든 것은 백건익이었다. 그는 형운의 상태가 당장 쓰러져도 이상하지 않을 정도로 심각하다는 것을 알아보았다. 아무리 멀쩡한 척해도 그의 눈을 속일 수는 없었다.

형운은 담담하게 대답했다.

"물론 저도 그럴 겁니다. 그리고 도움에 감사드립니다, 백 대주, 광 부대주."

"일이 이렇게 되어 유감일세."

"사정을 설명해 주실 수 있겠습니까?"

"그럴 생각이네만, 지금은 적절한 때가 아니라고 생각하네. 자네도, 마 부대주도 일단은 몸부터 추스르는 게 좋지 않겠나?"

"알겠습니다."

형운이 고개를 끄덕였다. 상대가 자신의 상태를 꿰뚫어 본 이상 기를 쓰고 허세를 부려봤자 의미가 없다고 판단해서였다.

필요한 지시를 내린 형운은 가려의 호위를 받으며 운기조식에 들어갔다.

8

강호에 한 가지 놀라운 소식이 퍼져 나갔다.

'선풍권룡 형운이 하운국 사대마 흑무곡주를 처단했다!'

뿐만 아니었다. 그와 함께 움직이던 설풍미랑 마곡정의 지휘하에 척마대가 또 다른 사대마 홍사촌장까지 쓰러뜨렸다는 사실이 알려졌다.

처음 이 소식을 접했을 때, 강호의 호사가들은 이 일의 진위를 놓고 갑론을박을 벌였다.

"아무리 선풍권룡 형운이 강호의 떠오르는 별이라지만 사대마를 쓰러뜨리다니, 그게 말이 되나?"

"안 될 것은 뭐 있나? 그의 행적을 보게. 설산에서 흑영신교주를 쓰러뜨렸고, 운강에서는 흉명이 자자했던 마창사괴 중 둘을 척살했다고 하지. 게다가 선검 대협이 말하길 그가 아니었다면 그곳에서 싸운 흑영신교의 팔대호법을 쓰러뜨리지 못했을 것이라고 하지 않았나? 그의 실력이 나이로 판단할 수 있는 수준을 초월했다는 것은 오래전에 인정된 사실일세."

"아무리 그래도 흑무곡주는 이야기가 좀 다르지 않나? 200년 가까이 살아온 괴물이거늘. 그동안 팔객들과도 몇 번이나 부딪쳤지만 늘 꼬리를 자르고 도망쳤지."

"그렇게 따지면 위진국의 오흉마 살무귀는 어떤가? 역시 100년 넘게 살아온 괴물이었지 않나?"

"에이, 그때는 백무검룡 대협이 함께 싸웠지 않나? 이번과는 경우가 다르지. 게다가 사대마 중 둘이 한자리에 모여서 척마대를 공격했다는 것도 좀 이상하지 않나? 어떻게 그런 일이 일어나겠나?"

"그건 그렇지만……."

논란을 종식시킨 것은 황실의 발표였다.

별의 수호자가 형운이 이끄는 척마대가 흑무곡주와 홍사촌장을 척살했음을 정식으로 보고했으며, 황실에서 그 사실을 공식적으로 인정하고 이를 포상한다는 사실이 알려지자 진위를 의심하는 목소리가 수그러들었다.

이리되자 형운이야말로 폭성검 백리검운이 사망한 후 빈 팔객의 한 자리를 채우기에 적합한 인물이라는 의견이 힘을 얻기 시작했다.

그리고 형운이 이끄는 척마대의 위상이 강호를 경동시키면서, 별의 수호자는 과거 어느 때보다도 민중에게 긍정적인 위상을 각인시키고 있었다.

9

형운과 척마대 일행은 한동안 근처 지부에 머물렀다. 형운 자신도 중상이었고, 워낙 중상자가 많아서 총단까지 이동할 수 있는 상황이 아니어서였다.

며칠 동안 치료를 받은 뒤에 총단에 복귀, 일주일 동안 의료원 신세를 졌고 퇴원해서 거처로 온 지금도 안정해야 하는 신세였다.

물론 그 정도로 끝난 것이 기적이다.

"의원께 들었습니다. 다른 사람이었다면 아마 주화입마로 두 번 다시 무공을 못 쓰는 몸이 되었을 거라고 하더군요."

문병을 온 강연진이 고개를 푹 숙이며 말했다. 형운이 그렇게 무리할 수밖에 없었던 것이 자기가 약해서, 도움이 안 되어서라는 자책감이 들었기 때문이다.

그런 그를 빤히 바라보던 형운이 말했다.

"혹시나 해서 말해두는데, 만약 내가 이렇게 된 이유 중에 네 책임이 눈곱만큼이라도 있다고 주장한다면 난 화를 낼 거다."

그 말에 강연진이 흠칫 놀라서 고개를 들었다. 형운이 손을 뻗어 그의 이마를 붙잡으며 말했다.

"이번 일에 네 책임은 없어. 넌 척마대원으로서 한 사람 몫을 했다. 내가 이렇게 된 것은 불가항력이었어. 우리를 노리는 적에 대한 정보가 없었고, 정보가 부족했기에 잘못된 판단을 내렸지. 그뿐이다. 네가 뭔가 잘못을 저질렀다면 모를까, 그렇지도 않았지."

"하, 하지만……."

"그래도 뭔가 책임져야 한다는 의식에 빠져서 허우적거린다면, 주제 파악을 하라는 것밖에 해줄 말이 없구나."

단호하다 못해 싸늘한 말이었다. 강연진이 움츠러들자 형운이 말을 이었다.

"아무리 노력해도 사람은 지금 못 하는 일은 못 해. 없던 능력이 갑자기 하늘에서 떨어지는 것도 아니니까. 그리고 네가 뭘 할 수 있는지 파악해서 적재적소에 배치하는 게 윗사람들의 일이고. 일이 터질 때마다 책임을 지고 싶어? 그럼 성과 올려서 출세해. 그럼 싫어도 책임을 떠안게 되더라."

"저는……."

강연진이 머뭇거리며 물었다.

"…솔직히 사형이 저처럼 부족했던 시절이 있었다는 게 상상이 안 돼요."

"안 봤으니 상상이 안 되겠지. 당연한 거 아냐? 나도 우리 사부님한테 젊고 미숙한 시절이 있었다는 게 상상이 안 가는데."

"제가 노력한다고 해서 사형처럼 될 수 있을까요?"

"그건 몰라. 하지만 연진아, 잘 생각해 봐라. 네가 처음에 사부님 제자로 들어왔을 때, 지금의 너 자신을 상상할 수 있었어?"

"그건… 없었어요."

과거의 강연진은 다른 제자들에게 압도당해서 위축되어 있었다.

그들처럼 인재육성계획으로 검증받지도 않았고, 어려서부터 좋은 사부를 두고 무공을 배우지도 않았으니까 당연했다. 자신이 다른 제자들과의 경쟁에서 이길 수 있다고는 상상도 못 했기에 그저 가족을 위해서 운 장로의 요구를 이행하는 것에만 필사적이었다.

그런 그를 바꿔준 것이 형운이었다. 형운이 손을 내밀어서 기회를 주었기에 강연진은 전혀 상상도 못 한 길을 걸어서 여기까지 왔다.

"그런데 지금은 왜 할 수 없다고 단정해? 할 수 있을 거야. 별의 수호자에 얼마나 많은 무인들이 있냐? 그중에서 장래에, 먼 훗날에라도 오성의 자리를 현실적으로 노려볼 수 있는 사람이 얼마나 되겠어?"

"오성이라니, 제, 제가요?"

"넌 영성의 제자야. 그리고 그중에서도 좋은 성적을 거두고 있지. 그런데 10년, 아니, 10년은 좀 빠른가? 20년이나 30년 후에 오성의 자리에 오르지 못한다는 법은 또 어디 있어? 네가 무인으로서 살아온 시간을 봐. 그만큼의 시간이 또 지나면 네가얼마나 변해 있을지 상상할 수 있어?"

태연하게 2, 30년 후를 이야기하는 형운을 강연진은 넋 나간표정으로 바라보았다.

두 사람 사이의 침묵을 깬 것은 타인의 기척이었다. 시비의안내를 받아서 두 사람이 형운의 방으로 들어섰던 것이다.

10

"내가 방해했나?"

들어온 것은 파견 경호대주 백건익과 곰처럼 덩치가 큰 순박한 인상의 사내였다. 형운은 그가 인간으로 둔갑한 영수술사 광익임을 알아보고 말했다.

"아닙니다. 앉으시지요, 백 대주, 광 부대주."

"음? 혹시 내 이 모습을 본 적이 있던가?"

"아뇨. 하지만 인상착의를 들었으니까요."

형운은 그렇게 대답했지만 광익은 납득할 수 없었다. 하지만이미 이유를 들었는데 캐묻는 것도 예의에 어긋나는 행동이었는지라 그냥 넘어가야만 했다.

백건익이 강연진을 보며 말했다.

"대주끼리 중요한 이야기를 나눠야 해서 그러는데, 미안하지만 자리를 비켜줄 수 있겠나?"

"아, 네."

강연진이 고개를 끄덕이고는 방에서 나갔다. 그의 기척이 확실히 멀어진 것을 확인한 후에야 백건익이 입을 열었다.

"괜찮다면 호위들을 물려줄 수 있겠나? 두 명은 잡히는데, 한 명은 반드시 있을 것 같지만 잡히질 않는군."

"그래야만 하는 이야기입니까?"

"솔직히 그러지 않는다면, 들려줄 수 있는 이야기가 제한될 걸세. 내 개인적인 비밀이 얽혀 있거든. 단순히 이번 일에 얽힌 사정만이라면 이야기할 수 있네만……."

"알겠습니다. 모두 물러나세요."

형운은 은신해 있는 호위무사들을 물렸다. 호위들이 물러서는 기척을 느낀 백건익은 속으로 식은땀을 흘렸다.

'분명히 한 명이 더 있다. 그런데 잡히질 않아.'

이번 일에서 백건익은 형운뿐만 아니라 가려에게도 경악했다.

파견 호위대주인 그는 주변을 넓게 보는 능력과 기척을 구분하고 감지하는 능력이 뛰어났다. 하지만 흑무곡주, 홍사촌장과 싸우던 그 전장에서 그는 몇 번이나 가려의 존재를 놓치고 말았다.

그리고 지금도 가려를 찾아낼 수가 없다. 그녀가 있다는 것을 확신하는데 기척을 잡을 수가 없었고, 심지어 물러날 때도 그곳에 있었다는 것을 알 수 있을 뿐 어디로 사라지는지는 놓쳤다.

'무서운 경지다. 만약 척마대주가 흉한 마음을 먹고 그녀를 자객으로 쓴다면…….'

가려의 은신술은 이미 영성 호위대장인 석준을 뛰어넘었다. 은신술에 한해서는 별의 수호자 내의 그 누구도 그녀보다 우수하지 못하리라.

"우리는 흑무곡주를 쫓고 있었다네."

백건익은 그런 생각을 묻어둔 채로 입을 열었다.

"하지만 그 인물이 흑무곡주라는 확신이 있었던 것은 아닐세. 우리가 쫓는 인물이 척마대를, 정확히는 자네를 노리고 있다는 정보를 입수했을 뿐."

"정보를 입수했다고요? 이상한 말씀을 하시는군요."

형운이 지적했다.

"자기들이 누군가를 쫓고 있는데 그게 누구인지는 모른다, 하지만 누군지도 모르는 인물이 저를 노린다는 것을 안다… 납득하기에는 좀 무리가 있는 이야기입니다."

"그렇게 들린다는 점은 알고 있네. 하지만 그게 예지라면 어떻겠나?"

"예지라고요? 정보부에서 그런……."

"아니, 우리 쪽은 아닐세."

백건익이 고개를 저었다.

별의 수호자에서도 예지를 쫓는 기환술사들을 모아서 정보에 활용하고 있었지만 그들의 예지는 날씨나 특정한 현상을 알아내는 정도에 그쳤다. 예지의 힘이 그토록 귀하지 않았다면 흑영신교나 광세천교가 그렇게 분탕질할 수도 없었으리라.

"실은 내게는 여러 후원자들이 있다네. 장로들의 후원을 받은 것은 그리 오래되지 않았고, 초기에는 다른 사람들의 후원

덕분에 입지를 마련할 수 있었지. 자네의 스승이신 영성께서도 그중 한 분이라네."

"사부님께서요?"

형운이 놀랐다. 한 번도 들어본 적이 없는 이야기였기 때문이다.

백건익이 말했다.

"적극적인 후원자는 아니셨네. 내가 인재육성계획 출신이 아니라는 점 때문에 후원은 해주셨지만 관계가 드러나길 원치 않으셨거든. 하지만 때때로 무학원의 실험을 빌미로 자연스럽게 자리를 마련하거나, 폭풍권호로 위장해서 활동할 때를 이용해서 무공을 봐주신 것이 큰 도움이 되었지."

백건익은 말단 무사부터 시작해서 파견 경호대주의 자리까지 올라온 입지전적인 인물이었다.

딱히 스승이라고 할 수 있는 인물은 없었다. 그에게 무공을 가르친 인물들은 전부 각 조직의 교관들이었으니까.

그리고 백건익이 교관들을 뛰어넘은 것은 오래전의 일이었다. 자신을 붙잡고 열과 성을 다해 가르쳐 줄 사람이 없었기에 끊임없는 자기 연마를 통해서 지금에 이르렀다.

그 과정만 보아도 그가 얼마나 뛰어난 재능의 소유자인지 알 수 있으리라. 어떤 의미에서 그는 가장 전통적인 방법으로 무공을 연마한 셈이었다. 기초만큼은 제대로 된 환경에서 배우고, 많은 자료와 경험을 통해서 스스로를 갈고닦는.

하지만 때때로 백건익은 혼자서 시행착오를 거치는 것만으로는 한계를 느꼈다. 그리고 그럴 때마다 귀혁이 기회를 마련하여 나아갈 길을 제시해 준 것이 너무나도 고마웠다.

"그분이 아니었다면 내 무공은 10년은 뒤처져 있었을 걸세. 개인적으로는 자네가 정말 부럽군. 그런 분의 제자가 되어 지도를 받을 수 있으니……."

"그랬군요."

형운은 새삼 자신이 얼마나 축복받은 환경에 있는지를 실감했다. 백건익이 무공을 연마한 과정은 형운으로서는 상상하기 어려울 정도로 막연하고 험난한 개척자의 여정이었으리라.

백건익이 말을 이었다.

"어쨌든 내 후원자들 중에는 백령회(百靈會)라 불리는 영수 조직이 있네."

"영수들의 조직에 후원을 받는다고요?"

형운이 놀랐다.

영수들의 조직이 있는 것 자체는 놀랍지 않다. 영수들은 대부분 각성 전처럼 자기 영역에 대한 집착이 강하지만, 극히 일부는 여행을 좋아하기도 했고 인간처럼 조직이나 사회를 만드는 데 관심을 갖기도 했으니까.

예를 들면 마곡정의 할아버지인 청안설표 청륜이 그렇다. 그만이 아니라 북방 설산 곳곳에 혈족으로 이루어진 크고 작은 영수 사회들이 존재하고 있었다.

하지만 인간이 그들과 관계를 맺었다는 것, 나아가서는 특정 조직의 무인을 후원하기까지 한다는 사실에는 놀랄 수밖에 없었다.

"그들에게 후원을 받지 못했다면 지금의 나는 없었을 걸세.

물론 내가 그들과 깊은 인연을 맺었고, 그들을 위해서도 많은 일을 해줬기에 성립된 관계지."

백건익은 그렇게 말하면서 자신의 한쪽 눈, 붉은 안구를 손으로 가리켰다.

그와 백령회의 인연은 소년 시절로 거슬러 올라간다.

백건익은 임무를 마치고 돌아오는 중에 상처 입은 어린 곰 영수를 발견했다. 곰 영수는 그를 발견하자마자 말했다.

'인간, 도망쳐라. 요괴가 오고 있다.'

그 말에 백건익은 도망치는 대신 그를 돕기로 결정했다. 둘은 요괴와 사투를 벌인 끝에 승리를 거두었지만, 대신 백건익은 한쪽 눈을 잃었고 사경을 헤매는 중상을 입었다.

어린 곰 영수는 백건익을 들쳐 업고 자신이 소속된 백령회의 어른들을 찾았다. 어린 곰 영수는 백령회의 주축이라고 할 수 있는 노령의 영수의 하나뿐인 손자였다. 300년이 넘는 세월을 살아와서 수명이 다해가던 그는 손자를 구해준 백건익에게 은혜를 갚기 위해 자신의 한쪽 눈을 떼어 이식해 주었다.

"그때 그 영수가 여기 광익이고."

"광 부대주께서 별의 수호자에 몸담고 있는 이유에 대해서는 정말 많은 추측이 있었죠. 그런데 그런 사정이 있었을 줄은……."

"소문 중에는 맞는 것도 틀린 것도 있지. 하지만 내가 여기 있는 이유의 9할은 이 녀석 때문이다."

광익이 콧방귀를 뀌었다. 백건익이 껄껄 웃고는 말을 이었다.

"어쨌든 그런 처지다 보니 나는 짬짬이 백령회를 위한 일도 하고 있네. 최근 몇 년간 한 마인이 영수들을 습격해서 잡아먹는 일이 빈번하게 발생했고, 백령회의 영수들 중에서도 희생자가 나왔기에 추적하고 있었지만 꼬리를 잡지 못했지."

그리고 백령회에는 예지력을 지닌 영수가 있었다. 몇 년에 걸쳐 정보가 모일수록 이 일에 대한 예지 정밀도를 높여가던 그 영수는 결국 마인의 정체가 흑무곡주임을 알아내었다. 그리고 흑무곡주의 관심이 영수들을 떠나 형운에게 향하고 있다는 것까지.

"그게 굳이 신분을 위장해 가면서까지 척마대의 일에 끼어든 이유일세. 자네 실력을 보고 싶다는 개인적인 흥미도 있었고. 설마 흑무곡주만이 아니라 홍사촌장까지 튀어나올 줄은, 그리고 흑무곡주를 자네에게 빼앗길 줄은 상상도 못 했네만."

"그렇게 된 거였군요."

형운이 혀를 내둘렀다. 그동안 백건익이 과연 어떤 의도를 갖고 있는지 계속 고민해 왔는데 설마 그런 사정이 있었을 줄이야.

백건익이 말했다.

"내가 모든 진실을 이야기한 것은 신분을 속이고 척마대의 일에 끼어든 것에 대한 사죄일세. 그리고 백령회에서 자네를 한번 보고 싶어 해서이기도 하다네."

"백령회에서 말입니까?"

"정식으로 초대할 테니 시간이 난다면 나와 함께 백령회의 본거지로 가쳤으면 좋겠군. 번거롭겠지만 영수들은 사정상 인간 사회로 나오기가 어렵다네."

"음. 좀 생각해 보겠습니다. 아시다시피 제가 함부로 자리를 비울 수 없는 수 없는 몸이라……."

"충분히 이해하네. 아, 그런데……."

백건익이 왠지 머뭇거리는 기색을 보였다. 지금까지의 자신감 넘치고 명쾌한 태도와는 정반대였기에 형운은 의아함을 느꼈다.

잠시 망설이던 그가 어렵사리 말을 꺼냈다.

"실은 자네가 우리와 합류하기 전에 지성과 함께 광세천교의 칠왕과 싸웠다고 들었네."

"그랬습니다."

"어려운 부탁이 되겠네만, 자네 눈으로 본 나와 지성의 무위를 비교해서 평가해 줄 수 있겠는가?"

"아, 그건……."

형운은 난감함을 느꼈다.

백건익이 이런 부탁을 하는 이유는 쉽게 알 수 있었다. 그도 지성 최종 후보에 올랐던 몸이었으니 자신을 누른 경쟁자에 대해서 궁금해하는 것은 당연하지 않은가?

위지혁은 운 장로 쪽 사람인 만큼 형운도 딱히 그의 정보에 대해서 인색하게 굴 생각은 없었다. 하지만 그래도 백건익의 부탁은 들어주기가 어려웠다.

"제가 백 대주께서 싸우는 과정을 제대로 보지 못했는지라 제대로 된 비교가 불가능합니다."

"수하들이 목격한 것을 보고받았겠지. 그것만으로는 안 되겠나? 아주 정확할 필요는 없네. 자네의 느낌을 듣고 싶은 것이야."

이번 일에 큰 도움을 받았고, 귀혁과도 인연이 깊은 이가 이렇게까지 사정하는데 그냥 거부할 수는 없었다. 형운은 잠시 고민해 보다가 대답했다.

"백 대주께서 그렇게까지 말씀하시니 할 수 있는 한도 내에서 평해보겠습니다. 다만 오차를 감안하고 들어주시지요."

"물론일세."

"자세한 부분을 짚기 전에, 지성과 백 대주 사이에는 한 가지 결정적인 차이가 있습니다."

"무엇인가?"

"지성은 심상경의 절예를 터득하고 있습니다."

그 말에 백건익의 눈동자가 흔들렸다.

형운은 그를 보는 순간부터 그가 아직 심상경에 오르지 못했음을 알아보았다. 내공은 7심에 이르렀고, 영수의 눈을 이식해서인지 체내에 담긴 기운이 방대하고 정순했지만 심상경에 이르지는 못했다.

충격받았던 백건익이 조용히 뇌까렸다.

"그랬군······."

"그 한 가지를 제외하고 본다면······."

형운은 성심성의껏 자신의 견해를 이야기해 주었다. 백건익은 진지한 표정으로 형운의 말 하나하나를 귀담아듣고는 의문이 이는 부분을 질문했다.

그 질문들은 하나같이 날카로워서 형운도 자신의 생각을 좀 더 깊게 다듬을 수 있는 계기가 되었다. 형운은 그가 제대로 된 스승 없이 무공을 연마해 왔으면서도 무학에 대한 이해가 굉장히 깊은 경지에 도달해 있음을 알고 감탄했다.

백건익이 정중하게 예를 표했다.

"귀중한 견해를 들려주어서 고맙네. 이걸로 또 한동안 몰두할 과제가 생겼군."

"저도 큰 공부가 되었습니다."

형운은 진심으로 감탄했다. 자신과 달리 제대로 된 스승을 갖지 못한 열악한 여건에서 무공을 연마해 온 백건익이 어떻게 지금의 경지에 오를 수 있었는지 그 저력을 엿본 기분이었다.

자신을 연마할 수 있는 가능성이 보인다면 염치 불고하고 타인에게 다가가 묻는다.

말로 하면 간단하지만 쉽게 할 수 없는 일이다. 자신이 할 수 있는 방법을 다하여 새로운 가능성을 탐구하는 저 태도가 지금의 그를 만들었으리라.

방을 나서려던 백건익이 문득 망설이더니 입을 열었다.

"…번거롭게 해서 미안한데, 혹시 내일 또 찾아와도 되겠나? 향후에 마주칠 경우를 대비해서 염마도 구윤에 대해서도 듣고 싶군. 나도 자네에게 도움 될 만한 이야기를 들려줄 수 있을 것 같고……."

"물론입니다."

"고맙네."

형운이 흔쾌히 고개를 끄덕이자 백건익은 진심으로 예를 표하고는 물러갔다.

형운은 자리에 누우며 생각했다. 의료원에 입원해 있는 동안 좋은 말벗이 생긴 것 같다고.

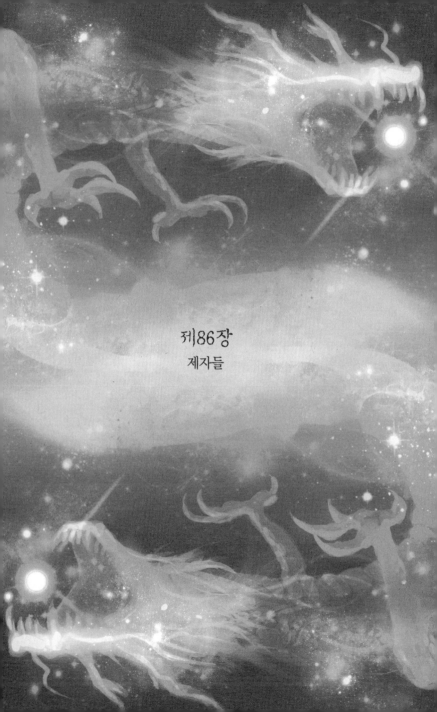

제86장
제자들

성운을 먹는 자

1

흑무곡주가 사라지면서 하운국의 사대마는 삼대마가 되었다.

이대마가 되지 않은 것은 홍사촌의 존재 때문이다. 흑무곡은 흑무곡주라는 괴물이 있어야만 존재할 수 있는 집단이지만, 홍사촌은 집단이 우선이고 촌장은 그 안에서 우두머리로 선출된 존재일 뿐이었으니까.

귀혁이 말했다.

"기왕 사대마 중 둘과 만났으면 홍사촌장과도 싸워봤으면 좋은 자료를 얻을 수 있었을 것을 아쉽구나."

"와, 사부님. 어떻게 사투 끝에 겨우 살아 온 제자를 보면서 그런 말씀을 하실 수가 있어요?"

형운이 우는소리를 냈다. 하지만 귀혁이 코웃음을 쳤다.

"흑무곡주야 이번에 끝장을 냈지만 홍사촌과는 이후에 다시 부딪칠 가능성도 충분하지 않느냐? 미리 부딪쳐 봤으면 후일이 편했겠지."

"너무하십니다, 정말. 그러는 사부님께서는 사대마하고 부딪쳐 보셨어요?"

"백마(百魔)와는 일대일로 싸웠지만 놓쳤고, 혈살단(血殺團)은 말단들을 좀 해치우니 꼬리를 자르고 도망치더구나. 워낙 점 조직이라 윗대가리들을 못 찾았다. 흑무곡주는 워낙 몸을 사리는 놈이라 흑무곡의 놈들은 몇 때려잡았어도 정작 그놈은 본 적이 없고, 홍사촌은 자기들이 얻을 게 있으면 여기저기 고용되어서 뛰는 놈들이라 싸워보기는 했다."

"그럼 홍사촌에 대해서는 사부님의 생생한 경험담을 들으면 되겠네요. 제가 군이 싸워서 자료를 얻을 필요 없잖아요?"

"좀 영악해졌구나."

씩 웃는 귀혁에게 형운이 의아해하며 물었다.

"그런데 백마가 사부님과 싸워서 도망칠 수 있을 정도였나요? 혼자 활동한다고 들었는데?"

백마라는 이름을 보면 백 명은 되는 집단 같지만 실은 혼자였다. 사대마 최강자를 논할 때 흑무곡주와 더불어 거론되던 이름이다.

귀혁이 말했다.

"백마에 대한 자료를 안 봐뒀느냐?"

"살무귀와 마찬가지로 마공의 화신. 그러나 이미 인간의 영역을 넘어 요괴화한 자. 백 가지 마(魔)를 한 몸에 담고 있다고

하여 백마라 불리는 존재… 라고 하던데요?'

"그 말은 비유가 아니라 진실이다. 놈의 안에는 무수한 존재가 잠들어 있다. 인간을 버리고 사령인이 되었고, 자아가 소멸하고 마공의 화신이 된 후에 요괴가 된 것으로 추정된다. 그래서 성가시게도 무인이면서 무수한 요괴의 능력을 가졌지. 술법을 쓰는 것도 아닌데 놈의 안에서 이런 요괴의 능력, 저런 요괴의 능력, 혹은 어떤 요괴의 일부가 튀어나와서 대단히 귀찮아. 심상경에 대해서 고위 요괴 이상의 저항력을 가져서 한 번에 없앨 수도 없고, 그 안에 있는 것들을 다 죽이기 전에는 죽지도 않더군."

백마는 귀혁에게 신나게 두들겨 맞다가 자기 안에 있는 강대한 요괴의 일부들을 끄집어내서 시간을 끌게 하고는 전속력으로 도망쳤다.

"무슨 조립식 기구도 아니고, 자기의 일부를 멋대로 뗐다 붙였다 하니 정말 귀찮더구나. 참고로 나만 놓친 게 아니라 혼마도 그놈을 두 번 붙잡았다 놓쳤다고 하니 참고하거라."

"……."

귀혁이 변명처럼 덧붙인 말에 형운의 표정이 묘해졌다. 귀혁은 그 시선에 못마땅한 표정을 짓더니 화제를 돌렸다.

"혈살단은 홍사촌과 더불어 가장 사대마 중에 가장 오래된 것들이지."

그들은 마인으로 이루어진 자객 집단으로 알려져 있다.

자객이 집단을 이루고 의뢰를 받아서 활동하는 경우 오래 존속하는 경우는 사실상 없다. 고정적으로 의뢰를 넣을 수 있는 창구가 생겼다는 것은 곧 발목 잡힐 날이 머지않았다는 의미니까.

그런데 혈살단은 벌써 200년 이상 활동해 오고 있으며, 구성원 전원이 마인으로 알려져 있었다. 그러니 사대마로 불릴 만도 한 것이다.

"그놈들은 실체 없는 마귀 같은 존재다. 마존께서 분석해 보신 결과 구성원들의 심령이 하나로 이어져 있다는 사실을 알아냈지."

"마존께서요?"

"당시에 마존께서 총단에 와 계셨는데, 눈을 반짝반짝 빛내면서 자기도 끼워달라고 조르시는 바람에 어쩔 수가 없었지."

귀혁이 환예마존 이현을 떠올리며 혀를 찼다. 강호의 협의를 지키는 절대자 중 하나로 불리는 웃어른에 대한 태도치고는 정말 불손했지만, 형운은 왠지 이 문제에 대해서는 딴죽을 걸 마음이 들지 않았다.

"심령이 이어졌다고 해도 정신은 하나고 몸은 여럿인 군체라는 의미는 아니다. 마치 술법으로 형성한 심마를 몸에다 심어둔 것처럼 같은 목적과 규율을 강박적으로 공유하고, 어떤 구성원이 보고 들은 사실을 다른 구성원들이 곧바로 알게 된다는 점이 문제지."

인간의 사념으로부터 태어난 요괴가 인간을 숙주로 삼아서 혈살단이라는 존재를 유지하는 것에 가깝다. 혈살단의 구성원들은 모두 각자의 목적을 위해 그 요괴와 계약을 맺고 자신을 내준 것이다.

"그것이 그놈들이 근절되지 않는 이유이며, 또한 집단으로서 마공과 자객의 기술을 계승, 발전시킬 수 있었던 이유이기도 하다."

"그러면 정말로 영원히 존속할 수도 있겠군요. 혈살단이 누군가의 원한을 갚아줌으로써 구성원들을 늘린다면……."

"마존께서는 방법을 찾고 계시는 모양이다. 전에 네가 그분과 처음 만났을 때의 일, 기억하고 있느냐?"

"아, 그거야 잊을 수 없죠."

형운은 이현과의 첫 만남을 떠올렸다.

그는 요괴를 이루는 구성 요소 중에 요기만을 분리, 요괴가 탄생하는 과정을 거꾸로 거슬러 올라가는 방법을 실험하고 있었다. 처음 봤을 때는 그 의미를 이해하지는 못했지만 본능적으로 공포가 엄습해 왔던 기억이 아직도 생생했다.

귀혁이 말했다.

"나중에 들었는데 그것도 혈살단을 없앨 방법을 모색하는 과정이었다고 하시더구나. 만약 그 방법이 완성된다면 정말로 혈살단을 근절할 수 있을지도 모르지."

형운은 그 말에 놀랐다. 왠지 이현을 만난 뒤에 처음으로 그의 능력이 아니라 선한 의도에 감탄하는 것 같았다.

"어쨌거나 너는 이번에 귀중한 경험을 얻었다. 흑무곡주는 워낙 몸을 사려서 제대로 된 실력을 알기 어려웠는데, 상당한 실력자였구나."

아마 형운의 몸이 멀쩡했어도 일대일로는 이기기 어려웠을 것이다. 그리고 다른 무인이라면 훨씬 상대하기 까다로웠으리라.

일단 신체 능력이 형운과 필적할 정도로 탁월한 데다가 그것을 활용하는 격투 능력은 놀라운 경지였다. 게다가 완전히 사령인으로 변했기에 격렬한 교전 중에도 무호흡 상태를 얼마든지 유지할 수 있고, 독에도 초연했다.

기공도 격공의 기를 자유자재로 쓸 정도로 뛰어났고, 심상경에 오르지는 못했지만 심상경의 절예를 방어할 수단은 갖추고 있다. 또한 고도의 술법과 사령의 힘까지 있었으니…….

"진조족의 장신구 없이 본신의 능력만으로 싸워야 했다면, 그 상황에서는 어쩔 도리가 없었겠지요."

형운은 순순히 인정했다. 염마도 구윤과 싸우는 일이 없었다면 모를까, 그때는 진조족의 장신구가 없었다면 결국 패했으리라.

귀혁이 말했다.

"예전에 성해를 강습할 당시 내게 죽은 암운령 정도는 쉽게 쓰러뜨리겠지."

당시 귀혁에게 죽은 암운령은 고작해야 격공의 기를 비장의 기술로 펼치는 수준이었다. 귀혁이 그의 수준이 선대보다 훨씬 못하다고 말했던 것은 도발이 아니라 냉정한 평가였다.

그것은 흑영신교가 한번 철저하게 짓밟혔기 때문이다.

그때 그들이 잃은 것은 그저 인적 자원만이 아니었다. 물적 자원은 물론이고 그 모든 것을 하나로 잇는 조직력을 잃었으며, 인재를 육성하고 활용하는 기술 자체도 잃어버린 것이 치명적이었다.

그런 상황에서 다시 조직을 재건하면서 새로 키워낸 팔대호법이 부실한 것은 당연한 일이다.

"각 인원의 실력도 그렇지만 술법과 그것을 통한 기물 생산 역시 쓸 만한 수준까지 복원하는 데 시간이 걸렸을 것이다. 당시에는 팔대호법쯤 되는 인원에게 심상경 방어 장비조차 적용시키지 않고 사지로 내몰았으니."

귀혁은 몰랐지만 그것은 어느 정도 흑영신교주의 의도가 깔려 있는 일이기도 했다. 신녀의 예지에 기대어서 안전한 싸움만을 해온 결과 주제 파악을 못 하게 된 인원들에게 세상의 무서움을 가르치고, 가지치기를 하겠다는 잔혹한 의도가.

어쨌든 당시의 흑영신교가 상당히 수준 떨어지는 모습을 보여준 것은 사실이다. 전성기의 그들이 같은 짓을 벌였다면 성해의 피해는 그 정도에 그치지 않았으리라.

"성해 강습 후 벌써 7년이 지났으니 지금은 교주를 포함해서 놈들의 평균적인 수준이 크게 향상되었을 터. 인력은 계속 줄어들고 있지만 하나하나는 예리하게 다듬어져 가고 있을 것이다."

최근 몇 년간 흑영신교와 광세천교를 비교해 보면 흑영신교의 활동이 훨씬 두드러진다. 그런 만큼 흑영신교 쪽의 피해가 훨씬 컸다.

광세천교는 새로운 칠왕 중 단 한 명도 죽지 않았는데 흑영신교는 팔대호법을 몇 번이나 잃고 새로운 인물로 대체해 온 것만 봐도 알 수 있지 않은가?

하지만 그 혈겁 속에서 살아남은 흑영신교도 생존자들은 착실하게 정예화되어 가고 있었다.

"확실히 제가 위진국에서 만났던, 아마 팔대호법이었으리라 추정되는 쌍도를 쓰는 여성도 심상경의 고수였죠."

게다가 형운은 북방 설원에서 이십사흑영수 중에도 무위만으로 보면 팔대호법을 능가하는 인물이 있음을 알았다. 현시점에서 흑영신교가 지닌 저력이 어느 정도인지는 아무도 알지 못했다.

그래서 두려운 것이다.

분명 종합적인 조직력으로 따지면 별의 수호자가 훨씬 우위에 있으리라. 하지만 별의 수호자는 인간 사회의 일부로 자리 잡아서 자신들의 터전을 방어하는 입장이고, 두 마교는 어둠에 숨어서 뒷일을 겁내지 않고 자신들을 희생해 가면서 공격해 오는 입장이다.

약간 상처 입는 것만으로도 뼈아픈 방어자와 조금이라도 피해를 입히면 희희낙락할 공격자, 어느 쪽이 유리한지는 뻔한 일이 아닌가?

세상이 마교를 두려워하는 것은 자신들을 정복할 군세에 대한 공포가 아니다. 아무런 원한 관계도 없는데 자신들을 덮쳐서 삶을 파괴할지도 모르는 도적 떼를 두려워하는 것과 비슷하다.

"게다가 놈들이 예전에 잃어버렸던 기술들을 복원하는 것은 물론, 거기서 그치지 않고 새로운 영역을 개척하고 있다는 것은 분명하다."

설원에서 형운과 싸웠던 빙설마는 빙령의 조각을 바탕으로 만들어낸 강력한 환마였다.

운강에서 선검 기영준에게 쓰러진 흑서령은 요괴화를 통해서

9심 내공과 심상경을 손에 넣었다.

광세천교가 진 일월성단을 강탈하기 위해 덤벼왔을 때, 귀혁에게 죽은 혼천령은 혼원교의 비술을 연구하여 수많은 목숨을 합친 괴물로 화했다.

"가장 눈에 띄는 것들만 짚어봐도 이 정도다. 드러나지 않은 것들이 많겠지."

외부에서는 알 수 없는 일이었지만 만마박사가 합류한 후, 흑영신교의 기술 복원 속도는 이전과는 비교도 안 될 정도로 빨라졌다.

그들은 자신들의 무공과 비술을 빠르게 복원하면서 혼원교를 비롯한 과거 사악한 집단들의 잔재를 흡수, 연구하면서 전력을 강화하고 있었다.

"다른 쪽에서 수집된 정보를 봐도 놈들은 슬슬 흉악한 기술들을 양산화하는 데 성공하는 것 같다."

"양산이요?"

"마공은 병사를 육성할 때 특정한 수준까지는 고속으로 성장시키는 데 능하지. 그러나 놈들의 희생이 크다 보니 이제는 그렇게 키우는 것으로도 손실을 따라갈 수 없게 되었을 것이다."

그래서 흑영신교는 아예 정상적인 육성 과정을 포기하고 인간을 인성을 상실한 병기로 개조해서 쓰는 짓을 하고 있었다.

"단순히 시귀 정도에 그치는 게 아니라, 수명은 짧지만 꽤 강력한 전투 병기들이다. 인간을 요괴화하거나, 환마와 겹쳐서 강력한 전투 능력을 갖게 하거나… 그 외에도 다양한 사술이 존재하지. 이런 건 토벌당하기 전에도 있었지만 그때는 인력이 충분해서인지 궁지에 몰린 후에나 써먹었고, 양산화는 신통찮았다. 하지만 지금은 상당히 많은 개체들이 모습을 보이고 있지."

"하는 짓이 점점 더 추악해지는군요."

형운이 분노했다.

그들이 그런 일을 할 수 있는 이유는 인간의 목숨을 존엄하게 여기지 않기 때문이다. 그들에게 있어서 교도가 아닌 인간은 뛰어난 물적 자원일 뿐이다.

그러면서 '연옥의 죄인들에게 선업을 쌓을 기회를 주는 것'이라는 광신도다운 이유를 떠들어대니 어찌 혐오스럽지 않겠는가?

귀혁이 말했다.

"놈들의 움직임을 보면 뭔가 큰 그림을 그리고 있다는 것은 분명하다. 선대에 한번 짓밟혔다가 겨우 조직을 복구한 주제에 아주 급진적인 모습을 보이고 있지. 아마도 지금의 교주는 자신의 대에 큰 성과를 올리고자 하고 있을 것이다."

"그리고 그건 놈이 언급한 '성운을 먹는 자'와 연관이 있겠죠."

"네가 놈들의 계획을 크게 망가뜨려 놓았다는 것은 아주 통쾌한 일이다. 하지만 정말로 궁금하군. 놈들이 말하는 성운을 먹는 자가 어떤 의미인지… 다음에 만나면 한번 물어보거라. 혹 영신교주가 널 상대로는 이것저것 잘도 조잘거리는 것 같으니 의외로 신나서 설명할지도 모르지."

"이번 일 보면 저하고 엮이는 것도 어떻게든 피하면서 차도살인지계를 노리는 것 같은데, 저보다는 사부님하고 먼저 만날 가능성이 높지 않을까요? 사부님이 한번 물어보세요."

"내가 그놈들한테 지식을 갈구하면 격이 떨어지지 않느냐? 놈들이 나한테 뭐 좀 알려달라고 달라붙다가 맞아 죽는 게 모양새가 어울리지."

"…그럼 저는요?"

"넌 아직 그 정도로 격이 높지 않으니 괜찮다. 난 이래 봬도 선대 교주도 흑영신의 품으로 돌려보내 줘서 놈들에게 살아 있는 재앙, 흉왕이라고 불리는 몸 아니냐?"

귀혁의 뻔뻔한 말에 형운이 못 볼 것을 봤다는 표정을 지었다.

어쨌든 형운은 핵심을 짚었다.

흑영신교는 형운과 정면으로 부딪치는 것을 꺼리기 시작했다.

하지만 형운은 어떻게든 없애고 싶어 한다. 그래서 굳이 외부 세력을 움직여서 형운을 친 것이리라.

귀혁이 지적했다.

"네 성장 속도가 가장 큰 문제일 것이다."

형운의 성장 속도는 비상식적이라는 표현만으로는 부족할 정도로 경이롭다. 또한 그는 흑영신교와 한 하늘을 이고 살 수 없는 적이며, 교주를 패퇴시켜 그 권위에 흠집을 낸 존재이기도 하다.

그러니 그들이 제거하고 싶어서 안달이 난 것은 당연했다. 형운이 이대로 성장을 거듭해서 귀혁처럼 손쓸 수 없는 수준에 이르게 되는 것은 그들이 가장 두려워하는 사태이리라.

"게다가 너는 나보다 더 그들이 두려워할 요소를 갖추고 있지. 예지를 헝클어뜨린다는 점이다."

흑영신교의 모든 행동은 신녀의 예지에 기반하고 있다. 그들은 자신들이 생각하는 구원의 문으로 향하는 미래의 계획표를 갖고 움직이고 있는 것이다.

그런데 형운은 신녀의 예지로 들여다볼 수 없는 존재다.

형운은 자신이 지닌 능력이 그저 자신을 향한 시선을, 그 안에 담긴 감정을 읽어내는 것에 그치지 않는다는 사실을 알고 있었다.

성존조차도 형운의 내면을 들여다보기 위해 자신의 내면도 보여줘야 했다. 아무리 강대한 예지의 권능을 가진 자라고 할지라도 형운을 들여다보기 위해서는 그 자신을 드러내는 것을 피할 수 없다.

형운이 말했다.

"그렇다고 제 행동을 읽을 수 없는 것은 아니죠. 저에 대해서 직접적으로 예지하는 대신 주변을 예지해서 제 행동을 파악할 수 있을 테니……"

"이번 일도 그런 식으로 예지해서 네 정보를 흑무곡과 홍사촌에 제공했을 것이다. 하지만 그것은 놈들로서도 부담이 큰 일일 터. 정확도가 떨어지는 것은 당연할 것이고, 직접 예지할 때보다 예지력의 소모가 심하겠지."

아무리 흑영신교의 신녀가 강력한 예지자라도 그 힘은 무한하지 않다. 간접적으로 형운의 행동을 예지하는 것만으로도 흑영신교의 전략 구상에 필요한 정보 수급이 늦춰지리라.

"예지력의 소모라······."

"별것 아닌 것처럼 보일 수도 있겠지만 잘 생각해 봐라. 온 세상에 싸움을 걸기에는 턱없이 부족한 숫자로 예지에 기대서 싸우고 있는 놈들에게는 치명적인 손실이 될 수밖에 없다. 흑영신교에게 있어서 너를 상대하는 것은 국지적인 문제가 아니라 전략 기반을 지키는 문제인 것이다. 그저 너를 들여다볼 수 없다, 너를 들여다보기 위해서는 예지력 소모가 심하다는 것을 넘어서 네가 그 특성을 이용해 그들이 확립해 둔 전략을 뒤흔들 수 있는 존재이기에."

형운이 일월성신으로 각성하기 이전에도 그런 존재는 있었다.

바로 혼마 한서우였다.

흑영신교는 최대한 강자들과의 싸움을 피해가면서 목적을 달성해 왔지만 그는 예지된 시공의 바깥에서 공격해 오는 습격자였다. 중요한 계획을 수행할 때 그가 난입해 오는 것을 막기 위해 흑영신교는 가치 있는 희생물을 준비해야 했고, 간접적으로 그의 움직임을 파악하기 위해 많은 예지력을 소모해야 했다.

"하나만으로도 미치도록 짜증 나는 존재가 이제 둘이 된 것이다. 신녀에게 걸리는 부담이 보통 큰 게 아니겠지."

"앞으로 더 주의해야겠군요."

귀혁의 분석대로라면 형운을 향한 흑영신교의 공세는 더더욱 심해질 것이다. 거기에서 벗어나는 방법은 장구한 세월 동안 이어져 내려온 흑영신교의 역사를 끝장내는 것뿐이리라.

'천년마교의 끝이라······.'

그저 긴 역사를 지닌 한 조직과 싸움을 끝낸다는 차원이 아니다. 신이라 불려 마땅한 초월적인 마(魔)를 섬기는 사도들과의 천년전쟁에 종지부를 찍는 것이다.

과연 자신이 할 수 있을까?

지금까지는 생각해 보지 않았던 문제였다. 흑영신교를 숙적으로 여기기는 했지만 그들을 멸망시키는 것이 과연 가능한지 알 수 없었으니까.

하지만 이제는 진지하게 생각해야 할 때가, 결의를 굳혀야만 하는 때가 다가오고 있었다.

2

총단에 복귀해서 의료원에 입원한 마곡정은 두 달을 정양해야 한다는 진단을 받았다. 무인에게 있어서 내상이 얼마나 위험한지를 감안하면 당연한 일이었다. 하지만…….

"형운은 벌써 복귀했던데 아직도 골골대고 있는 거니?"

형운은 총단에 돌아온 지 일주일 만에 자리를 털고 일어나 척마대 업무로 복귀했다. 그것도 객관적으로 형운이 마곡정보다 내상이 심했는데도 그랬다.

문병 온 서하령이 그 사실을 두고 마곡정을 놀려대었다. 마곡정이 표정을 구겼다.

"그놈이 비정상적인 거거든? 나도 두 달이나 골골대진 않을 거야. 그냥 상식적인 진단일 뿐이지."

확실히 마곡정의 회복 속도도 의료원에서 예상한 것보다 빨랐다. 이대로라면 앞으로 한 달 안에 복귀 가능할 것이라는 이야기가 나오고 있었다.

투덜거리던 마곡정이 물었다.

"그걸로 나 놀리러 온 거야? 바쁘신 몸께서?"

"이제는 좀 시간이 나는 편이야. 그럭저럭 인원도, 체제도 갖춰졌으니까."

음공원은 무력 조직이 아닌 연구 조직이다. 외부 활동도 별로 안 하는 편이라 연구 체제가 확립되고 나니 서하령이 감당할 업무량이 확 줄었다.

하지만 서하령은 원체 할 일이 많은 몸이었다. 외조부인 이정운 장로와 함께 연단술 연구도 진행하고 있고, 귀혁에게 성운을 먹는 자 일맥의 후계자로서 교육도 받고 있었으며 무공까지 연마하고 있으니 몸이 열 개라도 모자랄 지경이다.

그런 서하령이 입원 첫날에 오고 나서 며칠 만에 또 찾아왔으니 마곡정이 의도를 궁금해하는 것도 당연했다.

그녀가 눈을 흘겼다.

"근데 곡정이 너, 마치 내가 일 없으면 네가 아파도 보러 오지도 않는 사람처럼 말한다?"

"아니, 그런 건 아니고… 나도 부대주 일 해보니까 누나가 얼마나 바쁜지 알겠다 이거지. 뭐 찾아와 준 것은 고맙고……."

"사실 너한테 볼일이 있긴 했어."

"……."

뻔뻔한 서하령의 말에 감사한 마음이 눈 녹듯이 사라졌다.

서하령이 말했다.

"실은 연구에 협력해 줬으면 해서. 영수의 힘을 일깨운 네가 내는 소리를 연구하고 싶거든."

"해줄 수야 있지만 그거 시간 많이 잡아먹어?"

"하루에 한 시진(2시간)씩 일주일 정도 꾸준히."

"그럼 곤란해."

"대신 천명단의 마지막 피험자로 넣어줄게. 순서상 11월 말이나 12월 초쯤이 될 거야. 그 정도면 만족스러운 거래일 거라고 생각하는데?"

그 말에 마곡정이 움찔했다.

천명단 피험자는 총 열 명이고 이제 빈자리가 거의 없었다. 이미 일곱 명이 천명단을 복용했고, 지금까지는 놀랄 정도로 완성도가 높다는 사실이 증명되고 있는 중이다.

이쯤 되면 신약의 실험대에 오른다는 위험성이 거의 실감되지 않을 정도로 안정성이 입증된 셈이다. 영수의 피에 내재된 힘이 극음으로 치우쳤다는 점 때문에 일월성단을 하나도 지급받지 못한 마곡정에게는 강렬한 유혹이었다.

마곡정이 한숨을 쉬었다.

"…문병 선물치고는 너무 거창하잖아, 누나."

"어머나, 그게 무슨 말이야?"

"누나가 하는 일이니 이미 형운하고는 이야기가 끝난 거지?"

"물론."

"알았어. 거참."

마곡정이 투덜거렸다.

왠지 코끝이 시큰해졌다. 서하령은 아무 말 하지 않았지만,

어린 시절부터 알고 지냈기에 알 수 있었다. 그녀가 마곡정을 위해서 이런 기회를 제공했다는 것을.

아마 그녀는 처음부터 마곡정을 천명단 피험자 명단에 올려 놨을 것이다. 이 일에 대해서 그녀의 발언권은 굉장히 강력하니까.

굳이 순서를 마지막으로 잡은 것도 조금이라도 더 안전성이 확실하게 입증된 후에 복용하게 하려는 배려였으리라. 마곡정의 체질을 생각하면 그래야만 했다.

"그럼 거래 성립이네. 네 말대로 바쁜 몸이라 이만 가볼게. 몸조리 잘해."

"누나."

병실을 나가려는 그녀를 마곡정이 불렀다. 그녀가 돌아보자 마곡정이 슬쩍 시선을 피하며 말했다.

"…고마워."

"음. 다행이야."

"뭐가?"

"그나마 그림이 되는 얼굴로 그런 짓을 해서. 우락부락해졌을 때 그랬으면 때리고 싶은 충동을 참느라 혼났을 거야."

"……."

마곡정의 얼굴에서 조금 전까지의 감동이 온데간데없이 날아가 버렸다.

3

척마대는 나날이 커져가고 있었다.

사상자가 많이 발생하는 집단이기는 했지만, 채 1년도 안 되는 짧은 기간 동안 올린 성과가 굉장했다. 무인으로서 의미 있는 싸움을 하고 싶어 하는 열망을 품은 이들이 끊임없이 척마대에 지원해 왔다.

여기에는 형운의 명성도 크게 작용하고 있었다.

같은 세대에 태어난 성운의 기재들마저 능가하는 강호의 젊은 영웅, 흑영신교의 숙적으로 불리며 차기 팔객의 자리에 가장 가깝다는 평가를 받는 자.

이미 형운은 별의 수호자의 젊은 무인들의 우상이 되어 있었다. 그가 이끄는 척마대에 지원하는 인원이 워낙 많아서 지금은 까다롭게 실력을 검증하고 있는 중이다.

운 장로는 한숨을 쉬었다.

"일이 점점 더 꼬이는군."

그의 방에는 풍성 초후적과 지성 위지혁이 모여 있었다.

초후적이 말했다.

"설마 그 나이에 심상경에 이르렀을 줄은 상상도 못 했습니다."

초후적은 마곡정을 통해서 형운의 정보를 꾸준히 입수해 왔다. 하지만 그도 형운이 심상경에 올랐다는 사실은 모르고 있었다. 마곡정이 형운과의 우정으로 꼭 감춰야 할 비밀은 감춰주었기 때문이다.

하지만 사대마와의 싸움으로 이제는 공공연하게 알려진 사실이 되고 말았다.

이제 다음 오성 자리가 비었을 경우, 최소한 형운을 실력 문제로 떨어뜨리는 것은 불가능해졌다. 실적을 따져도 어려울 것이다.

운 장로가 말했다.

"차기 수성 자리가 비기 전에 무격이가 심상경에 오를 수 있겠나?"

"그 문제에 대해서는 아무것도 확신할 수 없습니다."

초후적이 고개를 저었다.

한동안 일에서 물러나 수련에 매진한 정무격은 눈에 띄게 실력이 늘었다. 하지만 심상경에 오르는 것은 누구도 장담할 수 없는 문제였다.

누군가는 어느 날 갑자기 오를 수도 있지만 누군가는 100년을 고련해도 못 오를지도 모른다.

그것은 재능의 문제만은 아니었다. 그 이전까지의 경지를 쉬이 이루어 천재라 불리는 자가 생애가 끝나도록 도달하지 못하는가 하면 그저 우직하게 고련하던 자가 도달하기도 하니.

"사부가 그 경지에 올라 있고, 따라서 그 경지를 직접 체험할 수 있다는 점에서 조금 유리한 고지에 서 있을 뿐이지요. 하지만 그 유리함이 진짜 유리함인지조차 확신할 수 없는 것이 심상경입니다."

존재하는 것은 분명하지만 그곳으로 올라가는 조건이나 방법은 확립되지 않은 영역, 그것이 바로 심상경이었다.

운 장로가 말했다.

"유감스럽게도 남은 방법들이 전부 도박수로군."

"무격이가 심상경에 오르거나, 아니면 우리 측 후보가 천공지체가 되거나입니까?"

"그렇게 되겠지."

천공지체는 성존이 직접 내린 과제다. 당연히 별의 수호자의 우수한 인재들이 모여서 연구가 진행되고 있었다.

별의 수호자는 이미 일월성신을 만들어내는 데 성공했다. 형운은 우연의 산물에 가까웠지만 유명후는 아니었다. 일월성신의 위험성이 드러났다는 것이 문제였을 뿐, 그렇지 않았다면 추후에 계속 세 번째, 네 번째 일월성신을 만들어낼 수 있었으리라.

그러니 천공지체 역시 충분히 이뤄낼 수 있는 목표로 보고 있었다. 이미 성존이 내린 개량형 천공단을 분석하는 작업이 상당히 진전되었고, 후보들도 선정되었다.

운 장로가 화제를 돌렸다.

"그건 그렇고 지성, 제자 선정은 어떻게 되어가고 있는가?"

"주신 명단에서 세 명의 후보를 추려서 불렀습니다. 셋 중에서 만족스러운 녀석이 있을지는 모르겠습니다만, 일단 무조건 한 명은 받겠습니다."

잠자코 듣고 있던 위지혁이 대답했다.

운 장로는 위지혁에게 제자를 받을 것을 권했다. 위지혁이 지성이 된 지 얼마 안 되기는 했지만 지위에 걸맞은 실력이 있음이 증명되었고, 또 나이도 이미 40대 중반이라 제자를 두는 쪽이 더 자연스러웠다.

형운을 제자로 받기 전까지의 귀혁이 예외였을 뿐, 오성은 제자를 두는 것이 당연했다. 제자 육성은 그 자리에 올라갈 때까지 조직에서 받은 것들을 후학에게 물려준다는 의미에서 그들이 행해야 하는 책임이었다.

위지혁 역시 그 책임을 방기할 생각이 없었다. 그 역시 전임 풍성의 제자였으며, 자신이 사부로부터 받은 은혜를 후학에게 물려주고 싶다는 욕망이 있었기 때문이다.

다만 누구를 첫 번째 제자로 받을까에 대해서는 운 장로가 원하는 바에 따라주었다. 운 장로에게 큰 은혜를 입은 몸이라 이런 일에는 개인적인 고집을 내세울 생각이 없었다.

운 장로가 말했다.

"만족스러울 걸세. 인재육성계획에서 높은 평가를 받은 녀석들이니까. 영성의 제자단과 대등한 수준이지. 할 수 있는 한 최고의 지원을 약속할 테니 부족함 없이 가르칠 수 있을 게야."

"감사합니다."

웃는 얼굴로 대답하는 한편, 위지혁은 생각했다.

'자질이 문제가 아니라 성품이 문제입니다만.'

위지혁은 인생에 굴곡이 많았던 인물이다. 때로는 누군가의 밑에 있었고, 때로는 누군가를 부리는 입장에 있어봤기에 제자의 자질보다도 성품에 더 중점을 두게 되었다.

하지만 이 자리에서 그런 말을 할 수는 없는 노릇이라 그저 웃어 보일 수밖에 없었다.

'영성의 제자단이라……'

그가 아는 한 영성의 제자단이야말로 가장 복잡한 정치적 의도가 얽혀 있는 집단이었다. 거기에 속한 아이들은 귀혁의 제자라는 입장과 각 장로들의 후원을 받는다는 두 가지 입장을 가졌다.

'일단 첫 번째 목표가 되겠군.'

그런 속사정을 가졌음에도 영성의 제자단은 최고의 성과를 보여주고 있었다. 열 명 전원이 비무회에서 활약한 것은 물론, 이제는 임무에 투입되어서도 우수한 성과를 올리는 중이다.

위지혁이 제자를 키운다면 연령 차가 적은 그들은 반드시 넘어야 할 벽이 되리라.

4

흑무곡, 홍사촌과의 격전 이후 이 작전에 참가한 인원에게는 모두 보름간의 휴가가 주어졌다. 물론 부상자가 의료원에서 치료받는 기간은 제외한 휴가였다.

양우전은 거기에 한 달의 휴가를 추가로 신청했다. 딱히 사유가 없는 휴가였기 때문에 반려될 것을 각오했는데 의외로 순순히 통과되었다.

형운이 휴가를 통지하면서 이유를 말해주었다.

"어차피 장로회의 요청이 있어서 넌 당분간 임무에서 빠질 예정이었어. 무슨 이유인지는 알고 있지?"

"예."

양우전은 천공지체 후보로 선정되었다.

한동안은 각종 검사와 실험, 그리고 다양한 약의 복용 과정을 거쳐야 했다. 참고로 그만이 아니라 영성의 제자단 전원이 후보로 선정된 상황이었다. 물론 그들 전원에게 자원을 집중하는 것은 아니고 1차 후보로 선정되었다는 뜻이다.

"좋은 기회가 되길 빈다. 이런 기회를 얻기도 쉽지 않으니 최선을 다해서 성과를 얻도록 해."

형운의 말에 양우전이 울컥했다. 형운의 태도가 시큰둥하기는 했지만 말 자체는 진심이라 느꼈기 때문이다.

양우전이 그를 노려보며 말했다.

"대사형이 저를 안중에도 안 두시는 것 압니다."

"음?"

"하지만 언제까지 그럴 수는 없을 겁니다. 반드시 대사형께서 저를 경쟁자로 의식하게 만들 테니까요."

적의가 풀풀 풍기는 그 말에 형운이 피식 웃었다.

"난 말이지, 너희들이 경쟁자로서 내 자리를 위협할 수 있게 된다면 오히려 환영하고 싶다. 제발 빨리 좀 그렇게 되어줘라."

"뭐라고요?"

"네가 스스로 말한 바를 이루어낸다면 알게 될 거야. 넌 대체 내가 널 어떻게 봐주면 좋겠어? 너희들이 먼 미래에 내 경쟁자가 될 거라고 확신, 그 가능성을 두려워해서 싹을 짓밟으려는 움직임이라도 보여줘야 만족하겠냐?"

"……"

당연히 그런 것은 아니었다. 양우전이 형운에게 보이는 적의는 치기 어린 감정으로부터 비롯된 것이니까. 몇 년 전 그에게 무시당했을 때 자존심을 다쳤던 경험 때문에 어떻게든 자기를 인정하고 경계하게 만들어주겠다고 생각하는 것뿐이다.

형운이 심드렁하게 말했다.

"난 너희들 말고도 신경 쓸 게 산더미 같거든? 그러니까 쓸데없이 날 좀 세우지 마라."

그 말에 양우전이 입술을 깨물었다.

귀찮게 구는 아이를 대하는 듯한 형운의 태도가 더없이 굴욕적이었다. 그러나 지금의 자신이 그에게 그 정도밖에 안 된다는 것을 너무나도 잘 알기에 아무 말도 할 수 없었다.

'두고 보자. 반드시……!'

언젠가 반드시 형운을 넘을 것이다. 양우전은 그런 결의를 다지며 그 자리를 떠났고 형운은 그의 뒷모습을 보며 생각했다.

'저 녀석이 천공지체 최종 후보로 남고 연진이가 탈락된다면 좀 더 신경을 써줘야겠군.'

만약 그렇게 된다면 둘이 받는 지원의 격차가 확연히 커질 것이다.

형운은 자신이 직접 양우전에게 손을 댈 생각은 없지만 강연진이 그를 누르게 하는 데는 도움을 아끼지 않을 생각이었다. 물질적인 지원은 할 수 없어도 무공을 연마하는 데 있어서는 도움이 되어줄 수 있으리라.

5

천공지체 연구 때문에 각지에서 총단으로 사람이 모여들었다.

1차 후보는 무려 300명을 넘었다. 그중에는 하운국만이 아니라 위진국과 풍령국에서 온 인물들도 있었다.

"요즘 풍령국 쪽의 상황이 어수선해서 수성은 제자와 수행원만 보냈지만 화성은 직접 제자를 데리고 온다고 하더군. 자네는 척마대주로서 그쪽의 행보를 어떻게 생각하나?"

형운에게 그렇게 물은 것은 한쪽 눈이 안구까지 새빨간 남자, 파견 경호대주 백건익이었다.

그는 요즘 들어서 종종 형운을 찾아오고 있었다. 종종 형운과 무공에 대한 대화를 나누고 조건을 제약해서 수를 겨루는 대련을 하기도 했는데, 무공에 대한 열망이 큰 입장에서 자신을 성실하게 상대해 주는 형운이 굉장히 좋은 상대였기 때문이다.

물론 백건익도 그것이 형운에게 신세를 지는 일이라는 것을 잘 알았다. 그래서 조직 차원에서 편의를 봐주기도 하고, 좋은 정보가 있으면 알려주는 등 성의를 보이고 있었다.

'입장 때문에 제대로 겨뤄볼 수 없는 것이 아쉽긴 하지만……'

백건익은 늘 그렇게 생각했다. 서로 대주라는 입장이 있는 이상 전력을 다해 겨루는 일은 함부로 할 수 없다. 개인 대 개인의 문제로 끝나지 않게 되니까.

형운이 대답했다.

"활동 취지는 같으니까 상관없습니다. 척마대라는 이름을 제가 지은 것도 아니고, 그쪽에서 피를 흘려가면서 좋은 일 하겠다는데 뭐라고 할 이유가 없지요."

척마대가 명성을 얻기 시작하자 위진국 본단에서 예상치 못한 움직임을 보였다. 그쪽에서도 하운국 쪽과는 독립적으로 척마대를 창설해서 운용했던 것이다.

위진국 본단의 최고 권력자인 화성 하성지의 뜻이었다. 위진국 척마대주로는 그녀의 셋째 제자인 아윤이 취임했고 꽤 활발한 활동을 보이고 있다고 한다.

참고로 하성지는 그 전부터 아윤으로 하여금 형운을 모방한 행보를 보이게 했다. 의도적으로 그의 명성을 민간에 퍼뜨리면서 형운처럼 정보부가 예외로 취급할 수밖에 없도록 만들었던 것이다.

형운이 말했다.

"이번에 데리고 오는 제자분은 막내 제자분이라고 하던데, 개인적으로는 그분 성품을 생각하면 말썽이 안 생기면 좋겠군요."

"화성께서 공격적인 성품의 소유자라는 것은 익히 들었지. 실제로도 그런가 보군?"

"그렇지요."

형운이 본 하성지는 공격적일뿐더러 야심이 큰 인물이기도 했다.

단순히 출세욕만으로 보자면 그녀는 이미 오를 수 있는 정상에 올랐다고 봐도 과언이 아니다. 연령대를 고려하면 귀혁이 물러난 후에 영성 자리를 노리는 정도가 마지막일 터.

'아마 영성 자리에는 관심이 없겠지.'

형운은 하성지가 설령 영성 자리를 줘도 거절할 것이라고 예상했다.

그녀는 이미 연단술사들을 제치고 위진국 본단의 최고 권력자가 되었다. 그리고 위진국 본단을 독자적으로 성장시켜서 총 단으로부터 간섭을 덜 받는 조직으로 성장시키고 싶어 한다. 그 러니 영성이 되어서 총단의 수호자가 되는 것을 받아들이지 않 으리라.

백건익이 말했다.

"화성도 영수의 혈통이지. 위진국 쪽에서는 꽤 이름 있는 영 수 일족의 말예라네."

"확실히 영수 혈통이기는 했는데, 일족이 있는 영수라고요?"

"위진국 영수 사회에서 꽤 힘이 있는 일족이라고 들었네. 백 령회의 어르신들께서도 이름을 알 정도니까."

"호오, 그랬군요."

아무래도 마곡정과 비슷한 경우인 모양이다. 청안설표 일족 도 북방 설산에서는 꽤 영향력 있는 집단이니까.

"그러고 보면 별의 수호자에는 확실히 영수 혈통이 많은 편 이군요. 강호의 다른 조직들에는 드문 것 같던데."

"아무래도 일의 특성상 영수들과 교류하는 경우가 많아서겠 지."

별의 수호자는 많은 영수를 거래 상대로 두고 있었다. 영수들 만이 채집 가능한, 혹은 그들의 서식지에만 나는 영약이나 약재 들이 있었기 때문이다.

영수들 입장에서도 별의 수호자는 오랜 역사를 지녀서 믿을 만한 거래 상대고, 또 그들을 통해서 자신이 필요로 하는 영약 과 비약을 구할 수도 있기 때문에 영수 사회에서 이야기를 듣고 먼저 접촉해 오는 경우도 드물지 않았다.

문득 백건익이 말했다.

"좀 어려운 부탁일 수도 있겠는데, 혹시 사람 좀 소개시켜 줄 수 있겠나?"

"누굴 보시고 싶은 거죠?"

"음공원주와 자네가 친한 것으로 알고 있네."

형운이 좀 놀란 표정을 지었다. 그가 서하령을 언급할 줄은 몰랐기 때문이다.

"소개야 시켜 드릴 수 있습니다만, 무슨 일로 그러시는 거지요?"

"현시점에서 음공원은 연구에 협력해 줄 피험자를 적극적으로 구하고 있고, 협력자에게는 성과를 공유하는 것도 인색하지 않다고 들었네. 내게 자질이 있을지는 모르겠지만 음공도 한 번쯤 접해보고 싶군. 음공원주의 음공을 경험해 본 이들은 다들 경이로운 기술이라고 입을 모아 칭찬을 아끼지 않았다네."

"확실히 놀라운 기술이죠. 그런 일이라면 제가 곧바로 자리를 마련해 보겠습니다."

"고맙네. 내 다음에 꼭 보답하지."

형운은 새삼 백건익의 무공에 대한 탐욕에 감탄했다. 하지만 동시에 귀혁이 가르쳐 주는 것을 소화하는 것만으로도 벅찬 자기 입장에서는 도저히 가질 수 없는 감정이라는 생각도 들었다.

6

서하령은 음공원을 통해서 음공을 체계화하고 특별한 자질이 없는 사람이라도 연마할 수 있는 음공을 창안하는 것을 목표로 삼고 있었다.

이 목표는 의외로 빠르게 성과를 거두고 있었다.

하지만 동시에 예상했던 장벽에 부딪쳐 있기도 했다.

"그저 소리에 공력을 싣는 정도라면 누구나 할 수 있잖아? 요는 얼마나 다채로운 효과를 낼 수 있느냐지."

이 점에서는 형운도 음공의 기초는 익히고 있는 셈이다. 거기서 한 발짝도 더 나아갈 수 없다는 게 문제지만.

"일단 세 가지 기술을 정립했어. 이건 내공을 연마한 사람이라면 누구나 터득할 수 있는 것이야."

서하령은 곧바로 시범을 보여주었다. 그녀의 주변을 둘러싸듯이 물그릇들이 놓여 있었다. 그것도 1장(약 3미터) 간격으로 총 열 단계에 걸쳐서 배치되어 있다 보니 총 백 개도 넘는 수였다.

"아아."

서하령이 가볍게 소리를 냈다.

그러자 놀라운 일이 벌어졌다. 그녀의 정면에 놓여 있는 물그릇들의 수면만이 떨리는 게 아닌가?

"소리의 방향을 고정하는 거야. 같은 성량으로 멀리 말하고 싶을 때 효과적이지. 실전에서는 소음이 많은 상황에서 특정한 방향에 자기 목소리를 전할 때 쓸모가 있어."

그녀는 재차 같은 소리를 냈다. 그러자 이번에는 모든 방향의 물그릇들의 수면이 찰랑거렸다.

"이건 모두에게 전파할 때 쓰는 거야. 이 용법을 발전시키면 어떤 음을 통해서 특정한 효과를 낼 때 주변 모든 범위에 효과를 전달할 수 있게 되지."

서하령 자신은 숨 쉬듯이 자연스럽게 할 수 있는 일들이었다. 하지만 그저 개인적인 감각에 그치는 게 아니라 누구에게나 어떻게 하는지 풀어서 설명할 수 있다는 점이 연구의 성과인 것이다.

"마지막으로는 소리의 집중이 있어. 지금까지 정립한 기술 중에서는 가장 고도의 것이야."

서하령이 또다시 똑같은 소리를 냈다.

이번에도 정면 방향의 물그릇들만이 흔들렸다. 하지만 좀 더 자세히 보면 첫 번째와는 확실히 달랐다. 안쪽 아홉 개의 물그릇들의 수면은 아주 가볍게 흔들린 데 비해 마지막 열 번째 물그릇의 수면은 눈에 띌 정도로 크게 흔들렸던 것이다.

"진기가 전달되는 한계 지점에서 소리가 폭발하게 하는 거야. 익숙해지면 폭발 지점을 조절하는 것은 물론, 아주 큰 소리도 가두어두었다가 폭발시킬 수 있게 되지."

"어느 정도나?"

"이 정도로."

서하령은 이번에는 굳이 따로 소리를 내지도 않고 대답하는 목소리를 이용했다.

그 말은 약간의 시간 차를 두고, 물그릇들의 원 바깥에 있던 형운의 귓가에서 마치 고함을 지르는 것 같은 음량으로 폭발했다.

"와……."

형운이 깜짝 놀랐다. 서하령은 나직하게 말했는데 이 정도로 크게 증폭이 된단 말인가? 그것도 원하는 지점에서만?

서하령이 말했다.

"여기까지는 너도 쉽게 배울 수 있을 거야. 넌 의외로 음공에 재능이 있기도 하고."

"정말?"

"아마 천만 년 동안 노력해도 대가는 될 수 없겠지만, 재능은 있어."

"…뭐여, 그 칭찬하는 척하면서 절망을 안겨주는 평가는?"

"넌 배운 건 잘하니까. 하지만 아무리 음공을 누구나 익힐 수 있도록 확립한다 해도 고도의 수법은 온갖 변수를 계산해서 대응할 수 있는 감각이 필요해. 내가 세운 목표는 천만분의 일 확률로 탄생하는 재능이 있어야만 입문할 수 있었던 음공을 백분의 일 확률로 탄생하는 재능만으로도 입문할 수 있도록 하는 거야."

그것은 굉장히 의미 있는 일이 될 것이다. 서하령은 별의 수호자 무인들에게 재능을 발휘할 수 있는 새로운 기회를 제공하는 셈이었다.

형운이 물었다.

"그러고 보니 백 대주는 어때?"

"꽤 도움이 되고 있어. 그만한 고수가 열정적으로 협력해 준다는 것은 귀중한 기회지. 자질도 어느 정도 있는 편이라 의기상인과 연동하는 방식도 시험해 보고 있고."

"그렇군."

형운은 몇 가지 실험에 협력하고는 서하령과 함께 음공원을
나섰다.

장로회에서 준비한 회식에 참석하기 위해서였다. 참석자는
성운검대주와 수성을 제외한 오성 전원, 그리고 그 제자들이었
다. 서하령의 경우는 이정운 장로의 손녀라서 특별히 불린 경우
였다.

형운이 불안해하며 말했다.

"부디 조용히 넘어갔으면 좋으련만."

"어렵지 않을까?"

"아마 그렇겠지?"

일단 오성만 해도 사이가 좋지 않다. 귀혁과 풍성 초후적의
관계는 그렇다 치고 화성 하성지와 지성 위지혁의 분위기가 어
떨까 상상해 보니 그냥 그 자리를 피하고 싶어졌다.

"아마 분명 제자들끼리 문제가 일어날 텐데 형운, 되도록 사
고 치지 마. 네가 난처해지는 건 상관없지만 귀혁 아저씨 체면
에 흠이 나니까."

"말을 해도 꼭……. 그리고 나야 원한 있는 사람도 없지… 는
않군."

형운이 정무격을 떠올렸다. 정무격과의 인연은 한 번 공개 비
무를 한 게 전부지만, 그 한 번으로 둘의 관계는 최악이 되었다
고 해도 과언이 아니리라.

어쨌든 형운과 서하령이 회식 장소에 도착했을 때는 이미 사
고가 터져 있었다.

7

회식 장소 앞마당에 사람들이 잔뜩 몰려 있었다. 그리고 그 너머에서 나직한 소녀의 목소리가 울렸다.

"사내새끼들이 무리 짓지 않으면 덤빌 용기도 안 나나 봐요?"

웅성거리는 소리와 섞여서 잘 들리지 않는 목소리였지만 형운과 서하령은 똑똑히 알아들었다.

"입으로만 좋알거리지 말고 덤비세요."

내용을 보면 실로 패기가 넘치는데 목소리나 어조는 양갓집 규수처럼 나직하고 정중했다.

그에 대꾸하는 목소리는 말투와 내용이 일치했다.

"듣자 듣자 하니까 정말! 다짜고짜 기습으로 한 대 먹여놓고 아주 기고만장했군. 어디 한번 붙어보자 그래!"

"어머, 무인에게 기습당했다는 게 변명거리가 되는 줄 몰랐네요."

"이익!"

대화 내용을 들은 형운과 서하령이 서로를 바라보았다.

성내는 목소리의 주인은 양우전이었다.

"네가 수습해야겠네."

"그러게? 아, 이놈들은 또 왜 사고를 치는 거야."

서하령의 말에 형운이 표정을 구겼다. 그리고 인파를 헤치고 안으로 들어가는데······.

팍!

안쪽에서는 싸움이 시작되었다.

양우전과 한 소녀가 격돌하고 있었다. 척 봐도 양우전보다 두어 살은 어려 보이는 그녀는 길이가 2척(약 60센티미터)을 넘는 긴 부채에 진기를 실어서 검처럼 휘둘러 댔다.

파파파파파!

양우전이 정신없이 손을 놀려 부채를 막아냈다. 소녀가 부채를 검 대용으로 쓰는 솜씨가 놀랍도록 빠르고 정교해서 반격할 틈을 찾기 어려웠다.

형운이 눈을 크게 떴다.

'실력이 상당한데?'

강호에는 온갖 기병을 쓰는 무공들이 존재하고 그중에는 부채를 무기로 쓰는 경우도 있다. 하지만 소녀의 무공은 변화가 다채로운 검술이었다. 그런데도 양우전과 팽팽하게 대결할 수 있는 이유가 있었다.

'저 부채는 아무리 봐도 애당초 검 대용으로 쓰려고 만든 물건이군. 본인도 저걸 검 대신 쓰는 것에 익숙하고.'

부채는 접으면 길이는 좀 짧을지언정 검을 휘두르듯이 쓸 수 있는 무게중심을 이루고 있었고, 끄트머리를 단단하게 고정해서 멋대로 펼쳐질 걱정이 없게 만들어져 있었다. 그리고 부채를 휘두르는 소녀 자신이 그런 상황을 상정하고 많은 훈련을 했음이 분명했다.

'생긴 걸로 보나 체내의 기운으로 보나, 화성과 같은 일족이군. 이번에 데리고 온다는 막내 제자인가.'

형운이 소녀의 신분을 알아보고 한숨을 쉬었다.

얌전하고 귀여운 인상의 소녀였다. 싸우는 데 방해가 되지 않도록 땋아서 목에 감아놓은 긴 머리는 미미하게 붉은 기가 돌았고, 눈동자는 자주색이었다.

화성 하성지와 똑같은 외견상의 특성이다. 백건익에게 하성지가 유명한 영수 일족의 혈통을 이었음을 듣지 않았다면 그녀의 딸이 아닌가 의심했을 것이다.

"제법이시네요? 조금 전 분과는 다르시군요."

소녀가 놀랐다.

벌써 30여 합을 싸웠는데 팽팽한 국면이 계속되고 있었다. 슬렁슬렁 싸우는 게 아닌데도 그렇다는 것은 양우전의 실력이 그녀와 대등하다는 증거다.

위진국 본단에서는 경험해 본 적 없는 일이었다. 비슷한 나이대의 소년소녀 중에 그녀의 반이라도 따라오는 사람이 없었으니까.

그녀의 감탄에 양우전의 표정이 구겨졌다.

'이 녀석이 감히!'

그도 소녀의 실력에 놀랐다. 하지만 위에서 내려다보는 투로 말하는 게 성미를 건드렸다. 무엇보다 자신은 아직 모두가 보고 있는 자리라는 점을 감안해서 본 실력을 내지 않은 상태였는데……

'여기가 네가 멋대로 굴어도 되는 곳이 아니라는 것을 깨닫게 해주지.'

양우전은 그 순간까지 봉인하고 있던 패를 꺼내 들었다.

무심반사경이었다.

'아!'

소녀가 경악했다.

둘의 공세는 물 흐르듯이 이어지고 있었다. 전체적인 움직임
은 영수의 혈통이라 신체 능력이 뛰어난 소녀가 더 빨랐지만 반
응 속도는 감극도를 연마한 양우전이 우위에 있었기에 서로의
균형을 무너뜨리지 못하는 상황이 계속되었던 것이다.

그런데 어느 순간 소녀가 바로 뒤에 이어지리라 예상했던 모
든 상황이 부정되었다.

양우전은 부딪치는 그 순간 곧바로 힘을 폭발시키면서 몸 전
체로 안으로 밀고 들어왔다. 그것으로 소녀의 간격 안으로 쳐들
어온 그는, 소녀가 미처 대응하기도 전에 오른손으로 또 다른
변화를 일으켜서 그녀의 어깨를 후려쳤다.

아니, 후려치려고 했다.

팍!

누군가 전광석화 같은 속도로 끼어들어서 양우전의 손목을
잡아챘다.

양우전은 소름이 돋았다.

'뭐야?'

방금 전까지만 해도 구경꾼들 이상으로 가까이 온 사람이 없
었다. 그런데 그 한순간에 정확히 둘 사이에 끼어들어서 그의
손을 잡아채다니? 아무리 고수라도 그렇지, 무심반사경으로 행
한 동작 사이에 끼어들 정도로 빠르단 말인가?

"여기까지다."

그 목소리를 듣는 순간 양우전은 고개를 획 돌렸다. 자신의
손목을 잡은 것은 형운이었다.

"대, 대사형!"

"후우. 이건 또 무슨 일이야? 이런 데서 얌전히 굴어야 한다는 것은 상식 아니냐?"

형운이 양우전의 손목을 놔주고는 소녀를 바라보았다. 그녀는 어안이 벙벙한 얼굴로 형운을 올려다보고 있었다.

"화성의 제자분입니까?"

"그, 그래요."

"사정은 모르겠지만 이 일은……."

"대사형, 저쪽에서 먼저 기습한 겁니다!"

"다짜고짜 뒤에서 덮쳐서 공격해서 경혼이를 혼절시켰다고요!"

영성의 제자단들이 목소리를 높였다. 형운이 놀라서 뒤를 돌아보았다.

그의 사제 중 한 명, 어경혼이 눈이 팅팅 부은 채로 혼절해 있었다.

"어……."

당황한 형운이 다시 소녀를 바라보았다. 소녀는 새침한 기색으로 시선을 피했다.

형운이 한숨을 쉬고는 사제들에게 말했다.

"어떻게 된 일인지 자세히 말해봐."

"그럴 필요 없다."

그때 한 사람이 끼어들었다. 형운은 놀라는 기색 없이 목소리의 주인을 바라보았다.

"오랜만입니다, 화성님."

"그렇군. 영성의 제자… 아니, 이제는 척마대주라고 불러야겠지."

고개를 끄덕인 것은 화성 하성지였다.

벌써 60대에 접어들었건만 30대 초중반으로밖에 보이지 않는 외모, 눈매가 가늘고 신경질적인 인상, 그리고 자주색 눈동자와 미미하게 붉은 기가 도는 머리칼도 위진국에서 만났을 때 그대로였다.

하성지가 말했다.

"아이들끼리 가벼운 다툼이 있었을 뿐이다. 보는 눈도 많은데 일을 크게 벌일 필요는 없을 것 같은데."

"제자분께서 제 사제들을 기습해서 다치게 한 게 사실이라면 그 점은 사과해야 할 것 같습니다만."

"그럴 만한 이유가 있었다고는 생각하지 않는가?"

"사람을 기습해서 무기로 후려칠 만한 이유라면 어지간히 진귀한 사연이 아니고서야 납득할 수 없을 것 같습니다만."

형운과 하성지 사이에 팽팽한 기류가 흘렀다. 하성지의 시선이 싸늘해지면서 숨 막힐 정도의 압박감이 퍼져갔지만 형운은 조금도 지지 않고 그녀의 시선을 맞받았다.

다들 숨을 죽였다. 그야말로 일촉즉발의 상황이었다.

솔직히 형운은 사제들을 별로 좋아하지도 않았지만 지금은 물러설 수 없었다. 여기서 자신이 물러나 버리면 귀혁의 체면까지도 진흙탕에 떨어지게 된다.

"상황이 불리해지면 힘으로 덮으려고 하는 것은 여전하시군."

그때 싸늘한 목소리가 끼어들었다.

8

하성지가 천천히 고개를 돌렸다. 좌우로 갈라지는 사람들 사이로 형운 이상의 장신이지만 마른 체격에 부리부리한 눈매를 가진 중년 사내가 다가오고 있었다.

하성지가 고개를 갸웃하며 물었다.

"누구지?"

"그래도 한때는 지금 당신이 앉은 자리를 두고 경쟁했던 사이인데 벌써 잊어버리다니 섭섭하군."

"음?"

그 말에 하성지가 눈살을 찌푸렸다. 그녀가 놀란 표정으로 물었다.

"혹시 신임 지성인가?"

"이야, 알아봐 주시니 황송해서 고개가 숙여질 지경인걸."

"내가 기억하는 모습보다 팍삭 늙어버려서 못 알아봤지 뭔가. 하긴 꽤 오랜 시간이 흘렀군."

"……."

위지혁의 눈썹이 꿈틀거렸다.

두 사람 사이의 분위기가 흉흉해졌다. 조금 전까지만 해도 형운과 하성지가 팽팽하게 맞서던 구도가 자연스럽게 위지혁과 하성지의 대립 구도로 바뀌었다.

형운이 말했다.

"두 분께서 과거에 인연이 있으신 것은 알겠습니다. 하지만 화성께서는 지금 저와 풀어야 할 문제가 있지 않습니까?"

"그 건을 방해할 생각은 없다네. 그저 화성의 방식에 휘둘리지 말라 충고하고 싶군. 그녀는 화성이 되기 전부터 그랬지. 사고를 쳐놓고 뒤따라오는 문제에 대해서는 힘을 써서 덮으려고 했어."

"실력이 좀 뛰어나다고 해서 여자가 머리 위에 군림하는 것을 두고만 볼 수 있겠느냐는 여론에 올라타서 나를 경쟁에서 탈락시키려고 하셨던 분께서 하실 말씀은 아니지 않은가. 아, 하긴 그래서 공개 비무에서 대차게 깨드린 걸로 그 수작을 박살 내줬으니 힘을 써서 덮은 것은 인정해야겠지."

"그 말을 들으니 안 좋은 추억이 떠오르는군그래. 위진국에 처박혀 있던 분께서 모처럼 총단까지 왕림해 주셨는데 오성의 무력이라는 것을 총단의 무인들에게 보여주지 않겠나?"

"흥미로운 제안이지만 거절하지. 승패야 과거 그때하고 똑같이 나오겠지만, 오성의 권위에 흠집을 내고 싶지 않거든. 지성이 된 지 얼마 안 되어서 그런가, 자기가 앉은 자리의 중요함을 모르는군."

분위기는 점점 더 흉흉해져 갔다. 하지만 어느 순간 형운의 싸늘한 목소리가 둘 사이로 끼어들었다.

"그런 식으로 사람들 관심을 돌려서 술에 물 타듯이 문제를 넘기려고 하시다니, 실망스럽군요."

"뭐라고?"

"아, 아닙니다. 제가 어르신들 말씀 나누는 데 방해했군요. 그

냥 계속 두 분이서 대화 나누시지요. 화성께서는 이번 일을 해
결할 의지가 없으신 것 같으니 제가 제자분만 데려가서 따로 이
야기하도록 하겠습니다."

"요즘 명성을 좀 얻더니 기고만장해졌나 보구나."

"글쎄요? 전 적어도 사부님의 제자가 된 후로는 높은 분께서
자기 심기 좀 거슬렸다는 티 좀 낸다고 넙죽 기어서 눈앞의 문
제를 외면하면서 살아온 적이 없습니다만. 제자분이 결백하다
면 오히려 제 사제들의 사죄를 받을 수 있을 텐데 아예 사정을
털어놓을 기회조차 원천봉쇄하시려는 것을 보니 제자분을 믿지
못하시나 봅니다?"

"호오."

하성지의 표정에서 노골적인 분노가 사라졌다. 대신 싸늘한
적의가 자리 잡았다.

"네 사부를 믿고 이토록 방자한 것이냐?"

"사람을 대할 때 본인이 아니라 배경을 보는 습관이 있으신
가 보군요. 어떻게든 정작 해결해야 할 문제는 무시하고 싶으십
니까? 백 번, 아니, 천 번이라도 다시 제자리로 돌려 드리겠습니
다. 제 사제들과 화성님의 제자분이 충돌한 일의 잘잘못을 가려
서 잘못을 저지른 쪽이 사과하도록 하지요."

형운은 절대 기세가 눌리지 않았다. 설령 그녀가 이성을 잃고
힘을 쓴다고 하더라도 물러나지 않을 생각이었다.

다행히 사태는 그렇게까지 최악으로 치닫지는 않았다.

"내 제자들하고 사고가 터졌는데 나를 들먹이면서 제자를 핍
박하다니, 여전히 하는 짓이 재미있군, 화성."

귀혁이 이정운 장로와 함께 모습을 드러냈다.

그리고 뒤이어 풍성 초후적과 운 장로도 도착하면서 사태는 일단 진정되었다.

9

형운이 사제들에게 들은 전후 사정은 이랬다.

화성의 막내 제자 오연서가 형운의 사제들이 회식 참석자임을 알아보고 말을 걸어왔다. 통성명을 하는 과정에서 그녀가 가벼운 신경전을 걸어왔고, 울컥한 그들이 받아치면서 분위기가 점점 험악해지기 시작했다. 그리고 어느 순간 오연서가 기습을 가해서 싸움이 벌어졌더라…….

형운이 물었다.

"오 소저가 폭발한 계기는 뭐였는데?"

"경혼이가 계집애는 집에서 수나 놓지 무슨 검이냐 운운한 게 마지막이었어요."

"…솔직히 맞을 만한 소리였다고 생각하지만, 그쪽도 떠들어 댄 말이 만만치 않다는 게 다행이군. 아니, 다행은 아닌가?"

참고로 오연서는 형운의 사제들을 상대로 얼마나 재능 있는 사람 찾기 어려웠으면 고만고만한 것들 열 명을 모아서 단체 교육이나 시키고 있겠냐는 소리까지 했다.

어디까지나 형운의 사제들 입장에서 한 말이니 저쪽 이야기도 들어보기는 해야 할 것이다. 하지만 형운은 하성지의 태도가 대단히 수상쩍다고 느꼈다.

'아무리 봐도 영 켕기는 게 있어 보였어. 오연서가 시비를 건 것 자체가 화성의 지시로 이루어진 일일 가능성이 커.'

무엇보다 하성지는 일찌감치 그곳에 와 있었다. 다른 이들이 알아차리지 못하도록 한쪽에서 모습과 기척을 감추고 있었을 뿐이다. 형운은 양우전과 오연서가 싸우기 시작한 시점에서 그녀의 존재를 눈치채고 있었다.

'만약 내가 막지 않았다면?'

그랬다면 하성지가 개입했으리라. 그녀라면 격공의 기로 쉽게 둘을 막을 수 있었을 테니까.

하지만 그 과정에서 양우전에게 어떤 불미스러운 일이 벌어졌을지는 알 수 없는 노릇이다. 형운은 자기가 재빨리 개입하길 다행이라고 생각했다.

'그녀가 군이 이런 일을 벌인 이유라면⋯⋯.'

만약 자신의 추측이 맞는다면 화성의 노림수는 쉽게 짐작이 간다. 제자의 재능과 기량을 광고해서 천공지체 후보로서 우월한 입지를 손에 넣고자 함이었으리라.

하지만 상황이 그녀가 노린 대로 잘 풀리지 않았다. 오연서는 확실히 출중한 실력을 지녔지만 양우전이 한 수 위였다.

'재능의 차이라기보다는 연령과 경험 차이. 그리고⋯⋯.'

오연서는 아직 열다섯 살이다. 그녀가 어려서부터 영재교육을 받았다고 하지만 그것은 양우전도 마찬가지였다.

'스승의 역량 차이.'

하성지가 스승으로서 부족한 인물은 아니리라. 하지만 그래도 귀혁보다 가르치는 능력이 뛰어날 리가 없다. 형운은 그 점에 있어서는 신앙과도 같은 믿음을 갖고 있었다.

어쨌든 뜻밖의 사고로 인해서 제자들은 따로 대기, 오성과 장로들만 모여서 한차례 대화를 나누었다. 결론이 난 것은 한 식경(30분) 후의 일이었다.

귀혁이 와서 말했다.

"결국 애들끼리 툭탁거린 것 같고 너무 뭐라고 하지 말자는 쪽으로 결론이 났다."

"짜증 나네요. 화성의 의도대로군요."

형운이 눈살을 찌푸리며 투덜거렸다. 이렇게 될 거라고 예상은 했다. 장로들 입장에서는 이런 일로 귀찮아지고 싶지 않을 테니까. 그래서 중재할 사람들이 오기 전에 확실하게 시비를 가리고 싶었는데 뜻대로 되지 않았다.

귀혁이 말했다.

"어쩔 수 없지. 척 봐도 스승의 명령대로 따랐을 뿐인 어린 여자애를 너무 핍박하는 것도 그렇지 않느냐?"

"그건 그래요."

역시 귀혁도 그 사실을 눈치채고 있었다.

귀혁이 말했다.

"게다가 그렇게 싸움을 걸어놓고 공개적으로 패배를 당했으니 그것만으로도 충분히 벌을 받은 셈이다. 화성을 직접 한 방 먹여줄 방법이 없는 한 더 밀어붙이는 것도 가혹하다."

"사부님 말씀이 맞아요. 화성을 너무 의식하다 보니 제가 그 점을 생각하지 못했군요."

형운이 고개를 끄덕였다. 화성의 의도에 대해서만 생각하다

보니 오연서에 대해서는 생각이 모자랐다.

귀혁이 말했다.

"그리고 덕분에 우전이는 천공지체 후보로서 이득을 보게 되었다. 오히려 이런 식으로 기회를 준 상대에게 감사해야 할 판이지."

"그건 좀……."

형운이 쓴웃음을 지었다.

10

성운검대주와 오성, 그리고 그 제자들이 친교를 다지자는 명분으로 준비된 회식은 시종일관 거북한 분위기만 유지되다가 끝이 났다.

귀혁과 풍성 초후적은 원래 노골적으로 반목했고, 지성 위지혁과 화성 하성지는 한껏 날을 세워서 다른 사람들은 말을 걸기도 힘든 분위기였다. 그리고 제자들 역시 사부들 눈치를 보느라 제대로 이야기도 나누지 못했다.

분위기가 좋았던 사람이 없지는 않았다. 바로 서하령과 오연서였다.

"정 대주가 아주 너를 잡아먹을 것처럼 노려보던걸?"

"예상은 했지만 시선이 너무 뜨거워서 화상 입을 것 같더라."

서하령의 말을 형운이 실없는 농담으로 받았다.

정무격은 당장에라도 형운과 싸워서 설욕하고 싶다는 투지를 노골적으로 드러냈다. 하지만 그러기에는 명분이 없었다. 그리

고 얼마 전의 일로 형운이 심상경에 올랐다는 사실이 그에게도
전해졌을 것이다.

"넌 오 소저랑 재미나게 이야기하더라?"

"그 아이 입장에서는 나 말고는 딱히 이야기할 상대가 없었
지. 순진한 아이던걸. 사부는 잔뜩 분위기가 살벌하고, 이야기
할 상대는 없어서 시무룩해 있다가 내가 말을 거니까 반색하더
라."

"그래?"

"온실 속의 화초로 자란 것 같았어. 아마 일족에서 애지중지
키워지다가 같은 일족인 화성에게 보내져서 제자가 된 거겠지.
인간의 아이로 태어나서 영수들하고만 사는 경우는 드무니까."

"생각해 보면……."

"음?"

"곡정이랑 똑같은 경우지?"

"……."

형운의 말에 잠시 서하령의 말문이 막혔다. 하지만 곧 그녀는
고개를 가로저었다.

"…비슷한 경우이기는 하지만, 곡정이는 온실 속의 화초는
아니었어."

"하긴 설산이 그런 분위기가 아니긴 했지."

형운도 설산에 대한 기억을 떠올리며 납득했다.

문득 서하령이 물었다.

"그러고 보니 어제는 무슨 연락을 받았어?"

"뭐가?"

"시치미 떼지 말고."

형운이 천연덕스럽게 대꾸하자 그녀가 다 알고 있다는 듯 눈웃음을 쳤다. 숨 막힐 듯 아름다운 미소인지라 형운은 속으로 혀를 내두르며 물었다.

"어떻게 알았어?"

"냄새."

"응?"

"어제 자리를 비웠다 돌아왔을 때, 희미하게 냄새가 묻어났어. 총단에서는 나지 않는, 하지만 내가 알고 있는 냄새가."

형운은 그녀가 말하는 '냄새'가 문자 그대로의 냄새가 아니라는 사실을 알아들었다. 천라무진경으로 후각을 통해 기의 정보를 포착했다는 의미이리라.

서하령이 생긋 웃었다.

"걱정 마. 내가 아니고서는 아무도 모를 거야. 네가 연락을 받았다는 것도 아무도 모르지 않았어? 나도 네가 어떤 방식으로 연락을 받았는지는 전혀 짐작이 안 가는걸?"

"오늘 곡정이가 안 나와서 다행이군."

형운이 투덜거렸다. 천라무진경을 터득한 것은 아니지만 마곡정은 후각을 기감으로 활용하는 데 있어서는 서하령보다 위다. 서하령이 알아차렸다면 그도 알아차릴 가능성이 있었다.

형운이 말했다.

"알면 너도 척마대 고문으로서 일해줘야 할 텐데? 그냥 모르고 지나가는 편이 낫지 않겠어?"

"흠. 어쩔까나."

서하령이 고민하는 척했다. 하지만 굳이 형운에게 캐물은 시점에서 답은 나와 있었다.

"고문직을 달고서 아직 한 번도 일해준 적이 없으니 이번에 개시해도 되겠네. 말해봐."

"협력해 주는 걸로 이해하지. 바쁘신 음공원주님을 이렇게 써먹게 되다니 황송한걸."

형운은 그 뒷내용은 전음으로 말했다. 주변에 듣는 귀가 없는 것은 확인했지만 만전을 기하기 위해서였다.

─마교에 대한 정보야.

"응?"

─양동작전을 제안하는 연락이 왔어.

형운이 회심의 미소를 지었다.

제87장
예지의 바깥

성운을 먹는 자

1

11월 초가 되자 형운은 몇몇 사람을 데리고 총단을 비웠다.

공식적으로는 휴가를 받아서 거처에 틀어박힌 것으로 되어 있었다. 형운은 척마대주가 된 후로 쉼 없이 일했고 막대한 공로를 세웠다. 심한 부상을 당하기도 했던 그가 며칠간 휴가를 낸다고 해서 이상하게 생각하는 사람은 없었다.

하지만 실상은 달랐다.

"휴가를 내고 일하는 내 신세가 처량하군."

성해를 나와서 인근의 마을 객잔에서 투덜거리는 형운은 평소와는 완전히 다른 모습이었다.

인피면구를 통해서 눈빛이 부리부리하고 위압적인 청년의 얼굴로 위장했다. 중얼거리는 목소리도 낮게 깔고 있었으며, 손에는 가죽에다가 철판을 덧댄 권갑을 끼고 있었다.

예전에 진해성 본성에서 준비한 위장 신분, 산운방 꾕호권 장로의 제자 형준의 모습이었다.

그 이후로 한 번도 변장한 적이 없지만, 원래 위장 신분을 적절하게 써먹으려면 가끔 행보를 드러내서 기름칠을 해둘 필요가 있는 법이다. 그런 의미에서 이번에는 동네에서 행패를 부리는 건달들을 때려잡고 이름을 밝히는 작업을 해두었다.

그리고 지금, 처음 때려잡은 건달들의 패거리가 형운의 발밑에 널브러져 있었다.

"음."

일곱 명의 건달들을 반쯤 재기 불능으로 만들어준 형운은 덜덜 떨고 있는 객잔 주인을 보며 말했다.

"소란을 피워서 미안하군. 받아두시오."

형운이 넉넉하게 돈을 쥐어주자 객잔 주인이 감사하다며 굽실거렸다. 형운은 힘없는 사람이 취할 수밖에 없는 태도에 안타까움을 느끼면서 정중하게 말했다.

"불편하겠지만 잠시만 더 있다 가겠소. 여기서 만나기로 한 사람이 있는지라… 아, 혹시 이놈들 다른 패거리가 더 있소?"

"어, 없습니다."

"다행이군."

만약 남은 패거리가 있으면 가서 완전히 정리해 둘 생각이었는데 그럴 필요가 없게 되었다.

형운은 자리에 앉아서 맛없는 차를 홀짝거렸다. 그는 혼자가 아니었다. 맞은편에는 역시 인피면구를 쓰고 위장한 서하령이 앉아 있었다.

불편한 침묵 속에서 얼마나 시간이 흘렀을까?

객잔 문이 열리면서 두 사람이 들어왔다.

두 사람은 객잔 안에 펼쳐진 광경을 보고는 겁을 먹기는커녕 별꼴을 다 봤다는 표정을 지으며 다가왔다.

"그새 한바탕한 건가?"

"그렇게 되었습니다."

위장한 형운보다 몇 살 많아 보이는 청년과 곰 같은 거구에 순박한 얼굴을 지닌 사내였다.

둘의 정체는 파견 경호대주 백건익과 광익이었다. 두 사람 역시 주변에 자신들의 행적을 감추기 위해 위장했던 것이다.

형운이 손가락으로 자기 눈을 가리키며 말했다.

"그건 참 신기하군요."

"음? 아, 이거 말인가?"

백건익은 곧바로 형운의 의문을 알아차렸다.

그의 눈은 한번 보면 잊을 수 없을 정도로 인상적이고, 인피면구는 눈까지 바꿔주지는 못한다. 그런데 지금 위장한 모습을 보면 평범한 눈으로 위장하고 있었다.

그가 광익을 가리키며 전음으로 대답했다.

─이 녀석이 둔갑술을 걸어줘서 되는 거지. 그냥 인피면구만 쓰면 의미가 없다네.

형운은 납득했다. 뛰어난 기환술사이며 둔갑술에 능한 영수이기도 한 광익의 도움이 있어야만 성립하는 한 차원 뛰어난 위장인 셈이다.

백건익이 말했다.

"이만 출발하지."

"오늘 안에 도착할 수 있습니까?"

형운이 물었다. 합류 장소 말고는 백령회의 위치에 대해서 아무런 정보도 받지 못했기 때문이다.

백건익이 대답했다.

"이번에는 그렇게 될 예정일세."

"이번에는?"

"평소에는 쓰지 않는 수단을 쓸 것이라는 의미지. 그만큼 자네를 귀한 손님으로 생각한다는 것이고."

네 사람은 객잔을 나서서 경공으로 달리기 시작했다. 말은 가져오지 않았다. 백건익이 도보 여행을 해야 한다고 말했기 때문이었다.

"역시 와 있었군."

문득 백건익은 감쪽같이 뒤에 따라붙은 가려를 발견하고는 침음했다. 그녀가 마을을 나왔을 때 자연스럽게 합류해서 기척을 내기 전까지 전혀 알아차릴 수 없었다.

'여전히 소름 끼치는 은신술이다.'

백건익은 죽 그녀의 은신술을 간파하기 위해 노력했지만 한 번도 성공한 적이 없었다. 경호무사라는 직업상 자존심도 상하고 오기도 치솟아서 매번 새로운 방법을 궁리해 보고 있는 중이다.

가려가 그의 이런 시도를 알아차리지 못했을 리가 없었다. 둘 사이에는 암묵적으로 찾아내고자 하는 자와 숨고자 하는 자의 소리 없는 승부가 이루어지고 있었다.

마을을 떠난 일행은 반 시진(1시간) 정도 이동해서 산 깊숙한 곳으로 들어갔다.

마을을 벗어나자 광익은 둔갑술을 풀고 본연의 모습을 드러내었다. 인간 모습으로는 산길에서 경공을 펼치는 일행을 따라가기 어려웠기 때문이었다.

'맹수들조차 안 보이다니, 광 부대주 때문인가?'

그 덕분인지 일행이 인적이 전혀 없는 곳을 가는데도 맹수나 요괴가 범접하지 않았다.

곧 일행은 산봉우리 위에 도착했다. 느릿느릿 해가 저물어가는 시각이었다.

서하령이 물었다.

"여기가 백령회의 본거지는 아니겠죠?"

"물론 아닐세. 여기는 그저 접선 장소라네."

"접선 장소?"

의아해하던 그녀가 문득 고개를 들었다. 이 자리에 있는 누구보다도 예민한 기감을, 그리고 청각을 지닌 그녀는 저 아득한 천공에서 비롯된 심상치 않은 소리를 들었다.

"아!"

곧 그녀는 볼 수 있었다. 기괴한 윤곽을 지닌 새의 모습을.

해가 저물면서 어슴푸레해진 하늘 위에 마치 세 마리의 새를 겹쳐놓은 것 같은 형상이 보였다. 몸통은 하나인데 날개는 여섯 개인 새가 있는 것이다.

"육령조(六令鳥)?"

서하령은 익히 알려진 새 영수를 떠올리며 중얼거렸다.

여섯 장의 날개를 가진 그 새는 몸집이 집채보다도 크며 녹색과 붉은색, 황금색의 화려하고 아름다운 깃털들로 이루어진 날개 한 장 한 장에 각기 다른 권능이 깃들어 있다고 한다. 그 기록 그대로의 영수가 서서히 지상으로 하강하고 있었다.

후우우우!

여섯 장의 날개를 펼친 육령조가 지상에 내려서자 한차례 돌풍이 휘몰아쳤다. 곧 날개를 접은 육령조가 긴 부리를 열면서 인간의 언어를 발음했다.

"처음 뵙겠소, 우리 동지의 원한을 갚아준 인간이여. 나는 인간들에게 육령조라 불리는 몸이라오."

노래처럼 아름답게 들리는 목소리였다. 형운은 왠지 서하령이 광령익조의 힘을 일깨웠을 때 내는 목소리를 떠올렸다.

잠시 얼이 빠져 있던 형운은 곧 퍼뜩 정신을 차리고 대답했다.

"위명이 자자한 영수를 뵙게 되어 영광입니다. 저는 별의 수호자의 척마대주 형운이라고 합니다."

"나 또한 선풍권룡의 위명을 들었소. 오늘 그대들을 우리 회의 보금자리로 데려가는 역할을 맡게 되어서 기쁘다오."

그 말에 형운이 얼굴을 붉혔다. 격이 높은 영수에게 이런 말을 들으니 낯이 뜨거웠다.

―역시 차기 팔객 자리를 사정권 안에 둔 협객답네. 전설적인 영수도 알아봐 주다니.

서하령이 귀신 같이 형운의 속내를 알아차리고 전음으로 놀려대었다. 형운은 그녀를 한번 째려봐 주고는 육령조에게 물었다.

"그런데 데려가 주신다니, 설마……."

"내가 여러분을 태우고 갈 것이오. 내 등은 다섯 명이 타기에 충분할 정도로 넉넉하지. 또한 불편한 경험이 되지 않을 것을 약속드리겠소."

육령조는 아름다운 목소리로 대답하고는 몸을 돌려 앉았다. 등에 올라타라는 의미가 분명했기에 형운과 서하령, 가려는 서로를 보며 머뭇거렸다.

"이분의 비행은 정말 대단하지. 자네가 여태까지 굉장한 경험을 많이 했다는 것을 알지만 분명 잊을 수 없는 경험이 될 걸세."

백건익이 빙긋 웃으며 말하고는 광익과 함께 육령조의 등에 올랐다. 그가 앞서 행동해 준 덕분에 형운과 서하령, 가려도 부담을 덜고 따라갈 수 있었다.

"그럼 날겠소이다. 어딜 붙잡고 버틸 필요는 없으니 그냥 마음 편하게 있으시오."

육령조의 말에 세 사람은 의아해했다. 안장이라도 있다면 모를까, 거대한 날짐승 위에 올라탔는데 안정감이 있을 리 없었다. 날개를 치며 비상한다면 당장 굴러떨어질 것을 걱정하는 것이 당연하지 않은가?

그때 육령조가 펼친 여섯 날개 중 하나가 빛을 발했다.

동시에 세 사람은 전혀 생각 못 한 감각을 느꼈다.

"아!"

체중이 사라졌다.

아니, 완전히 사라진 것은 아니고 몸이 굉장히 가벼워졌다.

형운의 경우는 자신의 몸이 깃털로 변한 게 아닌지 의심스러울 정도였다.

'무게를 없애다니…… . 이런 권능을, 술법으로 부리는 것도 아니고 본연의 권능으로 가졌단 말인가?

처음 겪는 감각은 아니었다. 형운은 술법을 동원해서 구축한 다양한 환경에서 수련을 해왔고 그중에는 몸에 가해지는 압력을 늘려서 체감하는 체중을 급격하게 늘리거나 줄이는 경험도 있었다.

게다가 그렇게 가벼워졌는데도 바람에 날려 가거나 하지 않는다. 어느새 등 위에 탄 일행을 감싸는 바람의 막이 형성되어 있었고, 그 안에는 육령조의 권능이 적용해서 빠르게 하늘로 날아오르고 있음이 믿어지지 않을 정도로 평온한 상태였다.

"세상에…… ."

서하령도 놀람을 감추지 못했다.

분명히 빠르게 날고 있는데도 그럴 때 일어날 여러 가지 위험이 전혀 없다. 지상이 까마득하게 멀어져 가고, 달빛 아래 밤의 구름들만이 빠르게 지나갈 뿐이다.

심지어 육령조는 날갯짓조차 하지 않았다. 날개 중 하나가 빛을 발하더니 무서운 속도로 날아가고 있었다.

'하긴 여섯 장의 날개가 붙어 있는 몸 구조는 날갯짓을 하기에는 적합하지 않겠지?

형운은 그런 생각을 하며 육령조를 관찰했다. 날갯짓조차 하지 않다 보니 그의 등에 타고 있는 것은 정말 놀랍도록 편안한 경험이었다.

'이런 영수가 소속되어 있다니, 백령회는 상당히 강력한 조직이겠군.'

백건익이 물었다.

"어떤가?"

"굉장하군요. 이런 식으로 하늘을 나는 것은 처음입니다."

"음? 하늘을 날아본 적이 있는가?"

백건익이 의아해하며 물었다. 형운이 바닷속의 청해궁에 가봤다는 것은 별의 수호자 사람들에게는 잘 알려진 사실이지만 하늘을 날아봤다는 것은 금시초문이었다.

형운이 말실수를 깨닫고 말했다.

"아, 그런 의미가 아니라 그냥 능공허도로 날아봤다는 의미로……."

"……."

백건익의 표정이 묘해졌다. 그럴 수밖에 없었다. 한참 어린 녀석이 변명이랍시고 하는 소리가 능공허도라니. 심지어 그게 거짓이라고 의심할 구석이 전혀 없지 않은가?

광익이 그의 어깨를 툭툭 두들겨 주었다. 친구의 말 없는 위로에 백건익은 살짝 울고 싶은 기분을 느꼈다.

2

육령조는 정말 빨랐다. 해가 저물 때쯤 출발했는데 불과 한 시진(2시간) 만에 진해성 영역의 끄트머리, 광운산맥의 끝자락까지 와 있었다.

그리고 그곳에서 서서히 하강을 시작했다.

형운이 지상을 굽어보았다.

'강력한 진법이로군.'

형운 앞에서는 어떤 은신도 의미가 없다. 모습을 감추는 것은 물론이고 술법의 진체를 감추는 것 역시 마찬가지다.

형운은 산속에 거대한 진법이 존재하는 것을 알아보았다. 겉으로 보면 아무것도 없는 것처럼 보이지만 엄청난 기운이 모여서 일정한 영역을 감싸고 있었다.

물론 형운은 그것을 굳이 입 밖으로 내는 우를 범하지 않았다. 이런 것은 알아봤다는 티를 내지 않는 쪽이 현명한 일이다.

때마침 광익이 말했다.

"갑자기 풍경이 변하더라도 놀라지 말게. 우리 회의 진법이 일대의 풍경을 왜곡해서 보여주고 있으니."

그 말대로 육령조가 지상 가까운 곳까지 하강하자 갑자기 주변 풍경이 급변했다.

조금 전까지만 해도 아무것도 없는 숲이 보일 뿐이었다. 그런데 지금은 무질서하게, 원시적으로 만들어진 건물들이 불빛을 발하고 그 사이로 사람처럼 보이는 자들과 노골적으로 사람 아닌 자들이 돌아다니고 있었다.

그리고 무엇보다 엄청나게 커다란 나무 한 그루가 그 중심부에 자리 잡고 있었다. 주변의 건물들이 작아 보일 정도로 큰 나무였다.

광익이 말했다.

"백령회의 보금자리에 온 것을 환영하네. 참고로 백령회는 백 명의 영수가 모인 회라는 의미에서 붙은 이름이라네. 이곳에는 그만큼 많은 영수가 있지."

"놀랍군요."

형운이 주변을 둘러보며 혀를 내둘렀다.

육령조가 착륙하고, 일행이 등에서 내려오자 수십 명의 시선이 쏟아졌다. 형운은 그들 중에 인간도 몇 명 섞여 있음을 알아보았다.

'이 정도 규모를 유지하면서 인간들하고도 제한적으로나마 교류를 하는 집단이니 인간 주민이 있는 것도 당연한가?'

형운이 알아본 인간들도 일반인은 아니었다. 무인이거나 기환술사였다.

그때 뒤에서 펑 하는 소리가 울리더니 육령조의 모습이 변했다. 수염을 기른 점잖은 중년 남성의 모습으로 둔갑한 육령조가 말했다. 조금 전과는 달리 분명 모습에 어울리는 목소리였지만, 여전히 굉장히 듣기 좋은 미성이었다.

"내 일은 여기까지군. 장로님들을 뵌 후에 다시 이야기를 나눌 수 있었으면 하오. 특히 그쪽의 소저."

"네?"

서하령은 그가 자신을 보며 한 말에 고개를 갸웃했다.

"당신 안에서 비교적 나와 닮은 존재의 흔적이 느껴지는구려. 혹시 선조 중에 하늘을 벗 삼는 영수가 있지 않소?"

"그렇습니다."

"역시 그랬군. 난 소저의 목소리에서 노래하는 자의 흔적을 느꼈소. 혈통에 잠재된 본질을 이끌어내는 노력을 해온 것 같구려."

"그 또한 맞습니다. 안목이 뛰어나시군요."

"그저 동류이기에 알아본 것뿐이라오. 우리는 나눌 수 있는 이야기가 많을 것 같군. 그렇지 않소?"

"예."

서하령은 그가 노래에 대해서 이야기하고 있음을 알아들었다. 그는 노래를 업으로 삼는 자는 아닐지언정 그 아름다운 소리를 권능의 일부로 삼는 자이기는 하리라.

곧 일행은 광익의 안내로 백령회의 보금자리 중심부로 안내되었다.

"정말 크다……."

이곳에 들어서는 순간부터 눈에 띄었던 나무였다. 멀리서 봤을 때도 정말 크다고 느꼈는데 가까이서 보니 정말 입이 다물어지지 않을 정도였다.

높이가 30장(약 90미터)을 넘고 줄기의 두께가 15장(약 45미터)를 넘는 어마어마한 나무였다. 외양만으로도 기가 질릴 정도지만 형운은 이 나무가 내포한 기운에 더 놀랐다.

'맙소사.'

육령조의 기운이 작아 보일 정도로 어마어마한 기운이 느껴졌다. 이런 기운을 담은 그릇이 존재할 줄이야.

─환영하오, 인간 손님들. 먼 길을 와주셔서 고맙소이다.

놀라서 입을 다물지 못하는 일행에게 의념의 목소리가 말을 걸어왔다. 형운이 흠칫 놀라서 물었다.

"혹시 지금 말씀하고 계신 것이 제가 보고 있는 나무가 맞습니까?"

―그렇소. 나는 무언(無言)이라고 하오. 백령회의 장로직을 맡고 있는 몸이지.

"······."

의념으로 말하는 나무에게 무언이라는 이름을 붙여주다니, 작명자의 저의가 궁금해지는 순간이었다.

―나는 영수(靈獸)가 아니라 영목(靈木)이지만 영수들과 인연이 닿아 제법 오랜 시간을 함께해 오다 보니 조직에 소속되는 경험도 해보게 되었소. 필시 인간인 당신들에게는 당연한 경험이지만, 그 대상자가 나라는 점에서는 기괴하게 보일 테지.

"아, 아닙니다. 좀 놀랐을 뿐입니다. 그리고 세상에는 놀라운 일들이 많지요. 저는 별의 수호자의 형운입니다."

―알고 있소. 예지의 바깥을 걷는 자여.

그 말에 형운이 흠칫 놀랐다. 형운이 지닌 능력에 대해서 아는 자는 많지 않고, 백건익과 광익은 거기에 속하지 않는다.

그런데도 무언이 그 사실을 알고 있다면 이유는 한 가지뿐이리라.

"…무언 장로님께서 백령회의 예지자셨군요."

―그렇소.

천 년을 넘게 살아온 영목, 무언이 바로 백령회의 예지자였다.

그는 나무 요괴들과 달리 자신이 뿌리 내린 이 자리에서 한 걸음도 움직일 수 없다. 그러나 대신 천 리 밖의 일도 볼 수 있는 천리안과 미래를 엿보는 예지 능력을 갖고 있었던 것이다.

―당신은 천기를 더듬어 시공의 비밀을 들여다보는 자들이

엿볼 수 없는 공허. 예지의 권능은 일방적으로 타인의 시공을 훔쳐보지만 때로는 그것조차도 쌍방향이 될 수 있다는 사실을 배우게 되지. 예지자의 시선이 같은 지점에서 마주쳤을 때, 혹은······.

"예지의 바깥을 걷는 자를 인식했을 때."

무언의 말을 끊은 것은 형운이 익히 알고 있는 목소리였다. 갑작스럽게 끼어들었음에도 형운은 놀라지 않고 그를 바라보며 예를 표했다.

"오랜만에 뵙습니다, 혼마 선배님. 먼저 와계셨군요."

"그렇군. 잘 지낸 것 같구나."

빙긋 웃으며 말한 것은 혼마 한서우였다.

3

한서우는 팔객의 일원임에도 인간 사회에서는 배척받는 존재였다. 3대 마교로 불렸던 혼원교 최후의 전인이며 마인이라는 태생을 가진 한 어쩔 수 없는 숙명이었다.

그러나 그렇다고 해서 그가 철저하게 혼자라는 의미는 아니다.

그에게는 많은 협력자들이 있었다. 그는 긴 세월 동안 활동하면서 자신을 돕는 자들을 하나둘씩 늘려갔고 지금은 중원삼국 전역에 그런 이들이 존재한다.

그리고 그 협력자들은 인간만이 아니었다.

"백령회와의 인연은 형운 네가 태어나기 전의 일이지. 혼원교의 신물 중 하나가 이들에게 흘러들어 갔는데, 그게 이들에게는 재앙이 되었거든."

혼원교는 장구한 역사 속에서 무수한 기물들을 만들어냈다. 하지만 그중 신물이라 불릴 만한 물건은 극히 드물었다. 그리고 하나같이 누군가 손에 넣는 것만으로도 거대한 재앙의 불씨가 될 만한 위험성을 내포한 것들이었다.

백령회에게 흘러들어 간 것은 혼원교가 예지를 연구하는 과정에서 탄생한 신물로, 가진 이가 갈구하는 미래를 알려주지만 반드시 파멸로 귀결시키는 저주가 붙어 있었다.

그 신물의 이전 주인이었던 인간은 일차적인 욕망을 이루었으나 그 대가로 마인이 되어 파멸했다. 그에게 파멸을 안겨준 것은 백령회였으며, 신물은 마인 다음의 주인으로 천 년 이상을 살아온 영목인 무언을 골랐다.

본래 무언은 천리안 능력을 가졌지만 예지 능력은 없었다. 그가 예지자가 된 것은 어디까지나 신물에게 주인으로 선택받은 결과였다.

처음에 신물은 백령회에게 놀라운 행운들을 안겨주었다. 백령회가 원하던 일들이, 신물을 얻은 무언의 예지를 통해서 이루어졌다.

하지만 단기적으로 보면 놀라운 행운이었던 일들이 시간이 흐르고 나자 더 큰 불운을 불러왔다.

"…신물의 무서운 점은 현명한 자들조차 그 사실을 눈치채기 어렵도록 만든다는 점이다. 의심하기에는 지금까지 찾아온 행운들이 너무 커서, 그리고 찾아온 불운들과 저울질해 보면 또

쳐내기에는 미묘한 그런 경계를 걸으면서 거기에 묶인 자들의 영혼을 야금야금 갉아먹는 사악한 지혜의 결정체였다."

한서우가 접근해 오지 않았다면 백령회는 파멸했을지도 모른다.

혼원교의 흔적을 말소하는 것을 사명으로 삼은 그는 백령회와 싸움을 불사하는 의지로, 그러나 자신이 피투성이가 될지언정 단 한 명도 죽이지 않으면서 신물을 회수해 파기하는 목적을 이루었다.

—그러나 신물이 사라졌어도 한번 발현된 예지의 힘만은 남았소. 신물을 가졌을 때와는 비교할 수 없을 정도로 미약하지만, 그럼에도 인식이 현재를 벗어나 시공을 헤매는 혼돈은 감당하기 어려운 것이었지.

통제되지 않는 예지력은 끔찍한 재앙이었다.

지금 눈앞에 보이는 광경이 실제로 벌어지는 일인지 아니면 언젠가의 미래에 벌어질 일인지, 그도 아니면 과거의 일을 읽어들인 것인지 알 수 없다면?

자아가 인지하는 현실이 현재라고 확신할 수 없는 상태를 미쳤다는 말 외에 무엇으로 표현할 수 있겠는가?

무언이 예지력에 짓눌려 파멸하는 것을 막아준 것은 한서우였다. 그는 장기간 백령회에 머무르면서 무언에게 예지의 힘을 다루는 법을 가르쳤다.

그때의 인연으로 백령회는 한서우의 든든한 아군이 되었다.

형운이 말했다.

"인연이 그런 식으로 얽혀 있었던 거군요. 놀랍습니다."

"자혼과의 인연 역시 마찬가지지. 자혼이 아니었다면 네게 연락하기 위해서 백령회의 손을 빌렸어야 했을 텐데, 지금보다는 훨씬 번거로운 과정을 거쳤어야 했을 거야."

형운에게 한서우가 만나고자 한다는 뜻을 전해준 것은 자혼이었다.

자혼 본인이 왔던 것은 아니다. 형운도 전혀 몰랐던 사실이지만 그녀는 자신이 준 의뢰용 증표를 지닌 사람에게 연락할 수 있었다. 기물을 통한 술법만큼 편리하지는 않았지만 환영으로 문자를 그려내어 구체적인 뜻을 전할 수 있을 정도였다.

서하령이 형운이 연락을 받은 것을 눈치챈 것은, 증표에 내재된 술법이 발현되면서 자혼의 흔적이 미미하게 남았기 때문이었다.

한서우가 말했다.

"굳이 이곳으로 부른 것은, 우리가 이곳에서 만나는 것이 예지의 바깥에 해당하는 일이기 때문이다."

"무슨 의미인지 모르겠습니다."

"흑영신교의 신녀도, 광세천교의 그림자교주도 우리의 행동을 직접 예지할 수는 없어. 왜 그런지는 이미 알지?"

"네."

형운은 한서우의 말을 부정하지 않았다. 그는 예지의 바깥을 걷는 자이며 동시에 강력한 예지 능력자이기도 하니 진즉에 형운의 비밀을 알아보았으리라.

한서우가 말했다.

"하지만 그렇다고 해서 우리의 행적을 전혀 예지하지 못하는 것은 아니지. 그들은 우리 주변을 예지하고, 그것을 근거로 한 예측을 통해서 예지의 공백을 메운다. 예지 능력자에게는 부담스럽지만 익숙한 작업이지. 원래 예지라는 것은 단편적이고, 그 단편들을 그러모아서 완전한 미래를 추측하는 과정이기도 하니까."

그런데 예지를 방해하는 요소들이 하나둘씩 모이다 보면 예지 능력자에게는 악몽 같은 현상이 일어나게 된다. 마치 의식의 바깥에 있는 것처럼 인지할 수 없는 사태가 벌어지는 것이다.

자신이 예지한 것, 그리고 예지를 통해 예측할 수 있는 범위를 넘어 기습적으로 덮쳐오는 미래가.

"그것이 바로 예지의 바깥에서 일어나는 일이다."

백령회의 본거지는 들여다보기 어려운 장소였다.

이유는 두 가지였다. 첫 번째는 무언이 예지 능력자라는 것이고, 두 번째는 수많은 영수가 모일 만큼 영적 기운이 강한 곳이다 보니 자연스럽게 외부에서 들여다보기 어려운 곳이 되었다는 것이다.

"그런 장소에서 예지의 바깥을 걷는 자인 우리 둘이 만난 것이다. 그리고 나와 무언은 예지 능력자로서 적과 예지를 겨룰 수 있지."

즉 자신의, 혹은 자신이 지정한 대상을 상대의 예지로부터 보호할 수도 있다는 뜻이다. 특히 한서우는 그런 기술이 아주 뛰어나다. 대국적인 예지력은 도저히 흑영신교의 신녀를 따를 수 없지만 이런 쪽으로는 그가 더 위였다.

"네게 굳이 이번 일을 아는 사람을 최소화하라고 한 것도 그런 작업의 일환이었다."

흑영신교와 광세천교의 예지자들은 형운의 주변을 탐색하여 형운이라는 공백을 메운다. 그러니 사람들이 형운의 행동에 대해서 제대로 인식하지 못할수록 그들이 예지의 공백을 메우기 어려워진다.

그런 작업의 결과, 이곳에서 두 사람이 만난 것은 두 마교의 예지자들에게는 인식의 바깥에서 벌어지는 일이 되었다.

"우리가 앞으로 할 일 또한 그렇겠지. 기대하도록. 지금까지처럼 마교에서 희생물로 던져주는 미끼들을 잡는 게 아니라 정말 크게 한 방 먹일 수 있는 기회니까."

한서우가 미소 지었다. 준수한 외모를 지닌 그였지만 지금 이 순간에는 이빨을 드러낸 맹수를 보는 것 같았다.

흑영신교는 많은 출혈을 감수하고 있었다.

온 세상이 그들의 적이다. 그리고 예전처럼 조심조심 움직이는 게 아니라 닥치는 대로 물어뜯고 있다.

당연히 피해가 컸다. 하지만 그들은 신녀의 예지에 기대어서 기적 같은 줄타기를 하고 있었다.

일부러 행적을 드러내서, 혹은 거짓으로 연결 고리를 만들어가면서 조직의 일부를 희생시킴으로써 진짜 중요한 것을 지켜왔던 것이다. 황실의 마교 대책반이 잡아온 것들은 거의 대부분이 그랬다.

하지만 아무리 그렇다고 해도 무시할 수 없는 타격들이 있었다.

예를 들면 형운이 해온 일들이 그렇다.

성운의 기재들로부터 별의 조각을 거두어들이는 계획이 파탄 난 것도, 많은 공을 들인 청해군도의 대계가 좌절된 것도 혹영신교에게는 뼈아픈 상처였다. 고작 한 사람에게 그 정도 타격을 입었다는 것에 전율할 정도로.

그리고 한서우 역시 그만한 일들을 해왔다. 형운과 함께했던 북방 설원의 연구 시설 격파도 그중 하나였다.

"이번에는 그 이상으로 큰 축제가 될 거야. 분명 이번 대의 신녀는 대단하지. 선대보다 대국적인 예지 능력이 훨씬 뛰어나. 본인의 특출함보다도 대적자들이 사라진 시대에 태어난 점이 크겠지만……."

한서우는 하늘을 올려다보며 말했다.

예전에 혼원교는 예지를 다루는 데 있어서는 3대 마교 중 제일이었다. 가장 뛰어난 하나를 가졌음은 물론이고 예지의 힘을 다루는 존재가 한둘이 아니었다.

당연히 혹영신교와 광세천교의 예지자들은 그 힘을 발휘하는 데 지금보다 훨씬 제약이 많았다. 혼원교가 멸망한 후부터 그들이 예지를 통해 재미를 보는 경우가 훨씬 늘어난 것은 당연한 이치였다.

"하지만 하늘은 사사로운 이익을 위해 천기를 이용하는 자를 그냥 두고 보지 않지. 예지를 남용한다면 반드시 대가를 치르게 되는 법."

한서우는 그들이 치른 대가가 바로 30여 년 전의 토벌이라고 생각했다.

두 마교가 예지를 남용한 결과 적호연이라는 무시무시한 대적자가 태어났다. 그 압도적인 예지력 앞에 천 년 넘는 세월을 버텨왔던 마교들이 멸망 직전까지 몰리지 않았던가?

"그리고 이제 또다시 대가를 치를 때가 왔다. 놈들은 미래로부터 너무 많은 부채를 쌓아왔음을 알게 될 거다."

한서우는 형운에게 자신의 계획을 설명하고 협력을 요청했다.

그것은 철저하게 공격자의 입장이었던 두 마교에게 방어자의 입장을 강요하는 흉악한 공격 계획이었다.

4

한서우와 앞으로의 행동을 결정한 형운은 백령회의 보금자리에서 사흘간 머무르기로 했다. 꼭 이곳에서 해야 할 일이 있는 것은 아니고 일정상 비는 날이 생겼으니 손님으로서 머물자는 뜻이었다.

이곳은 흥미로운 장소였다. 그리고 백령회에서는 형운을 위한 선물을 준비해 주기도 했다.

"인간의 기술은 자연의 산물을 뛰어넘었지. 수백 년 전이라면 모를까 지금 이 시대에, 무엇보다 별의 수호자라는 조직에서도 높은 지위에 있는 그대에게 우리가 줄 만한 것은 별로 없소."

영수들이 줄 수 있는 것이라고 해봤자 자연상에서 채취한 영약이었다.

청해군도처럼 별의 수호자의 손길이 미치지 않는 곳에서 자라는 것들이라면 모를까, 하운국, 그것도 광운산맥에서 자란 것들은 큰 가치를 갖기 어렵다. 일반인에게는 천고의 기연이 될 수 있는 영약이라고 해도 형운이 지금까지 먹어온 것들만 못하니까.

"하지만 이 장소만큼은 그대에게 도움이 될 것이오."

갈색 털 사이로 희끗희끗한 털들이 보이는 여우인간이 형운을 안내하며 말했다.

백령회가 이곳에 자리 잡은 것은 이곳이 광운산맥의 영적인 기운이 엄청난 밀도로 집결하는 장소이기 때문이었다.

마치 설산에서 빙령이 탄생한 장소와도 같다. 그런 장소이기에 무언이라는 거대한 영목이 자라날 수 있었고 많은 영수들이 이끌려 백령회라는 조직이 결성될 수 있었다.

"세상에."

그들에게 비처를 안내받은 형운은 놀라지 않을 수 없었다.

보는 것만으로도 오싹해질 정도로 강대한 기운이 한곳에 고여 있었다.

대지를 뚫고 빛의 입자가 샘솟는다. 그 빛의 입자는 사방으로 흐르면서 샘처럼 고여 있었고, 일정한 권역을 넘어가면 대지로 스며들어서 사라져 갔다.

'너무 많은 기가 고밀도로 모이다 보니 전혀 가공되지 않았는데도 일반인도 볼 수 있을 정도로 유형화되고 있어.'

백령회에 강대한 영수들이 많은 이유를 알 것 같았다. 아마 평범한 짐승을 이곳에다 갖다 놔도 영수로 각성할 확률이 굉장히 높을 것이다.

무인이라면 이곳에서 수련하는 것만으로도 굉장한 효과를 얻을 수 있을 것이다. 귀혁의 비밀 연공실 역시 인공적으로 기의 밀집도가 높도록 만들어졌지만 이곳에는 도저히 미치지 못한다. 이것은 인위적으로는 도달할 수 없는 자연의 기적이었다.

형운이 말했다.

"굉장하군요. 이런 비처를 보여주신 호의에 감사드립니다. 하지만 저는 이미 무인으로서 내공의 정점을 이룬 몸입니다. 제가 맞닥뜨린 벽을 깨는 데 도움이 될 수도 있겠습니다만 그건 이곳에서 오랜 시간을 지내야 가능한 일이겠지요."

"솔직히 나는 잘 모르오. 다만 무언 장로님이 예지했소."

"네?"

"이곳이 당신에게 선물이 될 것이라는 사실을. 무책임한 이야기지만 무엇을 얻을 수 있는지 한번 고심해 보라는 말밖에 해줄 것이 없구려."

"……."

"일단 물러가겠소. 필요한 일이 있으면 불러주시오."

여우인간이 물러가고 형운은 비처에 혼자 남았다.

형운은 그의 말뜻을 고민해 보았다. 무언이 형운이 뭘 할지 예지했다면 그 순간 형운도 그를 들여다보았을 것이다. 그러니 무언의 예지는 그저 존재하는 사실을 알아낸 결과이리라.

"내가 이곳에서 무언가를 얻는다는 사실을 예지한 것이 아니라 그럴 수 있다는 가능성이겠지. 즉 결국 내가 궁리해서 알아내야 한다는 건데……."

마치 눈앞에 쓸모를 알 수 없는 보물을 던져둔 것과 같았다. 보물이긴 하지만 그 쓸모를 제대로 알아내지 못하면 돌멩이와

다를 게 없다.

"이런 건 나보다는 다른 사람이 고민해 줘야 하는데……."

형운이 한숨을 쉬었다.

유감스럽게도 이곳에 들어올 수 있었던 것은 형운뿐이었다. 가려도 서하령도 들어오지 못했다.

한서우의 경우는 예전에 단 한 번 출입이 허용되었고, 그때 얻을 것을 얻었다고 한다. 그만큼 이 장소는 백령회에게 신성시되는 곳이라 아무나 들어올 수 없었다.

'이 정도 밀도와 순도라면 직접 취하려고 했다가는 독을 몸속에다 들이붓는 것과 같겠지.'

형운은 퐁퐁 샘솟는 농밀한 영적 기운을 보며 생각했다.

자연상으로 이런 현상이 벌어진다는 것을 믿기 어려울 정도로 압도적인 농도와 순도였다. 마치 일월성단의 기운과도 비슷하다. 이 기운을 무턱대고 몸 안으로 받아들였다가는 자신의 것으로 소화하는 것이 아니라 오히려 이 기운에 잡아먹혀서 기화해 버리게 되리라.

'하지만 난 직접 취하는 게 가능할 거야. 그게 무슨 의미가 있을지는 모르겠지만……'

형운은 마치 손으로 샘물을 뜨듯 빛으로 형상화한 영기의 밀집체를 손바닥으로 받아보았다.

동시에 변화가 일어났다.

'어?'

영기의 밀집체가 형운의 손 안으로 스며들었다.

거기까지는 예상한 바였다. 형운의 기맥을 타고 들어온 농밀한 영기는 일월성신의 기운 속에 녹아들어 갔으니 위험은 없었다.

하지만 형운은 내면에서 무언가 요동치는 것을 느꼈다.

두근!

심장이 뛰고 있었다.

아니, 정확히는 기심이 뛰고 있었다.

'빙백기심이?'

유설과 합일함으로써 생긴 첫 번째 빙백기심, 빙령의 조각을 받아들임으로써 생긴 두 번째 빙백기심이 격렬하게 요동친다.

동시에 형운의 의식을 강타하는 충격이 있었다.

'아!'

그 순간 형운은 무언이 예지한 선물이 어떤 의미인지 깨달았다.

5

서하령에게는 백령회의 보금자리에 온 것이 정말 좋은 경험이 되었다.

많은 영수를 만나볼 수 있었던 것은 물론이고 육령조처럼 노래하는 자를 만나 심도 깊은 대화를 나눌 수 있었다. 그리고 무엇보다 한서우에게서 또다시 음공을 배우게 된 것은 천금 같은 기회였다.

서하령은 자신이 음공원주로서 하는 일과 천요군에 대해서 한서우에게 이야기해 주었다.

"놀랍구나. 요괴라는 것들이 워낙 통일성이 없는 것들이다 보니 그런 존재도 나타나는 건가?"

한서우는 서하령의 이야기를 흥미진진하게 들었다. 혼원교 최후의 전인으로서 수많은 신비를 알고, 겪어온 그에게도 천요 군의 이상은 굉장히 놀라운 것이었다.

"특출한 재능이 없는 자라도 음공에 입문하고 유용하게 쓸 수 있도록 음공을 정립한다……. 그야말로 음공의 종사가 되겠 다는 것이니 일생을 바칠 만한 가치가 있는 목표로구나."

한서우는 천요군이 품었던 꿈에, 그리고 그의 의지를 이어받 은 서하령이 추구하는 목표에 감탄했다. 그리고 그녀에게 자신 의 지식을 내줄 마음을 품었다.

'혼원교가 이룩한 것들은 전부 내가 끌어안고 가려고 했지 만… 이런 뜻이 있다면 전할 가치가 있겠지.'

혼원교가 긴 세월 동안 쌓아온 것들이 모두 사악한 것은 아니 다. 그들은 금기를 어겨서라도 세상을 바꾸고자 했기에 마공과 사술을 주로 쓰는 집단이 되었지만, 그 안에는 평범한 가치관으 로 받아들일 수 있는 기술과 지식도 얼마든지 있었다.

한서우는 그중 음공에 대한 것을 서하령에게 전하기로 마음 먹었다.

서하령은 기꺼이 그의 가르침을 받아들였다. 마교의 기술이 니 받아들일 수 없다는 선입견 따위는 그녀에게 없었다. 그저 마교의 기술이니 배척해야 한다가 아니라 그 기술의 본질이 어 떠냐가 중요했다.

'이제 와서 놀라는 것도 우습지만, 정말 대단하군. 이 아이는

놀랍도록 사고방식이 유연해.'

· 한서우는 새삼 서하령이 기술과 지식을 보는 시각에 편견이 없다는 사실에 놀랐다.

그녀가 그런 유연함을 발휘할 수 있는 것은 어린 시절부터 무공과 지식을 특정한 스승이나 유파에 종속되지 않고 자유분방하게 배웠기 때문이리라.

'하지만 형운 그 녀석도 그렇지. 그건 역시 귀혁의 영향이겠고.'

귀혁은 마인을, 마공을, 사술을 경멸했지만 그 기술의 질을 평가할 때는 도덕을 개입시키지 않았다. 형운과 서하령도 그 점에서는 마찬가지였다.

그것은 별의 수호자라는 집단의 성향과도 이어져 있으리라. 그들은 기본적으로 학문을 통해 진리를 추구하는 연구자 집단이며, 장사꾼이다. 그렇기에 마공이나 사술조차도 무조건 부정하는 대신 그 본질을 탐구하는 유연함이 있었다.

문득 서하령이 물었다.

"그런데 형운은 저 안에서 뭘 하고 있는 걸까요?"

형운이 백령회의 비처에 들어간 지 꼬박 하루가 지났다. 아직까지 나올 기미가 보이지 않는다는 점이 걱정스러웠지만 영수들이 아무 말도 하지 않고 있는 것으로 보아 문제가 생긴 것 같지는 않았다.

한서우가 말했다.

"아마도 기연을 얻고 있겠지."

"이제 와서 형운이 얻을 기연이 존재할까 싶지만……."

서하령이 고개를 갸웃했다.

형운은 최소한 육체적으로는 무인으로서 정점에 도달한 상태였다. 이제 와서 기연을 얻는다 한들 의미가 있을까?

"…그런데 또 뭔가 얻어서 나올 수도 있겠다는 생각이 드네요. 지금까지 그랬던 것처럼."

형운은 지금까지 늘 예상치 못한 경험을 통해 사람들이 규정한 한계를 뛰어넘어 왔다. 이번에도 그러지 않으리라는 법이 없었다.

한서우가 말했다.

"아마 없던 것을 얻지는 않을 게다. 하지만 자신이 갖고 있었던 것을 찾기는 하겠지. 그럴 가능성도 반반이긴 하지만."

"예지인가요?"

"그래. 원래 예지자의 예언이 모호한 이유는 예지 능력 자체가 모호하기 때문이지. 예지의 바깥을 걷는 자이다 보니 이 이상 구체화할 수도 없고."

그러니 한서우도, 무언도 형운이 저 안에서 무언가를 얻을지, 아무것도 얻지 못하고 나올지는 알 수 없었다. 그저 가능성을 보고 들여보낸 것뿐이다.

'기대에 부합했으면 좋겠군.'

형운은 늘 그의 상상을 초월해 왔다. 가장 강성하던 시기의 혼원교와 싸웠고, 전 세대 성운의 기재들과 격동의 시기를 보낸 그지만 형운을 만날 때마다 놀라지 않을 수 없었다.

그것은 이번에도 마찬가지였다.

'벌써 심상경에 도달하다니.'

형운은 자신이 심상경에 올랐음을 한서우에게 밝혔다.

그를 완전히 믿어서, 그에게는 무엇이든 말할 수 있다고 생각해서는 아니다. 마교를 상대로 공동전선을 펴기로 한 이상 자신의 전력에 대해서 가늠할 수 있는 최소한의 정보는 제공해야 한다고 여겼기 때문이다.

'자혼, 정말이지 고객 관리는 철저하다니까.'

자혼은 고객의 비밀을 발설하지 않는다. 그렇기에 최근 자신의 가장 큰 고객이라고 할 수 있는 한서우에게도 형운의 정보를 알리지 않았다.

"사실……."

한서우가 서하령에게 말했다.

"…나는 너희 세대에서 제일 먼저 누군가 심상경에 도달했다는 소리가 들려온다면 그건 너일 거라고 생각했다."

"어머, 칭찬하시는 거죠, 그거?"

"네 재능은 특출하니까. 전 세대를 통틀어도 재능 면에서 너와 비견할 만한 이는 한 명뿐이었지."

"무상검존인가요?"

"아니, 나윤극은 가장 뛰어난 성운의 기재가 아니었다. 그저 마지막까지 살아남은 성운의 기재일 뿐. 나윤극이 심상경에 도달한 것은 20대 후반, 그러나 그와 같은 세대의 성운의 기재 중에는 너와 같은 나이에 도달한 이도 있었지."

한서우는 옛 일을 회상했다. 그때는 지금보다 훨씬 혼란스러운 시절이었다. 3대 마교가 산발적으로 벌이는 일들은 세상의 분위기를 흉흉하게 만들었고 각지에서 큰 사고가 끊이지 않았다.

지금은 그때에 비하면 안정되고 평화로운 시대였다. 한서우가 혼원교를 멸하고, 적호연이라는 하늘의 선택을 받은 대적자가 나타나 흑영신교와 광세천교를 괴멸 직전까지 몰고 간 덕분이었다.

서하령이 말했다.

"그래도 형운보다는 늦었군요."

"그렇지. 역사적으로 보면 더 빠른 경우도 있긴 했겠지만."

"알 듯 말 듯해요."

서하령이 갑자기 딴소리를 했다. 하지만 한서우는 의아해하는 기색을 보이지 않고 그녀의 말을 기다렸다.

팍!

문득 그녀의 뒤쪽에서 돌멩이 하나가 터져 나갔다.

서하령도, 한서우도 놀라지 않았다. 한서우는 서하령이 조율하는 기의 흐름을 보고 있었다. 방금 전, 그녀가 격공의 기를 선보이기 전부터 결과를 예상했다.

"처음에는 이 길의 끝에 심상경이 있다고 생각했어요."

서하령은 이미 격공의 기를 수족처럼 다루는 경지에 도달했다. 격공의 기를 터득하고, 숙련도를 높인 후에는 마치 단순한 장난감을 더 잘 갖고 놀기 위해 놀이 방법을 구상하는 어린아이처럼 기술을 확장시켜 나가고 있었다.

"설명만으로 보면 격공의 기와 심상경의 절예는 닮은 구석이 많았으니까요."

심상경의 절예는 무공을 연마함에 있어 절대적으로 작용하는 기준을 무너뜨린다.

바로 시간과 공간의 개념을 무색하게 한다는 것이다. 서로 간에 존재하는 공간을 시간 차 없이 뛰어넘어서 목표를 친다.

그리고 격공의 기 또한 그 점에서는 심상경의 절예와 닮아 있었다.

"그러니 격공의 기를 갈고 다듬다 보면 종국에는 심상경에 도달할 것이다……. 그렇게 생각했어요. 하지만 아니더군요. 더 깊이 알면 알수록 둘이 별개의 영역에 속해 있음을 절감하게 되었어요."

"귀혁은 그 주제에 대해서 뭐라고 하더냐?"

"신경 쓰이세요?"

"나는 음공에 있어서는 네 교사가 되기로 했지. 하지만 무공 스승은 아니니 함부로 말하기 어렵구나."

"그런 것을 신경 쓰시는지 몰랐네요. 하지만 귀혁 아저씨와 저는 사제 관계가 아니에요. 적어도 무공에 있어서는 저를 제자로 받아들여 주시지 않았죠."

"네 무공이 귀혁에게서 비롯되었는데도?"

"그런데도요. 그런 식으로 따지면 자기 제자가 수백 명은 넘을 거라고 하시지 뭐예요?"

서하령이 투덜거렸다.

이제는 아무래도 상관없었지만 어린 시절 그녀는 정말로 형운을 질투했다. 자신이 그토록 되고 싶었지만 성운의 기재라서 될 수 없었던 귀혁의 제자라는 자리를 형운이 차지했으니까.

'너무 궁상맞아서 질투도 가라앉아 버리긴 했지만.'

예전부터 그랬다. 형운을 보고 있으면 자기도 모르게 웃음이 나온다. 날을 세우려고 해도 그가 하는 짓을 보고 있노라면 자연스럽게 독기가 풀려 버리고 말았다.

서하령이 말했다.

"거래하시겠어요?"

"거래?"

"귀혁 아저씨가 뭐라고 하셨는지 말씀드리면, 선배님도 조언을 해주세요."

"흠. 좋다."

"흔쾌하시네요."

"나는 그런 부분에 있어서는 별로 꼬장꼬장하지 않거든. 사문에 얽매여 있는 몸도 아니고, 마교 놈들에게 대항할 수 있는 패는 많으면 많을수록 좋으니까."

그것은 한서우의 진심이었다. 시간이 흐를수록 정예화되어가는 두 마교를 상대하기 위해서는 더 많은 협력자가 필요했다. 적어도 자신과 같은 입장에 설 수 있는 인물이라면 무공을 봐주는 정도는 얼마든지 할 수 있었다.

서하령이 말했다.

"귀혁 아저씨는 이렇게 말씀하셨어요. 그 인식은 맞기도 하고 틀리기도 하다고."

"어째서지?"

"무인에게는 여러 가지 기준에 존재하지요. 무인에게 있어서 새로운 영역으로 올라선다는 것은 또 다른 기준을 만난다는 의미예요."

몸을 단련하기 전과 단련한 후가 다르다.

기감이 열리기 전과 열린 후가 다르다.

무공을 연마한다는 것은 그런 일들의 연속이다. 그 연속성이 끊겼다는 것은 무인에게 있어서 벽을 만나 정체되었다는 의미였다.

"매번 새로운 기준을 만나지만, 새로 만나는 기준은 지금까지 만난 기준과 완전히 별개의 것이 아니에요. 서로 연결되어 있죠."

내공심법을 연마함으로써 기감을 얻는다. 기감을 활용함으로써 기를 통제하고 내공을 쌓는 법을 안다. 내공을 쌓음으로써 그것을 써서 신체 능력을 끌어 올리는 법을 알게 된다…….

"귀혁 아저씨는 심상경 또한 그렇다고 하셨어요. 그 둘이 별개인 것 같지만 지금의 기준으로 계속 앞으로 나아가다 보면 분명 새로운 기준을 만날 수 있을 거라고. 무인이 걷는 길은 서로 다를지언정 모두 연결되어 있다고 말이죠."

"무학자다운 말이군."

한서우가 재미있다는 표정을 지었다. 서하령은 그를 바라보며 말을 기다렸다.

"난 그 견해에 반대하지 않는다. 무학적 견지에서 심상경에 접근한다면 그렇게 말할 수밖에 없을 테니까."

"선배님께서는 다른 관점에서 접근하신다는 건가요?"

"심상경은 새로운 기능이다."

"네?"

뜻밖의 대답에 서하령이 눈을 동그랗게 떴다.

한서우가 빙긋 웃었다.

"아마 너는 이해하기 어려울지도 모르겠구나. 너는 성운의 기재이기 이전에 대영수의 혈통이지. 그러니 내공심법을 익혀 무공에 입문하기 전부터 선천진기가 충만했을 것이고 평범한 인간에게는 없는 기감이 있었을 거야."

"네."

"그러니까 네가 말한 것 중에 한 가지는 너 자신에게는 적용되지 않지. 넌 기감을 얻기 전의 인간이 어떤지 모른다. 그렇지 않느냐?"

"맞아요. 그저 상상해서 기준을 세울 수밖에 없었지요. 그건 분명히 실제하고는 괴리된 저만의 기준일 것이고."

"그러니까 너는 진실한 의미로는 알 수가 없다. 보통 인간이 무공을 통해서 기감을 얻는다는 것이 어떤 의미인지."

인간이 내공심법을 통해 기감을 얻는다는 것은 마치 시각이 존재하지 않는 생물이 눈을 얻어 세상을 영상으로 보는 것과 같다. 생물로서 선천적으로는 갖지 못했던 기능을 손에 넣는 것이다.

"심상경은 그것과 같은 수준의 도약이다. 심상경에 도달하기 전까지의 모든 여정은 결국 인간에게 새롭게 추가된 기능을 활용하는 방법에 지나지 않지. 심상경에 도달하기 위해서는 그저 가진 기능을 잘 활용하는 것이 아니라 새로운 기능을 얻어야만 하는 것이다."

한서우는 혼원교의 비술로 만들어진 존재다.

그의 힘은 수련을 통해서 얻을 수 있는 부류의 것이 아니다. 물론 그 자신도 무공과 술법을 연마하는 과정을 거쳤지만 그것은 인간이 수련을 거쳐서 힘을 얻는 것과는 의미가 달랐다. 자신에게 내재된 신에 가까운 기능들을 하나하나 인지해서 활용하는 법을 익히는 과정이 인간적으로 기술을 연마하는 과정보다 훨씬 길었다.

그의 설명을 들은 서하령은 자기도 모르게 중얼거렸다.

"형운……."

"그래, 형운은 나와 닮았지. 그 자신이 노력해서 쌓아 올린 것과는 별개로, 그 몸에는 정상적인 인간에게는 없는 '기능'들이 달려 있어. 예전에 그 녀석을 두고 재능은 별로인데 성능은 참 좋다고 한 적이 있었는데, 지금에 와서 생각해 보면 정말 완벽한 설명이었군."

"……."

"그렇게 두려워할 이야기는 아니다. 네게도 해당되는 이야기니까."

서하령의 표정이 굳어지는 것을 본 한서우가 말했다.

"내 이야기가 무인의 인간성을 부정하는 것처럼 여겨진다면, 그것은 네가 인간성이라는 것에 대해서 선입견을 가졌기 때문이다. 세상 모든 일에 선악이 존재한다는 것과 마찬가지로 순진무구한 생각이지. 냉정하게 말하면 무공이라는 것은 결국 인체라는 도구의 성능을 최대한 올리고 극한까지 활용하기 위한 기술에 지나지 않아."

"영수의 혈통인 저 역시 보통 인간과는 다른 '기능'을 가진 존재라는 것을 받아들이라는 거군요."

"만약 '기능'이라는 표현이 거북하다면 다른 식으로 바꿔도 상관없다. 능력이라고 해도 되고 재능이라고 해도 되겠지. 하지만 본질은 변하지 않는다."

"그리고 심상경을 다루는 것 역시 그런 기능을 손에 넣어야 가능한 일이다?"

"그래. 이미 그것을 적나라하게 증명해 주는 사례들이 있지 않느냐?"

고위 영수, 요괴, 환마. 인간에게는 없는 '기능'을 가진 존재들이 있다.

필시 심상경의 기반인 생물의 '기화'와 '육화'를 체현한 것은 그들이 먼저일 것이다. 늘 그렇듯 인간은 자연을 보고 모방함으로써 새로운 힘을 손에 넣었을 뿐일 터.

"심상경이 평생을 고련해도 도달할 수 있을지 없을지 확신할 수 없는 장벽인 것은 그런 이유다. 인류는 오래전에 스스로에게 기감이라는 기능을 덧붙이는 방법을 확립했다. 그리고 그 기능을 활용하는 무궁무진한 방법들을 만들어냈지. 하지만 심상경이라는 기능을 추가하는 방법은, 그것을 해낸 이들조차도 아직 제대로 이론화하지 못한 영역이다."

열심히 노력하다 보니, 혹은 어떤 계기가 주어져서 심상경에 도달한 이들이 있다.

그러나 그들은 자신의 경험을 누구나 이해할 수 있도록 명쾌하게 풀어서 설명하지 못한다. 아직까지 누구도 해내지 못한 일이다.

그렇기에 심상경은 아직까지 무학의 미답지로 남아 있었다.

"탁월한 재능을 지녀서 놀라운 속도로 그 이전의 경지까지 도달하는 이들도 있지. 지금 네가 격공의 기를 자유자재로 다루는 것처럼. 하지만 거기서 고작 한 걸음을 평생 동안 내딛지 못하는 경우가 부지기수다."

"그리고 그런 이유는 심상경이 무공의 경지이기 이전에, 인간에게 존재하지 않는 기능을 얻는 과정이기 때문이라는 거군요."

"그래. 본래는 볼 수 없는 것을 보고, 죽었다 깨어나도 할 수 없는 것을 한다. 그건 그저 기술을 연마한다고 되는 일이 아닌 것이지."

전혀 생각해 보지 못한 관점을 접한 서하령은 생각에 잠겼다.

뇌리에서 수없이 많은 말이 떠오르며 서로 얽히고, 충돌하고, 스쳐 지나가며 사라져 간다. 마치 서하령이라는 수면에다 한서우가 돌멩이를 던져서 일어난 파문이 무한히 확장되어 가는 것 같았다.

'있는 것을 갈고 다듬어가는 과정이 아니다.'

지금까지는 당연히 그런 것이라고 생각했다. 무공을 연마한다는 것은, 아니, 인간이 기술을 연마한다는 것은 당연히 그런 것이니까.

'본래는 없는 것을 얻는 것이다.'

하지만 한서우의 말이 그녀의 관점을 완전히 박살 냈다.

혼란스러웠다. 그리고 그 혼란 속에서 그녀의 머리는 무수한 기억의 파편들을 그러모아서 어떤 형상을 맞춰 나가고 있었다.

한서우는 개의치 않고 말했다.

"그러나 그렇다고 하더라도 심상경 이전까지의 경지라고 분류한 과정을 밟는 것은 중요하다. 자신의 경험을 타인에게 전달해서 상상하게 만들기 위해서는 반드시 필요한 것이 있기 때문이지. 그것은 바로 타인이 그 경험을 상상할 수 있는 재료를 갖고 있어야 한다는 것이다."

예를 들어 선천적인 장님은 색깔에 대한 개념조차 갖고 있지 않다. 그들에게 색깔에 대해서 설명하는 것은 불가능에 가까운 일이다.

심상경에 대한 경험을 일반 무인에게 설명하는 것도 그것과 비슷하다.

"하지만 결정적인 차이점이 있지. 귀혁이 말한 대로, 무인이 걷는 길은 서로 다를지언정 모두 연결되어 있다. 허공섭물, 의기상인, 격공의 기… 이 모든 경험이 심상경을 상상하기 위한 재료가 될……."

한서우는 말을 끝까지 잇지 못했다.

우우우우우우……!

아무런 조짐도 없이, 저편에서 어마어마한 기파가 일어나면서 백령회의 보금자리 전체가 뒤흔들렸기 때문이다.

"음……!"

그가 침음하며 기파의 진원지를 바라보았다. 그리고 서하령을 돌아보며 중얼거렸다.

"전에 형운 녀석도 그러더니 너도 그러는구나. 내가 화두를 주면 이렇게 된다는 법칙이라도 있는 건가?"

서하령은 무섭게 굳은 표정으로 한숨을 쉬고 있었다.

불과 한 걸음이었다.

거의 대부분의 무인들이 평생 동안 좁힐 수 없다는 그 한 걸음을 좁힐 수 있는 기회가 눈앞에 다가와 있었다. 한서우가 던져준 화두를 접한 그녀의 정신이 극한의 집중력으로 지금까지 더듬어온 흔적들을 한곳으로 모아서 어떤 형상을 완성하려고 하는 순간이었다.

그런데 그 순간, 뜻밖의 외적 요인 때문에 기적 같은 기회가 날아가 버렸다.

서하령은 망연자실했다. 그리고 그 충격이 가라앉고 나자 너무나도 귀중한 기회를 잃었다는 사실에 격노가 끓어올랐다.

"…쉽게 갈 운명이 아닌 거겠지요."

하지만 곧 그녀는 고개를 가로저었다.

한서우가 쓴웃음을 지으며 물었다.

"성운의 기재인 네가, 타인의 기연으로 인해 기회를 잃고 그런 말을 하다니 복잡한 심경이구나."

"전 한 번도 쉽게 선물을 받듯 무언가를 얻어본 적이 없답니다. 다만 한 걸음 한 걸음 걸어가는 것이 남들보다 쉬웠을 뿐이지요."

서하령이 미소 지으며 말했다.

그 말은 사실이었다. 그녀는 무공을 연마함에 있어서 한 번도 갑작스러운 각성으로 껑충 뛰어오르는 경험을 해본 적이 없었다. 남들보다 빠르게, 하지만 늘 자신의 경험을 관조하며 꾸준히 더 높은 곳을 향한 여로를 걸어왔다.

　이번에도 마찬가지다. 기적 같은 각성의 기회는 잃었지만 단초는 얻었다. 이제 그녀는 심상경으로 향하는 길이 보이기 시작했다.

　'그래도 이번엔 좀 화가 나는걸. 두고 봐, 형운.'

　서하령은 새침한 표정으로 형운이 들어간 비처의 입구를 쏘아보았다.

7

　꼬박 하루 동안 백령회의 비처에 처박혀 있던 형운이 밖으로 나왔다.

　모습을 드러낸 형운은 겉으로는 아무런 변화가 없었다. 하지만 바깥에서 기다리고 있던 가려는 묘한 이질감을 느꼈다.

　'뭐지?'

　하지만 그 이질감의 정체를 알 수가 없었다. 도대체 무엇이 달라진 것일까?

　그사이 한서우와 함께 다가온 서하령이 형운을 보더니 물었다.

　"한 대만 쳐도 돼?"

　"…뭐?"

　형운이 눈을 휘둥그레 떴다. 서하령이 툴툴거렸다.

　"꼭 때려야만 하는 이유가 있는데, 듣고 나면 너도 납득할 거야."

"아니, 내가 뭘 잘못했다고……."

"네가 잘못했다."

한서우가 끼어들었다.

형운이 영문을 알 수 없어서 물었다.

"도대체 뭔데요?"

"예전에 네가 나와 처음 만났을 때 겪었던 일을, 이번에는 네가 이 아이에게 찾아온 각성의 순간에 했지. 누군가의 기연이 누군가에게는 악연이 되는 순간이라니, 참 나쁜 쪽으로 진귀한 것을 보았어."

"납득했어?"

서하령이 생긋 웃으며 물었다. 형운이 식은땀을 흘렸다.

곧 시원스러운 격타음이 울려 퍼졌다.

"으어, 미안하긴 하지만 이 억울한 기분은 대체 뭐지?"

형운이 배를 매만지며 투덜거렸다.

서하령이 코웃음을 치더니 말했다.

"그만한 기연을 얻었으면서 무슨."

"그게 내가 맞아야 할 이유는 아니거든? 아니, 그보다 아직 말도 안 했는데 알아보는 거야?"

형운이 황당해하며 가려를 바라보았다. 가려는 자기는 전혀 모르겠다는 표정으로 고개를 저었다. 한서우를 보니 그는 알 듯 말 듯하다는 표정이었다.

그런데 서하령은 다 아는 것처럼 말하다니?

"아마 여기 분들은 다 알아볼 것 같은데? 인간으로서의 변화가 아니라 영수로서의 변화고, 네가 그걸 감출 줄 몰라서 훤히 드러나 있으니까. 순혈의 인간이 무슨 대영수의 혈통이라도 되는 것처럼 영수의 힘을 얻다니 이런 경우는 듣도 보도 못했어. 기환술사들한테 말하면 그거 혹시 신종 요괴 이야기냐고 의심할걸?"

"아, 그래서인가?"

형운이 납득했다.

그리고 한서우를 보며 말했다.

"선배님, 잠시 저희끼리 이야기해도 되겠습니까?"

"알겠다. 내가 자리를 비켜주마."

한서우는 선뜻 물러나 주었다. 서로 협력 관계를 맺긴 했지만 비밀을 꼬치꼬치 말할 수는 없는 노릇이었다.

그가 떠나자 형운이 말했다.

"나 기심 하나 없어졌다?"

"뭐?"

이 말에는 서하령도 놀라서 눈을 휘둥그레 떴다.

형운도 어이없어하며 말했다.

"노쇠하거나 큰 부상을 입어서 기맥이 망가진 것도 아닌데 기심이 갑자기 없어진다니, 이런 경우는 상상도 못 해봤는데······."

비처에 들어가기 전만 해도 9심이었던 형운의 내공이 8심이 되었다.

이유는 바로 두 개의 빙백기심이 하나로 통합되었기 때문이었다.

"내가 빙백기심을 통해서 영수의 능력을 쓰고 있었잖아?"

냉기를 다루는 것도, 재생력도 유설과의 합일로 얻은 영수의 능력이었다. 청해군도에서 두 번째 빙백기심을 얻음으로써 그 힘은 더욱 강해졌다.

"그런데 난 이 능력을 굉장히 피상적으로 쓰고 있었어. 만약 영수가 빙백기심만큼의 힘을 가졌다면 나와는 격이 다른 재주를 보여줬을 거야."

비처에서 믿을 수 없을 정도로 고밀도로 농축된 자연의 기운을 접했을 때, 두 개의 빙백기심이 반응했다. 형운이 유설과 합일함으로써 얻은 영수로서의 부분이 각성한 것이다.

그것은 영수들이 신성시할 정도로 영적인 성질이 강한 장소였기에 가능한 일이었다. 같은 본질을 지닌 두 개의 빙백기심이 하나로 통합되면서 다른 기심들을 압도하는 힘을, 그리고 영수의 힘을 형운에게 부여했다.

"봐."

형운이 허공에 손을 뻗어서 냉기를 일으켰다.

보이지 않는 수분들이 하나로 모이면서 하얗게 응결되었다. 거기까지는 놀라울 것이 없었다. 그저 이전에 비해서 냉기를 다루는 것이 훨씬 세련되어졌다는 정도였다.

하지만 다음 순간 일어난 변화는 서하령과 가려를 경악케 했다.

얼음의 형상이 변화하기 시작했다.

더 격한 냉기가 모여든 것도 아니고 부서진 것도 아니다. 그런데 마치 얼음의 일부가 자라나듯이 끊임없이 형상이 바뀌었다. 얼음이 아니라 물을 허공섭물로 허공에다 붙잡아놓고 있는 게 아닌가 의심스러울 정도로.

"심지어 이런 것도 할 수 있지."

형운이 얼음을 하나둘씩 늘려가기 시작했다. 그리고 그것들을 사람과 비슷한 형상으로 만든 다음 손을 뗐다. 아예 냉기의 공급을 차단한 것이다.

그러자 그것들은 마치 살아 있는 것처럼 허공을 날며 춤을 추기 시작했다.

"일시적으로 의지를 부여한 거야?"

"그래."

"…이건 이미 무공의 영역이 아닌데?"

서하령이 기가 막혀 했다. 이것은 이미 술법, 그것도 엄청나게 고도의 술법으로나 가능한 일이었다.

형운이 고개를 끄덕였다.

"난 지금까지 빙백기심의 힘을 무공의 연장선에서만 쓰고 있었어. 이것도 뭔가 기술적인 깨달음이 있어서 할 수 있게 된 것이 아냐. 마치……."

형운이 잠시 말을 고르더니 말했다.

"…합일한 빙백기심에 누군가의 의지가 깃들어서 나를 보조해 주는 느낌이라고 해야 할까?"

"……."

서하령은 아연해졌다. 한참 동안 멍청하니 형운을 바라보다가 돌연 새침한 표정으로 물었다.

"한 대 더 쳐도 돼?"

"……."

형운이 포기한 얼굴로 고개를 끄덕였고, 시원스러운 격타음
이 울려 퍼졌다.

8

기본적으로 영수들은 고독한 존재였다.

짐승은 지성이 없다. 그러나 영수들은 지성이 있다.

그들은 외적 요인에 의해 지성을 지닌 존재로 각성한다. 그리
고 그 순간부터 자신들의 동족과는 완전히 다른 존재가 되어버
린다.

인간과 달리 영수들의 지성은 혈통으로 이어지는 경우가 드
물다. 청안설표 일족 같은 경우가 있지만 모두들 작은 규모에
그친다.

게다가 영수라고 불린다 해서 모두가 동질감을 갖는 것은 아
니다. 그들은 각성 전의 종족 성향을 강하게 받는다. 포식자와
피식자의 관계에 있던 짐승들이 영수가 된 후에 반목한다면 그
게 이상한 일일까?

수가 적은데 그런 문제들마저 안고 있으니 그들은 고독을 숙
명처럼 받아들인다. 영수들이 인간처럼 문명과 문화를 만들어
내며 번성하지 못하는 것은 당연한 귀결이었다.

"그런 의미에서 백령회는 아주 귀중한 조직이지."

한서우가 말했다.

백 명의 영수가 하나의 조직에 소속되어 작은 사회를 이루고
산다.

이것은 인간에게는 별것 아니겠지만 영수들에게는 기적 같은 일이었다. 처음에는 한자리에서 움직일 수 없는 영목, 무언과 숲의 영수들의 인연으로 시작된 모임은 수백 년 동안 영수들에게는 무엇과도 바꿀 수 없는 보물 같은 울타리가 되었다.

"백령회의 일원들은 소속감을 소중히 한다. 설령 친하지 않은 존재라고 해도 은원 문제에는 회의 일원으로서 적극적으로 나서지. 너를 비처로 인도한 것은 몇몇 영수들의 뜻이 아니라 백령회의 중지였을 것이다. 이번 일로 너는 백령회와 깊은 인연을 맺은 셈이지. 인간과 관계를 맺는 것에 신중한 이들인 만큼, 너는 앞으로 이들에게 거래를 제안받는 일이 많을 게다."

즉 백건익과 비슷한 입장이 되었다는 뜻이리라.

형운은 그 사실을 흔쾌히 받아들였다. 자신이 이들을 도울 수 있다면 이들 역시 자신을 도울 수 있으리라. 한서우 역시 이들과의 인연이 있었기에 예지의 바깥에서 형운을 만날 수 있지 않았는가?

백령회의 보금자리를 떠나기 전날, 형운은 한서우와 둘이서 이야기를 나누었다.

"선배님께 여쭙고 싶은 것이 하나 있습니다."

"뭐지?"

"제가 보는 마교는 잡초와도 같습니다. 사실 잡초로 비유하기에는 너무나 강대하고 위험한 놈들이라고 생각하지만 다른 비유를 떠올릴 수가 없네요."

세상이 그토록 그들을 없애려고 노력했지만 그들은 천 년을 넘는 세월 동안 살아남았다. 한 번 괴멸 직전까지 몰렸지만 결국 명맥이 끊이지는 않았다.

"그렇기 때문에 그놈들과의 싸움에 종지부를 찍는다는 것을 상상하기가 어렵습니다. 하지만 선배님은 다르시겠지요."

한서우는 그 일을 해낸 인물이다. 그가 혼원교를 끝장냄으로써 3대 마교는 2대 마교가 되었다.

"그렇군. 너는 흑영신교의 숙적이지. 네 스승이 그러했듯이……."

귀혁은 흑영신교의 재앙이 되었다. 그리고 그의 제자인 형운 역시 그런 존재가 되어가고 있었다.

실로 악연이다. 한서우는 자신에게 질문을 던지는 형운에게서 일종의 운명을 느꼈다.

"세상 모든 것은 끝이 있다. 한 조직이 아무리 장구한 세월을 살아남았다고 할지라도, 그것이 그들의 영속을 보장해 주지는 않는다."

혼원교는 과욕을 부리다가 한서우라는 종말을 탄생시키고 말았다.

"그렇다면 내가 혼원교의 종말이 되었듯 네가 흑영신교의 종말이 될 수도 있겠지. 이 시대가 흑영신교에게 허락된 마지막 시간이고, 누군가 그들의 역사에 마침표를 찍는 역할을 맡아야 한다면… 네게는 그 자격이 있을 것이다, 형운."

한서우의 말에는 천년의 역사를 끝낸 자로서, 그리고 천기를 읽는 예지자로서의 무게가 실려 있었다.

때로는 그런 순간이 있다.

결과가 뻔한 고민인데도 확신에 도달하지 못하는 때가. 그리고 정말 뻔한 말에 불과하지만 그 말을 할 수 있는 누군가가 등을 떠밀듯이 한마디를 해줘야만 하는 때가.

형운에게는 한서우의 말이 그런 의미로 다가왔다.

"감사합니다."

형운은 정중하게 예를 표했다.

마음속에 떠올랐던 결의가 확고한 형태를 이루었다.

'싸우겠어, 끝까지.'

이 순간, 형운은 흑영신교의 역사에 종지부를 찍을 사명을 받아들였다.

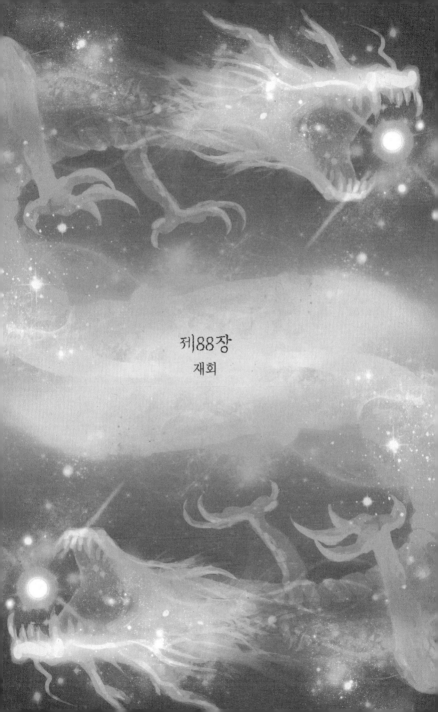

제88장

재회

성운을
먹는자

1

　형운의 휴가가 끝나고 나서 얼마 후, 마곡정이 척마대의 업무
로 복귀했다.

　마곡정 역시 영수의 혈통을 물려받았고 그 힘의 각성도가 높
아서 신체의 튼튼함이 보통 무인들과는 비교도 되지 않았다. 의
료원의 진단보다 훨씬 빠르게 완쾌해서 복귀한 그는 곧바로 형
운을 찾아와서 투덜거렸다.

　"덕분에 사부님한테 잔소리 좀 들었다."

　"심상경 때문에?"

　"그래. 뭐, 나도 몰랐던 사실이라고 잡아뗐지만."

　풍성 초후적에게 형운이 심상경에 올랐다는 정보를 감췄던
것 때문에 한 소리 들은 모양이었다.

　형운이 씩 웃으며 말했다.

"고맙다."

"흥. 그보다 무슨 일을 꾸미느라 그렇게 바쁜 거야?"

"어차피 너도 들어야 할 이야기야. 뭐 공세에 나서기 전까지
는 한가하겠지만."

형운은 한서우와 협의한 계획을 이야기해 주었다. 마곡정이
놀란 표정으로 물었다.

"그런 게 가능해?"

"우리 둘이 주축이 되어 움직인다면 가능하다더군. 흑영신교
가 계속 예지를 남발하면서 전략적 계획을 구축하고, 거기에 맞
추기 위해 현실을 수정한 결과 오히려 절대 인식하지 못하는 사
각지대가 생겼다고 해."

"놈들에게 한 방 먹일 수 있다면 환영이지."

"하지만 넌 한동안은 한가하게 지내도록 해."

"뭐?"

마곡정이 뭔 뚱딴지같은 소리냐는 표정을 지었다. 형운이 설
명했다.

"하령이가 약속한 일, 최대한 당기기로 했어. 아마 다다음 주
초가 될 거야. 그때까지 준비해 둬. 그 전까지의 작전은 너 없이
도 충분하니까."

"음……."

서하령은 마곡정을 천명단 피험자로 삼을 것을 약속했다. 하
지만 빠르면 11월 말, 늦으면 12월 초로 약속했던 일정을 앞으
로 당기는 것이 쉬운 일은 아니었을 것이다.

마곡정이 고개를 끄덕였다.

"그러지. 그럼 당분간은 휴가 처리 부탁한다. 마침 스승님도 한동안 임무를 나가시지 않고 총단에 계신다고 하니 좋은 기회로군."

마곡정도 그동안 척마대 부대주로서의 업무가 바빠서 수련할 짬을 내지 못했다. 그런 차에 이런 말을 들으니 잘됐다는 생각이 들었다.

부상으로 인해 둔해진 몸도 단련할 겸 초후적에게 집중적인 지도를 요청할 생각이었다. 사대마와의 전투 경험을 연구한다면 분명 무언가를 얻을 수 있으리라.

그런 그를 보며 형운은 생각했다.

'가장 좋은 결과는 곡정이가 천명단으로 7심에 도달하는 것.'

내공을 빠르게 상승시키기 위해서는 여러 가지 조건이 맞물려야 한다.

그럴 만한 그릇이 만들어져 있어야 하고, 외부에서 크나큰 기운이 주어져야 하며, 그리고 그것을 받아들이는 본인이 또 하나의 기심을 생성할 수 있을 정도로 기에 대한 이해도가 깊어야 한다.

마곡정은 이미 충분한 그릇을 갖추고 있으며, 기에 대한 이해도 역시 뛰어나다. 청해군도에서 6심을 이룬 지 불과 1년 반이 지났을 뿐이지만 형운은 그가 이미 7심으로 가기 위한 준비를 마쳤다고 느꼈다.

'확실히 곡정이도 천재지. 나와 싸웠을 때의 정 대주는 이미 넘어섰어.'

서하령이 옆에 있어서 빛이 바래지만 마곡정 역시 천재적인 재능의 소유자다.

무엇보다 그는 실전에 대한 감각이 무서울 정도로 탁월했다. 청해군도에서도 한 수 위의 실력자였던 해루족의 용사 화군을 쓰러뜨리지 않았던가?

지금의 마곡정은 그때보다 현격하게 실력이 늘었다. 아마 지금 화군과 다시 싸운다면 아무런 잔재주 없이 싸워도 이길 수 있을 것이다.

그것은 마곡정의 곁에 따라잡아야만 하는 목표들이 있었기 때문이다. 스승처럼 머나먼 존재가 아니라 같은 길을 걸어가며 자신을 자극해 주는 존재들이.

서하령과 형운이 있었기에 마곡정은 단 한순간도 오만해지지 않고 자신을 연마했다. 그리고 두 사람의 곁에서 수많은 위기를 극복해 가면서 여기까지 왔다.

'누나도, 곡정이도 내일쯤 갑자기 격공의 기를 터득했다고 말해도 난 놀라지 않겠지.'

두 사람은 그 정도로 대단한 자질을 지닌 무인들이었다. 형운의 주관이 아니라 객관적으로 봐도 그렇다. 다른 오성의 제자들하고만 비교해 봐도 차이가 극명하지 않은가?

문득 마곡정이 말했다.

"갑자기 뭘 혼자 실실 웃고 있냐?"

"아."

형운은 마곡정을 앞에 두고 혼자서 생각에 잠겨서 실실 웃고 있었다. 그 사실을 깨닫자 겸연쩍어진 형운이 헛기침을 했다.

"이번 일도 있고 하니 아예 2주간은, 아니, 20일간은 휴가를 줄게. 그동안 업무에 신경 꺼."

"그리고 돌아오면 내 자리는 없어져 있고 실권은 다른 부대주들이 다 나눠 가졌고?"

"잘 아네."

형운이 피식 웃으며 농담을 받아주었다.

마곡정이 화제를 바꿨다.

"그러고 보니 기껏 위장하고 밖에 나가기까지 했는데, 백 대주랑은 아무 일도 없었냐?"

"있었지."

형운도, 백건익도 한 조직의 장을 맡고 있는 몸이고 서로 다른 배경을 가진 몸이다. 총단에서는 우열이 확연히 갈리는 비무를 할 수가 없었다.

하지만 백령회의 보금자리에서는 이야기가 달랐다. 백건익은 정중하게 형운에게 비무를 요청했고, 형운도 받아주었다.

"역시. 그 양반 너랑 붙어보고 싶어서 몸이 달아 있던데, 그래서 어떻게 됐어?"

"명불허전의 실력이었어. 네 둘째 사형보다 뛰어나던데?"

"함부로 말하지 마라. 넌 둘째 사형의 지금 실력을 모르잖아."

"뭐 그건 그렇다만."

마곡정이 눈을 치켜뜨자 형운이 순순히 인정했다.

그가 정무격을 공개 대련에서 꺾은 후 벌써 2년이 넘는 시간이 지났다.

그 일로 정무격은 한동안 일선의 업무에서 물러나서 수련에 매진했다. 복귀한 후에도 업무를 최소한으로 줄이고 시간을 내서 수련을 게을리하지 않았다. 초후적이 시간이 날 때마다 집중적으로 지도한 것은 물론이고 운 장로가 전폭적으로 지원했다고 하니 분명 실력이 늘었을 것이다.

형운이 말했다.

"백 대주는 무공에 대해서는 굉장히 탐욕스러운 사람이지. 대뜸 한서우 선배님한테도 대련 한 번만 해주실 수 없겠냐고 매달렸으니……."

"진짜 그랬어?"

형운이 고개를 끄덕이자 마곡정이 혀를 내둘렀다.

"…내가 이런 말하기도 그렇지만 백 대주는 진짜 간이 크군."

"그렇지?"

정작 한서우는 재미있어하면서 받아줬지만 말이다.

결과야 예상대로 나왔지만, 백건익은 희희낙락했다. 그에게는 아주 의미 깊은 경험이었을 것이다.

"재미있군. 몸이 근질근질한걸? 그런 의미에서 대주, 대련을 요청한다."

"바빠서 거절하겠다."

"매정한 놈."

"나 진짜 바쁘거든? 오늘 내로 처리해야 할 일이 산더미야. 요즘 새로 들어온 인원도 많은데 불러서 훈련 삼아서 놀아보든가."

"됐어. 심심해서 이러는 줄 아냐? 제대로 된 자극이 필요한 거라고."

"그럼 나는 너무 바쁘니까 누나라도……."

"거절하겠습니다. 업무에 지장이 생깁니다."

어디서 들려오는지 모를 가려의 목소리가 단호하게 거절했다.

"그렇단다."

마곡정은 머쓱해하는 형운을 퍽 한심해하는 표정으로 바라봐주고는 몸을 돌렸다.

"간다. 혹시 진척 사항 있으면 나 휴가라고 따돌리지 말고 전달해."

2

형운은 바쁘게 움직였다.

한서우와 연계하기 위해서는 처리해야 할 일들이 산더미 같았다. 대놓고 '혼마 한서우에게 정보를 받아서 움직이고 있습니다'라고 밝힐 수는 없는 노릇이었기 때문에 대단히 번거롭고 낭비적인 공작이 필요했다. 한서우가 교묘하게 흘려낸 정보를 포착하도록 조직의 정보망을 유도하는 식으로.

'아, 눈 가리고 아웅하기도 힘드네, 진짜.'

형운은 그런 한편 작전에 협력할 인원들을 선별하고 교섭에 들어갔다.

"감개무량하구나."

귀혁은 퍽 이상한 일을 다 겪는다는 표정을 짓고 있었다.

"네가 나를 상대로 업무상의 교섭을 요청하는 날이 오다니."

형운과 귀혁은 사부와 제자가 아니라 척마대주와 영성으로서 마주 앉아 있었다.

오성의 행보는 결코 가벼워서는 안 된다. 별의 수호자가 지닌 무력의 상징인 그들이 움직인다면 그만한 무게감이 있는 일이어야만 했다.

아무리 형운이 애제자라지만 공사는 구분해야 한다. 제자가 귀엽다고 그의 일에 쉽게 나서줄 수는 없었다.

형운도 그 사실을 잘 알고 있었다. 이제는 영성의 제자라는 신분을 넘어서 척마대주라는 직위를 가진 몸이었으니까.

"제가 좀 많이 컸죠?"

"그러게 말이다. 아주 많이 큰 것 같은데, 슬슬 사부로서의 배려를 줄여도 될 것 같구나."

"아, 사부님. 아직 말도 안 꺼냈는데 그러시기예요?"

"어디 말해보거라. 얼마나 중요한 일이기에 영성인 나를 움직이고 싶다는 것인지. 장로회를 납득시킬 만한 사안이더냐?"

"지금은 아니지만 결과적으로 그렇게 될 거예요."

"흠. 구체적으로는?"

"이 시점에서는 비공식적인 이야기입니다. 일단 제자로서 말씀드리죠. 사부님, 저 8심 됐어요."

"음? 그건 무슨 헛소리냐?"

귀혁이 참 재미없는 농담을 다 듣는다는 표정을 지었다.

형운과 서하령은 아직 백령회의 보금자리에 다녀온 일을 귀혁에게 이야기하지 않았다.

딱히 두 사람이 귀혁에게 그 사실을 숨기려고 한 것은 아니었다. 그저 말할 기회가 없었을 뿐이다. 귀혁이 한차례 총단을 비우기도 했고, 총단에 돌아온 후로도 바빴기 때문이다.

그동안의 일을 이야기하고, 통합된 빙백기심으로부터 비롯되는 능력을 보여주자 귀혁의 표정이 놀람으로 물들었다.

"그건 또 듣도 보도 못한 해괴한 경우로구나?"

"저도 상상도 못 해봤죠."

"가장 중요한 것부터 짚고 넘어가야겠군. 혹시 내공이 예전보다 줄었느냐?"

"아뇨."

형운이 고개를 저었다.

"전혀 줄지 않았어요. 그리고 이건 어디까지나 감이긴 한데, 다시 9심으로 회복하는 것도 머지않은 것 같아요."

"아무리 너라도 기심을 하나 생성하는 게 쉬운 일은 아닐 텐데?"

"기심을 생성할 때 제일 어려운 것은 구조 확립이잖아요. 전 이미 9심을 이룬 적이 있으니 그런 문제가 없죠."

"과연."

형운의 말에 귀혁이 납득했다.

기심을 하나 생성할 때마다 난이도가 급격하게 어려워지는 것은 그것이 마치 인체의 설계도를 다시 그리는 것과 같은 작업이기 때문이다.

지금까지 체내에 존재하지 않던 기관을 새로 생성하고, 그것이 기존의 기관들과 문제없이 어우러지도록 질서를 재편한다. 그 과정에서 기존 기심의 위치가, 그리고 그것과 이어진 기맥의 구조가 바뀌는 것은 필연이다.

아마도 기심법이 탄생하기 이전의 고대인들에게 이런 개념을 설명한다면 신의 영역에 발을 디뎠다고 받아들이지 않을까?

그런 의미에서 귀혁이 창안하여 형운에게 전수한 광혼심법은 무서운 심법이었다. 이미 9심까지 도달할 수 있는 방법을 확립한 귀혁이기에 창안할 수 있었던 무공이며, 그 뛰어남은 형운을 통해 증명된 셈이다.

물론 그 뛰어남만큼이나 단점이 많은 심법이기도 하다. 일단 진기를 쌓는 효율이 너무 떨어져서 한도 끝도 없는 비약 투자가 필요하다는 것, 그리고 뛰어난 자질을 지닌 이에게는 오히려 족쇄가 될 수도 있다는 점에서 형운처럼 특수한 사례가 아니라면 전수되지 않으리라.

형운이 말했다.

"하지만 제가 9심으로 회복하는 것은 그저 비어버린 자리를 다시 채워 넣는 작업일 뿐이에요. 시간의 문제죠."

"그 시간도 단축시킬 수 있지 않느냐?"

귀혁은 형운이 해룡단과 해심단을 꿍쳐놓은 것을 돌려서 지적하고 있었다. 하지만 형운은 고개를 저었다.

"그건 곧 해결될 거예요."

"무슨 의미냐?"

"제가 천공지체 건으로 협력을 요구받는 관계로 꾸역꾸역 먹는 게 많거든요. 이번에 내려온 천공단도 결국은 저를 한번 거쳐 가게 될 것이고."

"…그것참. 운 장로가 이 사실을 알게 되면 무슨 표정을 지을 지 정말 궁금하군."

귀혁은 피식피식 새어 나오는 웃음을 참을 수 없었다.

형운은 천공지체 연구에 협력하고 있었다. 척마대주 일만으 로도 바빠서 환장할 지경이라 협력 빈도수는 많지 않았지만 그 때마다 귀한 비약들이 투입되었다.

그것은 연구 때문이기도 하지만 형운이 더 이상 비약을 먹어 봤자 별 효과가 없는 몸이라 알려져 있기 때문이기도 했다. 그 렇지 않았다면 운 장로가 형운에게 투입되는 비약을 어떻게든 제한하려고 했을 것이다.

형운이 악동처럼 웃었다.

"예전 같았으면 큰 한 방이 필요했겠지만, 지금은 그럴 필요 가 없으니까요."

"그럼 9심을 이룰 경우 네 내공은……."

"실질적으로는 9.5심쯤 된다고 봐야 하지 않을까요? 일단 달 성하고 나면 사부님과 함께 검증해 보죠."

"허어, 200년 만에 내공의 최대치가 갱신되는가……."

귀혁이 신음처럼 중얼거렸다.

공식적으로 최초로 9심에 도달한 인간이 나타난 지 200여 년, 오랜 세월 동안 정체되어 있던 내공의 상식이 깨질 때가 오고 있었다.

"그럼 이제 오늘 사부님을 찾아뵌 용무를 말씀드릴게요."

형운은 척마대주로서 찾아온 용건을 설명했다.

이야기를 듣는 귀혁의 표정이 시시각각 변해갔다. 그리고 이야기가 끝났을 때는…….

"재미있군."

맹수처럼 사나운 미소를 짓고 있었다.

3

척마대의 명성은 하운국을 진동시키고 있었다.

사대마로 알려진 흑무곡주와 홍사촌장을 쓰러뜨린 일로 그들의 명성은 최고조에 올랐다. 하운국 내에서는 이미 척마대주인 선풍권룡 형운을 팔객의 한 사람으로 이야기하는 것이 이상하지 않은 분위기였다.

이로 인해 척마대의 활동도 한층 탄력을 받았다. 관에서도, 지역의 무인 집단들도 척마대가 협력 요청을 하면 호의적인 반응을 보였다.

강주성의 유서 깊은 명문, 풍검문(風劍門)이 척마대와 합동 작전을 수행하게 된 것은 12월 초의 일이었다.

"별의 수호자의 척마대가 우리에게 협조 요청을 해왔다는구나."

풍검문의 장로 산풍검(山風劍) 우수형이 말했다.

벌써 70대에 접어들고도 여전히 무인으로서 활동하고 있는 그는 풍검문이 자랑하는 최강의 검객이었다. 젊은 시절 세상을 주유하며 협객행을 펼치며 본인과 사문의 이름을 떨쳤고, 그 후 사문으로 돌아와 일하기 시작했다. 그동안 얻은 경험을 깊이 연구하여 사문의 무공에 한 걸음을 더했으며, 현재 풍검문을 대표하는 세대들을 길러내며 제자 육성 능력까지 증명해 냈다.

현재 풍검문의 장문인이 바로 그의 첫째 제자였다.

그리고 둘째 제자가 그의 말을 듣고 물었다.

"별의 수호자에서 말입니까?"

"그렇다. 본성에서 벌어진 문제다 보니 우리한테 협조 요청이 날아오는구나."

"사형, 아니, 장문인께서는 응하셨겠군요."

산풍검이 고개를 끄덕였다. 그리고 둘째 제자를 보며 말했다.

"이번 일의 참여자 명단에 너를 올려두었다."

"사부님?"

"네 실력도 이제 어디 가서 사문의 이름에 먹칠할 일은 없는 수준이 되었으니 슬슬 실적을 쌓아야 할 때다. 언제까지고 흑도의 싸움판에서 굴러먹던 흑풍검이라는 별호로 불려서야 되겠느냐?"

산풍검의 둘째 제자는 바로 흑풍검 왕춘이었다.

2년 전, 형운이 위장 신분을 만들기 위해 진해성의 산운방 소속으로 활동할 때 충돌했던 흑도의 검객이다. 당시 형운이 무일을 통해 전해준 사문의 소식을 들은 그는 고뇌 끝에 사문으로 돌아오기로 결단을 내렸다. 그 자신이 아니라 제자인 비성을 생각해서였다.

분노한 스승이 내칠 것을 각오하고, 그래도 비성만이라도 풍검문도로 넣어달라고 사정해 보기 위해 돌아왔으나 스승의 반응은 그가 각오한 것과는 전혀 달랐다.

말없이 그를 바라보더니 주름진 눈가가 젖어 들어가던 과정이 지금도 눈에 선하다. 그토록 엄격하고 무서웠던 스승이 그런 모습을 보일 줄이야.

그동안 장문인이 된 사형이 말해주길, 스승은 무일이 말해준 대로 예전의 일을 깊이 후회하고 있다고 했다. 제자를 엄하게 가르쳐야 한다는 생각만 앞서서 재능 있는 사형과 사사건건 비교하면서 못난이 취급을 한 것이 얼마나 큰 상처가 되었을지 생각해 보지 못했던 것이다.

처음에는 그저 허탈하고 화가 나서 인내심 없는 제자를 욕했다. 그러나 오랜 세월이 흐르는 동안 산풍검은 자신의 잘못을 깨달았다.

왕춘이 엇나간 것도 아니었는데, 누구보다 성실하고 꾸준하게 노력하는 제자였는데 오로지 재능만을 평가 기준으로 삼아서 그를 구박했다. 그의 한 마디 한 마디가 왕춘의 가슴속에 돌이킬 수 없는 상처로 차곡차곡 쌓였다는 사실을, 시간이 지난 후에야 비로소 깨달았다.

왕춘이 뛰쳐나간 계기는 어린 제자들을 인솔하여 나간 임무였다.

그 임무에서 예기치 못한 위험으로 인해서 어린 제자 하나가 중상을 입었다. 깊이 낙담한 왕춘에게 산풍검은 큰 실수를 저질렀다.

'인솔자인 네가 정신을 똑바로 차리지 못하니 이런 일이 벌어진 것 아니냐! 실력이 부족하면 신중함이라도 갖춰야지! 네 사형이라면 이런 실수는 하지 않았을 게다!

별생각 없이 내뱉은 그 말이 왕춘에게는 견딜 수 없는 비수가
되어 꽂혔다.

그날 밤, 왕춘은 사문에 남기는 편지를 남겨두고 떠나 버렸
다. 그리고 20년 동안 흑도의 검객 흑풍검으로 살았다.

산풍검은 그동안 그날 내뱉은 말을 후회하지 않은 날이 없었
다.

이후 제자들에게 결코 같은 실수를 반복하지 않았고, 언젠가
왕춘이 돌아올 그날 해줄 사과의 말을 수백, 수천 번도 넘게 준
비하고 있었다.

하지만 그런 말은 필요 없었다. 20년 만에 재회한 사제는 말
없이 눈물의 상봉을 이루었고, 그 후로 왕춘은 더 이상 흑도의
검객이 아닌 풍검문도로서 새로운 삶을 시작했다.

스승의 엄격한 지도를 받으며 풍검문의 무공을 수련한 지도
벌써 2년이 흘렀다.

왕춘에게는 매일매일이 환희의 나날이었다.

20년 동안 흑도의 싸움판을 전전하면서 실전 검술을 갈고닦
았지만 늘 부족함을 느꼈다. 가야 할 길을 알려주는 사람도 없
고, 뒤를 따라가 봐야겠다고 여겨지는 사람도 없었으며, 그렇다
고 스스로 모색하기 위해 참고할 만한 자료도 없었다.

더 높은 경지를 추구하며 무공을 연마하기에는 너무나도 열
악한 환경이었다.

심지어 낭인으로 살다 보면 실전 말고는 사람과 검을 겨룰 수

있는 기회조차 얻기 어렵다. 무인으로서 대련을 통한 수련 경험을 누릴 수 있는 자와 그렇지 못한 자 사이에는 도저히 좁힐 수 없는 간극이 있었다.

왕춘은 풍검문으로 돌아와서 그동안 갈구했던 모든 것들을 누렸다.

홀로 연마하는 동안 생긴 나쁜 버릇이나 문제점을 스승이 정확히 보고 교정해 주었고, 원한다면 언제든 대련해 줄 사람들이 있었다. 그리고 다음에 이루어야 할 목표를 스승이 척척 제시해 주니 마음속에 감사의 마음이 넘쳐흘렀다.

미친 듯이 무공 수련에 매진한 결과, 그의 실력은 2년 전에 비해 현격히 성장했다. 그리고 이제 다시 사문의 은혜에 보답할 기회가 왔다.

"이번에는 척마대주인 선풍권룡이 직접 온다는구나."

산풍검의 말에 왕춘이 움찔했다.

선풍권룡 형운.

현재 강호를 진동시키는 신성의 이름이었다. 불과 스물두 살의 새파란 젊은이라지만 그의 행적을 아는 이들은 감히 그렇게 폄하하지 못한다.

하지만 왕춘이 반응한 이유는 그것 때문이 아니다.

2년 전, 자신이 사문으로 돌아온 계기가 된 사건이 떠올랐기 때문이다.

도중에 손을 떼고 떠나기는 했지만 나중에 신경 쓰여서 흑도의 인맥을 통해서 소식을 알아보았다. 그리고 청룡문이 어떻게 파멸했는지를 알게 되자 섬뜩한 기분이었다.

'어쩌면 산운방의 뒤에는 별의 수호자가 있는지도 모른다.'

별의 수호자의 산하 조직 중에는 그 관계가 겉으로 드러난 곳이 있는가 하면 그렇지 않은 곳도 있다. 산운방의 경우는 위장 신분을 위해 써먹는 곳인 만큼 드러나지 않은 쪽이었다.

'그리고 그 청년도……'

당시에 왕춘은 무일이 어쩌면 도룡방에서 청룡방을 감시하기 위해 보낸 인물일지도 모른다고 추측했다.

하지만 뒷일을 듣고 생각해 보니 도룡방이 아니라 별의 수호자 소속일 가능성이 크다고 생각되었다. 자신이 그에게 정보를 주고 나서 곧바로 청룡방이 초토화되었으니까.

'역시 선풍권룡과 관련이 있을 가능성이 높지.'

청룡방을 멸한 것은 선풍권룡 형운의 주도로 이루어진 일이다. 둘 사이에 연결 고리가 있다고 보는 쪽이 타당했다.

생각에 잠긴 왕춘에게 산풍검이 물었다.

"뭔가 걸리는 점이라도 있느냐?"

"…아닙니다."

왕춘은 추측을 묻어두기로 했다. 모든 것이 명확해진다면 스승에게도 말하겠지만 억측을 이야기할 필요는 없다.

산풍검이 말했다.

"이번에는 나도 직접 나설 것이다."

"스승님께서요?"

"장문인이 요청하더구나."

선풍권룡과 척마대의 위명은 높다. 풍검문 입장에서는 그만큼 격이 맞는 인물을 내보내지 않으면 자투리 취급만 받을 가능성이 있었다.

"우리 입장에서는 좋은 기회다. 정동문에 뒤처일은 없도록
해라."

"알겠습니다."

왕춘은 새삼 스승의 배려에 감사했다.

산풍검이 직접 나설 정도로 중대한 일이라면 거기에 끼기 위
한 경쟁도 치열했을 것이다. 그런데 입지가 별로 없는 왕춘을
거기에 끼워 넣어준 것은 산풍검이 강하게 주장했기에 가능했
으리라.

이번에 공을 세운다면 왕춘도 풍검문에 더 깊게 받아들여질
것이다. 그리고 비약이 포상으로 내려질 가능성도 있었다.

'반드시.'

왕춘은 반드시 스승의 기대에 보답하겠다는 결의를 굳혔다.

4

척마대가 강주성의 문파들에게 협력을 구하여 진행하는 작전
은 지금까지와는 좀 성격이 달랐다. 척마대의 임무는 대체로 악
명을 떨치는 마인이나 요괴, 도적 떼 등을 토벌하는 형식이었지
만 이번에는 도시 어딘가에 도사리고 있는 마인들을 찾아서 척
살하는 것이 목적이었다.

즉 그만큼 기밀 유지가 중요한 작전이기도 했다.

그렇기에 척마대는 현지 문파들에게도 입이 가볍지 않은 인
물, 그리고 무공 실력이 뛰어난 정예만을 보내줄 것을 요청했다.

"풍검문에서도 기꺼이 협력해 주었습니다."

강주성에서 벌어진 일인 만큼 별의 수호자의 강주성 지부에서도 적극적으로 나섰다. 정보 수집과 편의 제공은 물론이고 무인들과 기환술사들도 정예만을 추려서 지원해 주었다.

그 책임자가 바로 형운에게 보고를 올리고 있는 거구의 중년 무사였다. 그가 물었다.

"제 개인적인 의문을 하나 여쭤봐도 되겠습니까?"

"네."

"군이 풍검문의 손까지 빌릴 필요가 있었습니까? 저희와 정동문만으로도 충분한 것 같습니다만."

척마대가 협력 요청을 한 것은 풍검문과 정동문, 강주성에서 명성 높은 두 백도 문파였다.

그리고 정동문은 세상에 알려지지는 않았지만 별의 수호자의 산하 조직이다. 정동문 출신이 별의 수호자의 무인으로 들어오는 경우도 많고, 또 별의 수호자의 인원이 은퇴 후에 정동문에 들어가는 경우도 있었다.

중년 무사는 조직의 이익을 위해 살아왔다. 지금은 제법 높은 지위에 있지만 좀 더 젊었을 때는 정동문과 풍검문이 사업 문제로 마찰을 빚을 때 지원 병력으로 투입된 적도 있었다.

그런 그의 입장에서는 형운이 군이 풍검문의 손까지 빌리는 이유를 이해하기 어려웠다.

형운이 빙긋 웃으며 대답했다.

"척마대는 다른 곳과는 좀 성격이 다릅니다. 우리는 단순히 별의 수호자의 이익만을 위해 움직이지 않습니다. 별의 수호자가 자기들의 이익만 생각하는 집단이 아니라 세상을 위해 노력하고 있다는 사실을 민중에게 알리는 것이 목적이지요. 그런 상황에서 '정동문이 우리 산하 조직인데 경쟁자인 풍검문에게 공을 세울 기회를 줘서 되겠는가?' 그런 편 가르기를 해서는 오히려 척마대의 존재 의의를 해치게 됩니다."

냉정하게 생각해 보면 척마대의 이번 행사에는 풍검문만이 아니라 정동문도 별로 필요가 없다. 강주성에서 지원받은 인원만으로도 충분하다.

하지만 그래서는 강주성의 백도 세력들에게 앙금이 남는다. 자신들의 터전에서 마인이 문제를 일으키고 있는데 외부인인 척마대가 자신들의 존재를 무시하고 들어와서 해결해 버린다는 사실에 불만을 품는 이들이 나올 것이다.

그렇기에 척마대는 각 지역 문파들과의 관계를 신경 쓰고 있었다.

중년 무사가 납득했다.

"눈앞의 이익보다 더 큰 것을 보고 계신다는 거군요."

"그렇지요. 그리고 결과적으로는 그것이 우리에게도 이익이 됩니다. 풍검문의 적극적인 협력이 증명하듯이."

"실은……."

문득 중년 무사의 눈에 아련한 기색이 떠올랐다.

"…원래 저는 이번 일에 차출되지 않았습니다. 하지만 굳이 지원해서 나온 것은 대주님을 직접 뵙고 싶었기 때문입니다."

"……."

그 말에 형운은 잠시 침묵했다. 그리고 아련함이 묻어나는 목소리로 물었다.

"무일 때문입니까?"

"예."

중년 무사는 강주성 지부의 호위무사장이었다.

이런 일에 투입되기에는 지위가 너무 높고, 지부를 운영하는 업무 면에서 책임져야 하는 영역이 컸다. 그런데도 굳이 지원한 것은 그가 무일의 스승이었기 때문이다.

"무일이 총단에 간 후로 만나지 못했지만, 몇 번 편지를 해왔습니다. 글재주가 없는 녀석이라 간략하게 소식을 전하고 안부를 묻는 정도였습니다만, 편지마다 빠지지 않는 내용이 있었죠."

그것은 바로 그가 모시고 있는 형운에 대한 이야기였다.

"…무일은 대주님을 모신 것을 자랑스러워했습니다. 이런 분을 모실 수 있게 되어 영광이라고, 누군가의 검이 되어 싸우고, 누군가를 위해 목숨을 바치는 게 자신에게 주어진 역할이라면 이런 사람을 위해 그러고 싶다고."

너무나도 적나라한 찬사에 형운은 얼굴이 뜨거워졌다. 가슴속에 그리움과 슬픔이 밀려들었다.

'무일.'

과연 자신은 무일이 스스로를 희생해서라도 지킬 가치가 있는 사람이었을까?

모르겠다.

하지만 한 가지는 분명했다.

자신이 평생 무일의 희생에 보답하기 위한 노력을 멈추지 않을 것이라는 사실만은.

"저는 무일이 무사로서 후회 없는 마지막을 맞이했으리라 믿습니다. 그 아이에게 기회를 주신 대주님께 감사드립니다."

정중하게 예를 표하는 중년 무사 앞에서 형운은 목이 멘 나머지 아무 말도 할 수 없었다.

5

"처음 뵙겠습니다. 척마대주인 형운이라고 합니다."

형운은 비밀리에 마련한 자리에서 현지 문파들의 협력자들을 만났다.

"명성이 자자한 선풍권룡 대협을 만나게 되어 영광이오."

그렇게 말한 것은 정동문의 장로였다. 형운이 두 사람에게 예를 표했다.

"두 명문의 어르신들을 뵙게 되어 영광입니다. 이번 일에 흔쾌히 협력해 주신 것에 감사드립니다."

"그야 다른 곳도 아니고 강주성에서 벌어지는 일 아니오? 우리 터전에서 마인 놈들이 수작을 부리고 있다는데 가만있을 수 없지."

"동감이오. 등장 밑이 어둡다더니 마인 놈들이 혹도 놈들을 방패 삼아서 시키면 수작을 부리고 있었을 줄이야……."

풍검문의 장로 산풍검이 혀를 찼다. 그러면서 그는 형운을 차분하게 관찰하고 있었다.

'별의 수호자처럼 위세 높은 조직에서 높은 자리를 차지하고

있으면서도 정중하군. 예의 바르고 사람을 대할 줄 아는 청년이다.'

실력도 뛰어난 것 같았다. 기술적인 면이야 직접 보기 전에는 알 수 없지만 전신에 감도는 기파만 봐도 풍검문의 젊은 무인들보다 훨씬 뛰어나다는 느낌이 왔다.

'새파랗게 어린 나이에 팔객의 하나로 거론된다고 해서 운이 좋아 과장된 명성을 얻었으리라 여겼거늘, 정말 그만한 실력자란 말인가?'

직접 형운의 활약을 보지 않은 입장에서는 선뜻 믿기 어려운 일이었다. 특히 그처럼 많은 수련과 경험을 통해 실력을 연마해 온 무인은 더더욱 그랬다. 긴 세월 동안 겪어온 일들로 세상을 가늠하게 되는데 형운은 거기서 완전히 벗어난 비상식적인 존재였으니까.

형운이 물었다.

"부탁드린 일의 진척 상황을 들을 수 있겠습니까?"

"물론이오. 다만 내가 설명하는 것보다는 직접 그 일을 처리한 제자가 설명하는 쪽이 나을 것 같은데, 제자를 들여보내도 되겠소?"

책임자만이 모인 자리다 보니 제자를 들여보내는 것도 양해를 구해야 했다. 형운과 정동문의 장로가 고개를 끄덕이자 산풍검이 문 쪽을 보며 입술을 달싹였다. 문밖에 대기하고 있는 인물에게 전음을 보낸 것이다.

그것을 본 형운이 생각했다.

'풍검문은 전음 기술 정도는 갖고 있군. 하지만 수준이 높진

않아. 문내에서 최고의 실력자라는 인물이 이 정도라면, 전음을 저것 이상으로 발전시키지 못한 건가?'

이전에 무일이 설명해 주었듯 전음은 상당히 고도의 기술이다. 전음 기술 자체를 갖지 못한 조직이 많고, 가졌다고 하더라도 별의 수호자 수준으로 구사하는 이들은 극도로 적었다.

'조검문은 어땠는지 모르겠군. 유하는 아주 잘 쓰던데……'

아무래도 천유하는 성운의 기재다 보니 조검문의 수준을 가늠하는 기준으로는 전혀 참고가 되지 않았다.

그런 생각을 하던 형운은 곧 문이 열리며 들어온 사람을 본 순간, 자기도 모르게 놀람을 드러내고 말았다.

'어? 저 사람은?'

뇌성권 형준으로 위장했을 때 부딪쳤던 흑도의 검객, 흑풍검 왕춘이었다.

'사문으로 돌아갔다는 것은 들었지만 이번 일에 나섰을 줄이야. 하긴 흑도에서 활동하던 경력이 있으니 오히려 적임자인가?'

마지막으로 봤을 때와 비교하면 왕춘은 인상이 좀 부드럽게 변했다. 그때에 비해 얼굴에 좀 살이 붙었고, 몸도 좀 커졌다.

하지만 방만하게 지내서 살이 쪘다는 인상은 아니었다. 흑도에서 낭인으로 구를 때보다 안정적인 환경에서 잘 먹고, 열심히 수련해서 몸이 좋아진 것 같았다.

형운의 표정을 본 정동문의 장로가 물었다.

"왜 그러십니까?"

"아, 저분이 제가 아는 분과 좀 닮으셔서 놀랐습니다."

형운은 그렇게 얼버무렸다.

'무일.'

강주성에 온 뒤로 무일을 떠올릴 일을 연달아 만났다. 이 또한 인연일까?

그러나 지금은 감정에 사로잡힐 때가 아니다. 형운은 밀려드는 그리움을 가슴속에 묻어두고 왕춘의 말을 기다렸다.

"왕춘이라고 합니다."

왕춘은 인사말을 늘어놓은 다음 들어온 목적을 말했다.

"부탁하신 일은 전부 처리했습니다. 혹시 놈들이 수상쩍은 기미를 눈치챌까 봐 풍검문의 이름으로 일종의 상황 조사를 하는 것으로 전반적인 조사를 진행하면서, 뒤쪽으로 사람을 붙여서……."

척마대는 현지의 문파들에게 정보 수집과 몇몇 장소에 돌입할 때의 안내원 역할을 부탁했다. 정보부에서 입수한 정보가 있긴 하지만 현지 세력이 모아준 정보를 더하면 보다 입체적으로 상황을 분석할 수 있게 되고, 또 현지에서 움직일 때는 현지 세력의 안내를 받는 게 좋다고 보았기 때문이다.

왕춘은 기대 이상으로 일을 잘 수행해 주었다. 수상한 흑도 조직들을 전부 조사한 것은 물론이고, 척마대의 요구 대상에 해당하는 몇몇 인물에게는 꼬리도 붙여두었다.

"노골적으로 감시자를 붙이면 금방 눈치챌 게 뻔했기 때문에 요소요소에 사람을 심어서 그들의 동선을 파악하도록 해두었습니다. 언제라도 일각(15분) 전의 위치는 알아낼 수 있을 겁니다."

"멋진 일처리입니다. 큰 도움이 되겠습니다."

"감사합니다."

형운의 찬사에 왕춘이 고개를 숙였다. 산풍검이 흐뭇하게 미소 짓자 정동문 장로의 표정이 조금 불편해졌다.

하지만 그 표정은 곧바로 이어진 형운의 말에 놀람으로 변했다.

"그럼 지금 곧바로 치겠습니다."

"음? 지금 바로 말이오?"

"틈 들여서는 안 됩니다. 주요 인물들을 확보하고 일제히 후보지들을 덮치겠습니다. 혹시 인원들을 움직이는 데 시간이 필요하십니까?"

형운이 묻자 두 장로가 퍼뜩 정신을 차리고 고개를 저었다.

"아니오, 언제라도 갈 수 있소."

"그럼 곧바로 결행하겠습니다. 왕 대협, 안내를 부탁하겠습니다."

6

마교는 세상 어디에나 있다.

그들 모두가 마공을 수련하거나 사술을 익힌 것은 아니다. 평범한 사람인 척 세상의 일부가 되어 살아가면서 마교에게 필요한 일들을 하는 이들도 많았고, 사실 그런 이들이야말로 마교를 뿌리 뽑을 수 없는 진정한 이유라고 해도 과언은 아니었다.

당연히 그들은 흑도 조직에도 있었다. 마교하고 아무런 관련도 없어 보이지만 실은 마교의 산하 조직인 곳도 수두룩했다.

하지만 이 경우는 조직의 핵심 인물들을 제외하면 자신들의 진정한 정체를 알지 못하는 것이 보통이다.

당우방의 방주가 부방주에게 말했다.

"곧 습격이 있을 거란다."

놀랍게도 당우방주의 방에는 외부와 통신 가능한 기환술 장비가 있었다. 그리 세력이 크지도 않은 일개 흑도 조직이라고는 믿을 수 없는 일이었다.

부방주가 물었다.

"곧이라면 언제입니까?"

"아마도 일각(15분) 안에."

"예? 어째서 이제야 알려주는 겁니까?"

부방주가 놀라서 물었다.

방주가 진지한 얼굴로 말했다.

"죽으라는구나."

"……."

그 말에 부방주의 말문이 막혔다.

외부에서 그들에게 정보를 건네준 이들은, 그들이 급습당할 것을 뻔히 알면서도 도망치라고 하지 않았다. 적들에게 당해서 죽으라고 했다.

"위대한 흑영신을 위해서."

"알겠습니다."

그 한마디에 부방주의 표정이 변했다. 자신들이 곧 죽는다는 사실을 담담하게 받아들이는 기색이었다.

"그럼 아무것도 감추지 말아야겠군요."

당우방주와 부방주는 흑영신교도였다. 그들은 흑영신교를 위해서 마약을 밀매하고 갈 곳 없는 어린아이들을 인신매매로 사들여서 팔아넘겼다. 그렇게 자금을 마련하는 한편 어린아이들 중 일부는 세뇌시켜서 교를 위한 인간병기로 만드는 것이 그들의 일이었다.

일의 규모는 작지만 흑영신교 입장에서 인력 수급은 아주 중요한 일이었다. 흑영신교도가 될 본성을 타고나는 자들만으로는 대업을 수행할 힘이 부족하기에 사악한 방식으로 인력을 충원하고 있었다.

"모르는 척, 정말 완전히 허를 찔려서 급습당한 척 허둥거리다가 죽어야겠지."

"길동무는 좀 많이 데리고 가고 싶은데, 힘들겠지요?"

"적이 별의 수호자라고 하니 안 될 거다. 욕심부리다 붙잡혀서 고문당하지 말고 그냥 동귀어진이나 시도해 보고 죽어라."

그들은 자신들의 죽음을 화제로 별 의미 없는 술자리 이야깃거리처럼 시시덕거렸다.

필요할 때 죽는 것 역시 그들에게 부여된 사명이었다. 그들이 아무것도 숨기지 않고 죽는다는 것은 더 중요한 것을 가리기 위한 가림막이 된다는 뜻이다.

그리고 아무런 대비도 하지 않고 때를 기다리는 그들에게 밖에서 일어난 소란이 들려왔다. 뭔가가 부서지는 소리, 병장기 부딪치는 소리, 그리고 비명이 울려 퍼졌다.

"왔군."

그들도 일어나서 병기를 뽑아 들고 전투 준비를 갖추었다.

쾅!

곧 문이 박살 나면서 한 사람이 뛰어 들어왔다.

당우방주가 짐짓 당황한 척하며 외쳤다.

"웬 놈들이냐! 감히 여기가 어디인 줄 알고!"

"몰랐을 리가 없는데? 모르는 척하는 연기가 아주 뛰어나군."

"뭐?"

상대의 말에 당우방주가 진심으로 동요했다. 그러자 척마대의 옷을 입은 무인이 뒤를 돌아보며 물었다.

"맞습니까?"

"그렇소. 얼마 전에 통신한 흔적도 있지. 이런 조직에서 통신용 기물을 갖추고 있고 통신을 했다, 그럼 대주님의 말씀대로일 가능성이 농후하지요."

대답한 것은 척마대 옷을 입은 중년의 기환술사였다. 그는 희미한 빛을 발하는 나무 막대기 같은 기물을 든 채로 탐지 술법을 펼치고 있었다.

"찾았소! 비밀 통로 안쪽에 아이들이 있소!"

뒤이어 바깥에서 외치는 소리가 들려왔다. 척마대원이 고개를 돌리는 순간이었다.

쉭!

부방주가 단검을 들고 급습해 왔다.

하지만 척마대원은 마치 그럴 줄 알고 있었다는 것처럼 자연스럽게 피하면서 반격했다.

파악!

일격에 부방주의 몸통이 썰려 버렸다. 척마대원이 눈살을 찌푸렸다.

"목숨을 버리는 데 주저가 없군. 역시 마교도들이란……."

척마대원은 부방주의 몸을 얕게 베고, 그가 물러나는 틈을 타서 다리를 베어버릴 생각이었다. 하지만 부방주는 기다렸다는 듯 검에다 몸을 던져서 중상을 입어버렸다.

방주는 사납게 웃으며 말했다.

"흐, 다 알고 오셨다 이건가?"

"어디까지 알았는지는 알려줄 필요 없겠지."

척마대원은 곧바로 방주를 덮쳐갔다. 방주는 대항하는 대신 다른 길을 택했다.

"흑영신이시여, 부디 제 영혼을 거두소서."

그 말과 함께 스스로의 목을 칼로 찔러 자결한 것이다.

아무런 주저 없는 그 행동에 척마대원이 이를 갈았다.

"지독한 놈들……."

마교에 대해서 잘 알고 있더라도 이런 광기를 보면 두려움을 느끼지 않을 수 없었다. 흑영신교의 마공을 익힌 마인도 아니면서 이토록 자기 목숨을 아무렇지도 않게 버리다니.

척마대원이 기환술사를 돌아보며 말했다.

"대주님께 보고합시다."

7

형운은 외부 인원들 중에는 산풍검과 왕춘, 그리고 정동문의 중년 무인만을 데리고 움직이고 있었다.

그들이 급습한 곳은 마인과는 아무런 관계도 없는 곳이었다. 그저 좀 위험하고 불법적인 약물들을 밀거래하는 장소였을 뿐이다.

산풍검이 혀를 찼다.

"허탕이구려. 쯧."

물론 이곳을 적발한 것 역시 공로이기는 하다. 관에다 신고하면 포상을 받을 수 있을 것이다.

하지만 애당초 이번 작전의 목적이 흑도 조직을 방패막이로 써서 은밀하게 사악한 짓을 하고 있는 마인들을 찾아서 척살하는 것임을 생각하면 김빠지는 결과였다.

문득 주변에 탐지 술법을 펼치고 있던 소녀 기환술사, 조희가 말했다.

"대주님, 보고가 들어왔습니다."

"어느 쪽이지?"

"2조가 덮친 곳이 흑영신교의 끄나풀이었다고 합니다. 교도로 보이는 이들은 전부 자결해 버려서 생포에 실패, 그들이 세뇌 중이던 아이들을 찾아냈다는군요. 마약은 그곳에 보관되어 있는 게 아니라 따로 보관해 둔 것 같아서 찾고 있다고 합니다."

"흑영신교라고?"

그 말에 산풍검이 경악했다. 마인들이 목적이라고는 들었지만 그게 흑영신교라니, 전혀 상상 못 한 일이었다.

'이런 큰 공로를 정동문에 빼앗기다니!'

2조는 척마대의 조장과 정동문도들로 이루어져 있었다. 결국

풍검문 입장에서는 가장 큰 공로를 정동문에게 빼앗겨 버린 셈이었다.

'허어, 운이 없구나.'

산풍검은 속으로 탄식했다.

그리고 그런 스승을 보며 왕춘은 고개를 푹 숙였다. 척마대가 부탁한 일을 진행한 그가 보기에 가장 마인이 숨어 있을 확률이 높다고 생각한 곳을 형운에게 알렸고, 그와 동행하는 데 성공했다. 하지만 그가 고른 곳은 허탕이었고 하필이면 정동문도들이 간 곳이 정답이었을 줄이야.

형운이 말했다.

"알겠어. 조 술사, 두 명을 호위로 데리고 물러나 있도록 해."

"네? 아, 알겠습니다."

조희가 의아해했다. 하지만 그러면서도 더 설명을 요구하는 대신 지시에 따른 것은 척마대의 명령 체계가 잘 잡혔음을 보여 주었다.

"나머지는 나를 따르기로 하고… 산풍검 대협, 한 가지 사과 드리겠습니다."

"무슨 말씀이신가?"

뜬금없는 형운의 말에 산풍검이 어리둥절해했다.

형운이 왠지 시선을 바닥으로 향한 채로 대답했다.

"이번 일에 대해서 제가 정보를 다 알려 드리지 않았습니다. 사실 이번 일의 목표는 흑영신교 놈들이었습니다."

"사전에 흑영신교임을 알고 있었단 말이오?"

"네. 알려 드리지 못한 것은 기밀 유지를 위해서입니다. 널리 알려졌다시피 흑영신교 놈들은 예지의 힘을 정보력의 원천으로 삼습니다. 그리고 계획에 대해서 아는 사람이 많으면 많을수록 그쪽의 예지에 포착당할 가능성도 늘어나지요."

특히 신녀가 직접 예지할 수 없는 형운의 행동에 대해서는 그런 문제가 두드러졌다.

형운이 말을 이었다.

"하지만 아무리 강력한 예지 능력자라고 하더라도, 예지력이 잡아내는 미래는 단편적입니다. 우리가 과거를 반추하듯이 전체를 연속성을 갖고 보는 것이 아닙니다. 예지의 단편에 현실적인 수단으로 모은 정보, 그리고 추측을 더해야 미래를 읽어내는 작업이 완성되지요."

그렇기 때문에 한 가지 사태를 예지하고 나면 거기서 이어지는 또 다른 사태를 예지하는 과정에서 어쩔 수 없이 공백이 발생한다. 변수가 적다면 그 공백을 메우기가 쉽겠지만 형운 같은 치명적인 변수가 있다면 예지로 검토해야 할 가능성이 너무 많아지게 되고, 마치 동시다발적으로 터진 문제를 수습해야 하는 사람이 겪는 사고 과부하와 비슷한 문제가 찾아오게 된다.

'…라는 것이 한서우 선배님의 설명이었지.'

형운은 한서우를 통해서 예지에 대해서, 그리고 자신이 예지 능력자에 대해서 어떤 존재인지를 깊이 이해할 수 있게 되었다.

"지금 이런 설명을 드리는 것은 아직 끝나지 않았기 때문입니다. 오히려 지금부터가 진짜입니다."

"무슨 의미인가?"

산풍검은 형운의 저의를 파악하기가 어려웠다. 형운이 말했다.

"이 도시에는 수많은 지하 공간들이 있습니다. 일반인들이 생각하는 것보다 훨씬 깊은 곳에, 상당히 큰 규모로 형성된 공간이죠."

어느 정도 규모가 있는 흑도 조직들이라면 다들 지하 공간을 갖고 있다. 유사시에 탈출용으로 쓰기 위해서, 혹은 관의 눈길을 피해서 불법적인 일을 하기 위한 통로로 쓰기 위해서.

하지만 그런 지하 공간들은 전부 왕춘이 생각할 수 있는 범위였다. 이번에도 왕춘은 그런 곳까지 염두에 두고 정보 수집과 감시를 진행시켰던 것이다.

"사실 그보다 더 깊은 공간이 있습니다. 그걸 찾기 위해서 오래전의 정보들을 찾아봐야 했지요."

형운은 한서우에게 받은, 아마도 본인의 예지와 자혼의 정보망의 합작일 정보를 구체적으로 검토하기 위해 정보부의 오래된 자료들을 찾아봐야 했다. 그중에는 지금의 강주성 흑도 조직들은 모르는 오래된 지하 공간에 대한 자료들이 있었다.

"그곳에 흑영신교 놈들이 있습니다. 거기까지 가는 길은 아주 복잡할 겁니다. 그리고 방어 준비도 되어 있겠지요. 입구를 찾고, 맞는 길을 찾으면서 놈들에게 찾아갈 때쯤에는 전부 몸을 뺀 후겠지요."

차분하게 설명하는 형운을 보던 산풍검과 왕춘은 왠지 모를 오싹함을 느꼈다. 말하는 내용 때문이 아니었다.

형운의 몸이 희미한 빛을 발하고 있었다.

"그렇다고 무작정 힘으로 밀고 들어갈 수도 없습니다. 오래된 자료만을 보고 구조를 추측해서 바닥을 부수면서 지하로 향한다? 허황된 소리지요."

계획적으로 건설된 것이 아닌 지하 공간과 지상 사이에 얼마나 두꺼운 지반이 존재할지 알 수 없다. 그리고 그렇게 파고 들어갔을 때 붕괴할 가능성도 고려해야 한다.

"다행히 제게는 그런 문제를 해결할 수단이 있습니다. 하지만 이제부터는 흑영신교의 정예와 싸우게 될 겁니다. 따라올 거라면 각오해 주십시오."

그렇게 말한 형운의 몸이 빛으로 화해 사라졌다.

"설마 이건……."

잠시 멍청하니 형운이 사라진 자리를 보던 산풍검이 침음했다.

뒤늦게 그는 형운이 있던 자리에 커다란 구멍이 뻥 뚫려 있다는 사실을 발견했다. 바닥은 물론, 그 아래층 공간과 더 아래쪽의 지층까지도 소름 끼칠 정도로 매끈한 원형으로 잘려 나간 비현실적인 구멍이었다.

"무극의 권……!"

이런 일이 가능한 것은 오직 심상경의 절예뿐이다. 산풍검은 경악한 나머지 그 자리에 굳어버렸다.

'명성이 과장된 것이 아니라 오히려 축소되었단 말인가? 어떻게 이럴 수가…….'

멍청하니 서 있던 그가 퍼뜩 정신을 차린 것은 척마대원들의 움직임 때문이었다.

형운은 무극의 권을 발하기 전에 전음으로 지시를 내렸다. 척마대원들과, 무일의 스승인 강주성 지부의 호위무사장이 이끄는 별의 수호자의 무인들이 그 구멍을 통해서 형운을 뒤따랐다.

왕춘이 물었다.

"사부님, 어떻게 하시겠습니까?"

"으음! 당연히 가야 하지 않겠느냐?"

산풍검은 정신을 다스리고 결단을 내렸다. 애당초 마인들을 처치하고 사문의 명성을 드높이기 위해 참가한 일이다. 흑영신교와 싸워서 공을 세울 수 있는 기회 앞에서 몸을 사릴 수는 없었다.

제89장
대타격

성운을 먹는 자

1

30여 년 전, 흑영신교와 광세천교는 적호연이라는 이름의 재앙을 만났다.

그때 흑영신교는 너무 많은 것을 잃었다. 특히 무공과 비술의 소실은 도저히 남은 것으로부터 가지를 치는 것만으로 해결할 수 있는 수준이 아니었다.

그들에게 다행이었던 것은 흑천령을 비롯한 전대 팔대호법 세 명이 살아남았다는 것, 그리고 민간에 숨어들어 있던 교도들이 비밀리에 보관하고 있던 무공 비급과 비술 자료들도 어느 정도는 남아 있었다는 점이다.

하지만 그것만으로는 턱없이 부족했다. 그 상태에서 예전 수준까지 비술 복원을 진행하려면 백 년도 넘는 시간이 필요했으리라.

이 상황에서 어린 시절의 교주가 파격적인 결단을 내렸다.

'우리는 선조들이 천년의 세월 동안 피땀 흘려 쌓아온 것들을 잃고 말았다. 그러니 구차한 자존심에 얽매일 때가 아니다. 대업을 이루기 위해서는 쓸데없는 감정은 모두 버려야 할 것이다.'

대륙 각지에서 흑영신교의 것이 아닌 기술들을 수집한다.

심지어 한때는 원수처럼 적대했으며 절대 인정하지 않았던 존재들, 그 흔적마저 말살하려고 했던 혼원교를 비롯한 옛 마교들의 잔재들까지.

그 결과 그들의 무공과 비술 복원에는 탄력이 붙었다. 하지만 동시에 문제가 생겼다.

괴멸 이후 길러낸 신세대가 오만에 빠진 것이다.

그들은 토벌당하기 전 흑영신교가 성세를 누리던 시절을 모른다. 그저 노쇠한 전대 팔대호법들만을 보았으며, 신녀의 예지로 인해 늘 이기는 전장에만 투입되었다.

패배와 어려움을 모르는 자들이 오만에 빠지는 것은 필연이었다.

신세대 안에서 과격파가 목소리를 높이기 시작했다. 아무리 교주의 명이 절대적이더라도 그것은 최종 결정권에 있어서일 뿐, 흑영신교 역시 인간들의 집단이니 정책과 방향성을 결정할 때 내부 파벌들의 정치적 알력이 없을 수 없었다.

오만에 빠진 신세대는 자신들을 과신했고, 토벌당한 구세대들을 낮게 평가했으며, 무엇보다 맞서 싸워야 할 세상을 얕봤다.

'제가 잘못 가르쳤습니다. 저를 벌하소서.'

혹천령은 신세대의 스승으로서 교주에게 무릎을 꿇었다.

무공 수준은 물론이고 비술도 제대로 복원되지 않아서 방어술법도, 진법도 열악하던 시절이었다. 당시 흑영신교는 자신들의 행적이 드러나는 것을 최대한 피했고, 심상경의 고수와는 스쳐 가는 것조차 두려워해야 했다.

그런데 이기는 싸움에만 익숙해져서 세상에 적수가 없는 것처럼, 팔객 정도는 당장에라도 때려잡을 것처럼 기고만장해서 일을 크게 벌이자고 주장하니 어찌 탄식하지 않겠는가?

'그대의 죄가 아니다. 이것은 우리가 겪어야만 하는 시련이도다.'

이에 교주는 뼈를 자르는 심정으로 결단을 내렸으니, 그것이 바로 7년 전의 성해 강습이었다. 이 일로 신세대는 세상의 무서움을 아는 집단으로 거듭났다.

그리고 4년 전, 신기인 흑영의 잔에 오랜 세월 동안 모인 어둠의 정기를 다 써버리면서 백야문을 공격한 결과 빙령이라는 천고의 보물을 얻을 수 있었다.

그로써 그들의 무공과 비술 복원은 한층 가속되었다. 그동안의 성과를 이용해서 만마박사를 얻게 된 후로는 급류를 탔다고 해도 좋았다.

하지만 그만큼 위험도 늘었다.

혼원교의 잔재를 수집하기 시작한 후부터 혼마 한서우와, 그가 거금을 들여서 협력자로 고용한 암야살에 자혼에게 공격받는 일이 빈번해졌다.

2

흑영신교 이십사흑영수의 일원, 독비검귀(獨臂劍鬼)는 수하들과 함께 바쁘게 이동 중이었다.

그는 중요 연구 시설로 이송되는 연구용 물품들을 호위하고 있었다. 하지만 지금으로부터 일각(15분) 전, 성지로부터 경고가 날아들었다. 황실의 마교 대책반이 인근의 위장용 조직을 덮쳤으니 예정을 바꿔서 다른 곳으로 향하라고.

그들은 신중하게 경로를 정했다. 물품을 실은 마차를 중심으로 진법을 펼쳐 밖에서 보면 마인으로 안 보이도록 위장했지만 가까이 다가와서 조사받으면 들통날 수도 있었으니까.

'이 근처는 혈랑채라는 놈들이 있었지. 만나게 되면 되도록 좋은 말로 보내야겠군.'

산적 떼를 쓸어버리면서 정기를 빼앗는 쪽이 마인인 그의 성미에도 맞고, 또 간단한 일이기도 하지만 중요한 임무를 수행하는 데 사소한 욕망에 사로잡힐 수는 없었다. 혈랑채가 나오면 간단한 무력시위로 물러나게 하고, 그들의 눈을 피해서 근처의 지부로……

'음?'

독비검귀가 그렇게 생각할 때였다.

산 저편에서 무서운 속도로 날아오는 무언가가 있었다. 그것은 미처 무엇인지 파악하기도 전에 그들 앞에 내려섰다.

"흠."

키가 크고, 등이 꼿꼿하고, 허리에는 검을 찬 노인이었다. 붉은 옷을 입은 그는 독비검귀 일행을 보며 고개를 갸웃했다.

"허어, 모르겠군. 감쪽같은걸?"

"노인장은 누구십니까?"

상행의 우두머리로 변장하고 있는 부하가 물었다. 인상이 평범하고 위압감 없이 말할 줄 아는 자였다.

노검객은 대답하는 대신 성큼성큼 다가왔다. 일행이 뭐라고 제지할 새도 없이 기환진 안쪽 영역으로 들어오더니 전광석화 같은 동작으로 손목을 잡아챘다.

"맞군. 정말 놀라워. 내가 직접 붙잡고 살펴보기 전에는 알아차릴 수 없을 정도로 교묘하게 위장하고 있다니, 역시 마교 놈들은 위장 솜씨 하나는 천하일품이로고."

"적이다!"

흑영신교도들의 대응은 빨랐다. 그들은 곧바로 전투태세로 들어갔다.

그 순간 눈앞에서 빛이 번쩍했다.

'뭐야?'

아무런 조짐도 없이 발생한 섬광이었다. 그리고 뒤이어 드러난 광경에 독비검귀는 오싹한 두려움을 느꼈다.

우우우우우……!

마차를 중심으로 펼쳐진 기환진이 뒤흔들렸다. 동시에 독비검귀는 물론이고 부하들 전원의 진기가 기환진 안으로 빨려 들어갔다.

그것은 그들이 공격을 받았다는 것을 의미했다. 그것도 기환진에 비축되어 있던 힘을 한 번에 소진시킬 정도로 강력한 공격에.

"호오, 완전히 기습을 가했는데도 한 명도 안 죽다니 놀라운 진법이로구나. 사람 목숨을 갈아 넣으면 이런 것이 만들어진단 말이냐?"

붉은 옷의 노검객은 마치 공간을 뛰어넘은 것처럼 그들의 뒤쪽에 서 있었다.

"네놈은 누구냐?"

독비검귀는 모골이 송연해지는 것을 느끼며 물었다.

노인이 누구인지를 알아봐서가 아니었다. 방금 전의 현상이 문제였다.

기환진의 방어 술법이 최대 출력으로 발동되었다. 그런데도 주변에는 아무런 물리적 여파가 없었다.

이 상황이 의미하는 바는 분명했다.

'심상경의 고수!'

노인이 신검합일을 펼쳐서 그들을 덮쳤다. 그리고 그 일격으로 기환진의 방어 술법을 발동시키기 위해 비축되어 있던 기운이 전부 소진되어 버렸다.

노인이 독비검귀를 보며 빙긋 웃었다.

"불의의 기습에 버텨낸 것은 대단하지만 그 한 번으로 방어 술법이 전부 소진된 것 같은데, 이러면 어떤가?"

다시 빛이 번쩍였다.

치이이익!

독비검귀의 품속에서 무언가가 불타면서 연기가 새어 나왔다.

그리고 다음 순간, 눈앞에 드러난 광경에 독비검귀는 경악을 금치 못했다. 그곳에 있던 부하들, 정확히는 빛의 궤적이 지나간 곳에 있던 일곱 명이 깨끗하게 사라져 버리고 빛의 파편들이 흩뿌려지는 것이 아닌가?

"흠. 역시."

독비검귀가 경악해서 뒤를 돌아보았다. 어느새 노인이 그의 뒤쪽으로 이동해 있었다.

"불의의 기습을 막아내는 것은 한 번으로 끝인가? 그다음부터는 구성원들이 제대로 진기를 연동해서 진법을 발동시키지 않으면 막을 수 없나 보군. 한데……."

노인은 너무나도 차분하게 상황을 분석하고 있었다.

"흑영신교 놈들이 요즘 지위가 좀 있다 싶으면 개나 소나 심상경의 절예를 버틸 수 있는 호부를 갖고 다닌다더니 사실이었구나. 우리는 채산성이 안 맞아서 기물 관리부가 그런 것 하나 내줄 때마다 얼마나 깐깐하게 구는지……."

방금 전, 독비검귀는 신검합일을 정통으로 맞았다. 하지만 그의 품에 있던 호부가 그것을 막아주고 불탄 것이다.

노인의 검이 손도 대지 않았는데 저절로 검집에서 뽑혀 나왔다. 전신에 두른 기파에는 감지할 수 있는 어떠한 변화도 없는,

너무나도 자연스러운 허공섭물이었다.

독비검귀는 죽음을 직감했다. 그가 별호에 걸맞게 하나밖에 없는 팔로 검을 쥔 채로 물었다.

"다시 묻겠다. 누구냐?"

"그러는 네놈부터 누구인지 말해보거라. 죽이기 전에 누군지나 알아두자꾸나."

"독비검귀다."

"못 들어본 이름이구나. 혹시나 해서 묻는 것인데 이십사흑 영수쯤은 되느냐?"

"큭……!"

시큰둥한 홍주민의 말에 독비검귀가 치를 떨었다. 너무나도 굴욕적이었지만 섣불리 움직일 수조차 없었다.

"아무리 그래도 그쯤은 되겠지. 이 늙은이는 홍주민이라고 하느니. 네놈들하고는 부딪친 일이 별로 없지만 이름 정도는 알지 않느냐?"

독비검귀는 그의 정체를 알고 경악했다.

별의 수호자의 전임 화성이며, 임시 지성직을 수행하다가 작년 광세천교의 성해 강습에서 얻은 부상으로 인해 은퇴했던 노검객.

'어째서 이 늙은이가 여기에 와 있는가?'

그 답은 바로 형운이었다. 형운이 은퇴한 홍주민을 찾아가서 이번 일에 협력을 부탁했던 것이다. 이전부터 형운을 좋게 보았던 홍주민은 마교에 큰 타격을 줄 수 있다는 제안에 응해서 이 자리에 왔다.

퍼엉!

독비검귀가 뭐라고 말하기 전, 독비검귀의 등 뒤에서 폭음이 울렸다.

홍주민은 거의 움직이지도 않았다. 노쇠한 데다가 큰 내상을 입어서 은퇴했기 때문일까? 움직임이 어딘가 둔해 보이기까지 했다.

하지만 자연스럽게 발한 격공의 기가 흑영신교도들을 덮쳤다.

"수작이 너무 뻔하지 않느냐? 팔대호법이 내게 안 걸린 것은 유감이지만, 넘겨주느니 없애 버리겠다는 각오로 나오는 것을 보니 이것도 꽤나 중요한가 보군."

독비검귀는 홍주민과 대화로 시간을 끄는 한편, 부하들을 움직여서 이송 중이었던 물품을 없애 버리려고 했다. 하지만 홍주민이 그들의 꿍꿍이속을 파악하고 격공의 기로 막은 것이다.

"왜 네놈들의 신녀가 이 상황을 예지하지 못했는지 궁금하겠지?"

"……."

"물론 알려줄 생각은 없다. 의문의 답은 흑암정토라는 곳에 가서 구하거라."

한서우는 형운과 예지의 바깥에서 작전을 협의했고, 오늘 이 순간까지 신녀의 예지를 가리는 데 전념했다.

그리고 이 순간, 그와 형운이 확보한 최강의 패들이 전국 각지에서 동시다발적으로 흑영신교를 타격하기 시작했다.

신녀는 대국적인 예지 능력에 비해 현재에 가까운 순간을 포착하는 예지 능력은 떨어진다. 갑작스러운 형운과 한서우의 움직임으로 신녀의 예지에 과부하가 걸리면서 제대로 된 대응을 하지 못하게 되었다.

'허허. 정말 이렇게 일이 풀릴 줄이야. 형운 그 아이가 아는 영수는 대체 누구인고?'

형운은 자신이 한서우에게서 정보를 얻었음을 밝히지 않았다. 예지 능력을 지닌 영수와 인연이 닿아서 이번 일을 계획했다고만 말했다.

그런 애매모호한 설명을 홍주민이 넘어가 준 것은 그가 이미 은퇴한 몸이었기 때문이다. 그리고 마교에게 한 방 먹여주고 싶은 마음이 강해서이기도 했다.

이번 작전에서 홍주민의 존재는 중요했다. 그는 흑영신교의 주의 대상이 아니었기 때문이다.

홍주민은 별의 수호자의 일반 무인으로 위장한 채로 인근으로 향하는 상행에 따라 나왔다. 그리고 일행과 떨어져서 근방의 산 위에 올라가서 몸을 숨기고 있다가 독비검귀 일행을 발견하자마자 날아온 것이다.

"호부가 몇 개나 남았는지 모르겠다만 전부 소모시키자니 늙어서 기력이 부족할지도 모르겠구나. 그냥 죽여주마."

홍주민은 그렇게 말하며 독비검귀를 덮쳤다.

3

흑영신교가 만난 재앙은 홍주민만이 아니었다.

"빙령을 도대체 몇 토막 낸 거냐, 네놈들은?"

한서우는 반쯤 붕괴한 흑영신교의 지부에서 어이없어했다.

이전에 발견된 빙령의 조각은 세 개, 그중 하나는 형운에게 흡수되어 두 번째 빙백기심이 되었다. 그리고 지금 한서우의 눈앞에 있는 놈이 가진 것이 네 번째였다.

'이놈들 빙령을 정말 뼛속까지 우려먹는군.'

하긴 그렇지 않았다면 흑영신교가 그토록 큰 희생을 치러가면서 빙령을 강탈하지도 않았으리라.

이곳 연구 시설에는 이십사흑영수 광살마가 있었다. 그는 습격자가 한서우임을 알자 부하들을 희생양으로 던지고, 기관장치로 시간을 끌면서 의식을 치렀다.

"크윽, 무사히 보내지는 않겠다……!"

광살마는 예전에 운강에서 흑서령이 그랬던 것처럼 스스로를 요괴화하고, 빙령의 조각으로 내공을 한 단계 끌어 올린 채 한서우에게 덤벼들었다.

하지만 애당초 둘의 실력 차가 너무 큰 데다 한서우는 마인의 천적이나 다름없는 존재였다.

"카아아아악!"

광살마 역시 빙령과 합일한 결과 현격히 강해졌다.

요괴화를 거쳐서 탁월한 신체 능력과 생명력, 그리고 냉기를 다루는 능력을 얻었으며 영적인 능력이 각성해서 초월자의 지혜가 흘러들어 왔다.

그 결과 모르던 것을 알게 되고, 할 수 없던 기술을 구사하게 되고, 없던 힘도 발휘하니 그중에는 심상경의 절예도 있었다.

하지만 목숨을 대가로 바쳐서 얻은 그 힘조차도 한서우 앞에서 무력했다.

"선검 상대로 좀 재미를 보더니 기고만장했군. 그쪽은 팔대호법이기나 했지, 이십사흑영수 주제에 사술로 몸의 성능 좀 올리고 신기한 기능을 붙였다고 나를 어떻게 해보겠다? 모욕적이다."

한서우가 광살마를 비웃었다. 그가 후려치는 도끼를 가볍게 피하면서 일권을 때려 넣는다.

쾅!

폭음이 울리며 광살마의 등 뒤에서 피와 육편이 터졌다. 충격이 관통한 것이다.

하지만 광살마는 잠시 주춤했을 뿐이다. 상처 부위를 얼음이 메우더니 시간을 되돌리는 것처럼 재생해 간다.

뒤이어 그가 새하얀 냉기 파동을 발했다.

"이래서 못난 것들은."

한서우가 혀를 찼다. 동시에 폭음이 울려 퍼지며 광살마의 팔이 부러졌다.

냉기 파동이 제대로 집중되기 전에 한서우가 그 중심부를 관통, 와해시키고는 전광석화처럼 반격했다. 그리고 접근해서 연타를 퍼부었다.

쫘과과광!

광살마의 몸이 정신없이 흔들렸다. 하지만 그러면서도 그는 도끼를 놓지 않았다.

부러진 팔로 필사적으로 도끼를 붙잡고 있는 이유는 단 하나,

마지막 한 수를 위해서였다.

"크아아아!"

그가 괴성을 지르며 부러진 팔로 도끼를 휘두르는 순간, 붉은 섬광이 솟구쳤다.

'신월합일(身鉞合一)!'

심상경의 절예를 펼친 것이다.

붉은 섬광이 이는 순간, 마치 허공에다 대고 거대한 붓을 휘둘러 그은 듯한 묵빛 궤적이 마주 일어나며 허공에서 교차했다.

"언제 쓰나 했다. 평생 꿈꾸던 새 장난감을 얻었는데 안 써보고 그냥 죽기는 억울했겠지? 그래서 써볼 기회는 줬다."

"으, 으어어어⋯⋯!"

등 돌린 채 서 있던 한서우가 광살마를 돌아보며 웃었다.

그의 입장에서는 정말 코웃음 칠 수밖에 없는 수작이었다. 비장의 한 수는 적이 뭐가 나올지 모르는 상태여야, 아니, 하다못해 대응하기 어려워야 의미가 있는 것이다.

뭘 할지도 뻔하고, 언제 할지도 뻔히 보이고, 심지어 불시의 기습을 당한다 해도 여유작작하게 막아낼 수 있을 정도로 수준 차가 큰데 무슨 의미가 있단 말인가?

무극의 권과 신월합일이 교차한 순간, 광살마는 자신이 치명적인 실수를 저질렀음을 깨달았다.

심상경에 오르지는 못했어도 거기에 대한 기초적인 지식은 있다. 심상경만을 기준으로 볼 때 그와 한서우의 격차는 하늘과 땅이었다.

새로 얻은 능력은 오로지 방어에만 썼어야 했다. 그랬다면 시간이라도 끌면서 신녀의 부담을 줄일 수 있었으리라.

흑영신교의 연구는 흑서령의 사례를 바탕으로 한층 발전했다. 그 결과 지금의 광살마는 성능상으로는 흑서령보다 못해도 대신 고위 요괴처럼 어느 정도 기화를 막는 능력도 가졌다. 거기에 심상경을 응용했다면 한서우라도 일격에 그를 기화시켜 끝낼 수는 없었을 터.

하지만 그가 무인으로서 평생 동안 꿈꾸던 경지에 취하는 순간, 그는 자신이 가진 이점을 모조리 내버린 셈이 되었다.

서로가 기화해서 심상경의 영역에서 격돌했을 때, 한서우가 정교하게 구현한 다중심상이 그를 난도질했다. 그 결과…….

"원통하다……!"

광살마와 빙령의 조각의 결합이 분리되었다.

그리고 기화했던 광살마의 존재는 제대로 육화하지 못하고 산산이 흩어져 갔다.

빙령의 조각을 회수한 한서우가 시설을 뒤져서 연구 자료들을 확보하고 있을 때였다. 그가 갖고 있던 자혼의 증표가 작동하면서 허공에 빛의 문자가 떠올랐다.

—완료. 두 번째 타격 지점으로 이동하겠음.

자혼 역시 자신이 맡은 지점을 끝장내고 다음 공격 지점으로 이동하겠다는 보고였다.

"순조롭군."

한서우는 이 작전에서 가장 큰 교란책이었다. 형운과 협의한 일시가 되자 그가 제일 먼저 움직였다.

그의 기동력은 상식을 초월한다. 전력으로 경공을 펼치면 그야말로 동에 번쩍, 서에 번쩍이라는 말을 현실화할 수 있었다.

그런 장점을 십분 활용해서 미리 파악해 두었던 흑영신교의 거점들을 연달아 덮쳤다. 신녀는 그의 다음 행동을 알아내기 위해서 예지 능력을 집중할 수밖에 없었고, 그런 찰나 전국 곳곳에서 동시다발적으로 공격이 시작되자 예지에 과부하가 걸리기 시작했다.

이렇게 될 조짐을 사전에 예지했다면 상황이 달라졌을 것이다. 그러나 한서우는 공들여서 예지의 바깥을 만들어내고, 그곳에서 오늘의 작전을 계획했다.

또한 흑영신교에게는 자혼 역시 치명적인 변수가 되었다. 한서우는 작전이 시작되는 순간까지 자혼과 함께 움직였고, 그동안 자혼 역시 신녀의 예지로부터 감춰진 존재가 되었으니까.

지금 이 순간에도 신녀의 예지 능력은 현재의 변화를 쫓아가지 못해 과부하에 걸려 있으리라. 그리고 그녀가 그 문제를 해결하기 전에 이번 작전이 마무리될 것이다.

'하지만 두세 지점 정도는 따라잡히겠지. 과연 그게 어디가 될까?'

흑영신교는 현실의 정보력과 조직력, 그리고 실시간 통신망까지 갖춘 집단이다.

한서우는 오늘을 위해 긴 시간 동안 준비해 왔다. 오랜 시간에 걸쳐서 계획의 기반을 깔아두고, 예지의 바깥에서 형운과 계획을 협의한 것은 하고 싶다고 할 수 있는 일이 아니라 그와 신

녀가 예지를 겨루는 상황에서 우연히 찾아온 천재일우의 기회
일 뿐이다.

'형운 그 녀석도 그렇지.'

무엇보다 형운의 존재가 큰 도움이 되었다. 형운이 예지의 바
깥을 걷는 자로 각성하지 못했다면 이번 작전에서 기대할 수 있
는 성과는 훨씬 적었을 것이다.

'자, 무대는 마련해 줬다. 놈들에게 본때를 보여줘라.'

한서우는 마음속으로 형운을 응원하고는 곧바로 다음 타격
지점을 향해 떠났다.

4

흑영신교는 곳곳에 비밀 연구 시설을 운용하고 있었다.

비밀 연구 시설이라고 하면 보통은 사람의 발길이 잘 닿지 않
는 곳에 있을 것이라고 추측하겠지만 그렇지만도 않았다. 사람
들이 모인 도심 역시 그런 장소를 만들기에 적합했다.

도시에는 너무 많은 사람과 이권이 모이기 때문이다. 도시야
말로 비밀이 산처럼 쌓여서 이루어지는 장소였다.

흑영신교는 겉으로는 멀쩡해 보이는 세력을 간판으로 세우고
이면에 활동 거점을 마련하거나, 흑도 조직들을 위장막으로 쓰
는 재주가 대단히 능통했다. 강주성의 거점들 역시 오랜 시간을
걸쳐서 차근차근 만들어온 것이다.

하지만 이곳의 흑도 조직들은 다 진짜 중요한 것을 가리기 위
한 위장막에 불과했다. 자잘한 미끼들을 던져줘서 적들이 방심

하게 만들고, 그 이면에 진짜 중요한 요소들을 배치하는 것이 흑영신교의 전략이었다.

팔대호법의 일원, 암운령은 부하들과 함께 바쁘게 움직이고 있었다.

적들이 강주성 흑도 조직에 깔아둔 미끼들을 덮쳤다.

이곳이 들통났을 가능성은 적지만 만약의 사태를 대비해 중요한 것들을 챙겨서 빠져나가야 했다. 적들이 아무것도 모르고 가버린다면 다시 돌아오겠지만 그렇지 않다면 이곳을 버리게 될 것이다.

"그릇을 밀봉하려면 얼마나 걸리지?"

암운령이 기환술사들에게 물었다.

흑영신교의 비밀 연구 시설들이 다 그렇듯 이곳에서도 특별한 존재를 연구하고 있었다. 다른 것들은 몰라도 그 연구의 실험체들을 이송 가능한 상태로 만드는 데 시간이 필요했다.

"아직 일각(15분)은 더 걸립니다."

"반각으로 끝내라."

암운령은 싸늘한 어조로 말하고는 상황을 살폈다.

이 지하 시설로 들어오는 모든 입구에 탐지용 기물을 깔아두었다. 만약 적들이 술법을 이용해서 해제하면서 들어온다고 해도, 그 근처에 설치된 다른 기물을 통해서 알 수 있는 구조였다.

'아직까지는 딱히 침입해 올 것 같지는 않지만⋯⋯.'

그렇게 생각하면서 실험체들을 밀봉하는 작업을 보고 있을 때였다.

소름 끼치는 감각이 덮쳐왔다.

"이런……!"

암운령의 표정이 경악으로 물들었다. 그러자 부하가 의아해하며 물었다.

"왜 그러십니까?"

암운령은 그에게 대답하는 대신 기환술사들에게 물었다.

"밀봉은?"

"아, 아직……."

"젠장! 가장 상태가 좋은 하나만 밀봉하고 나머지는 파기해! 호위와 이송 인원만 남기고 나머지는 전투준비!"

―적이 나타났습니다! 갑자기 통로 위쪽에서… 크악!

순간 다른 구역과 연결된 통신용 기물을 통해서 비명이 들려왔다.

암운령은 직감했다.

'심상경의 고수!'

방금 전에 그가 느낀 것은 바로 멀지 않은 곳에서 심상경의 절예가 전개되었다는 사실이었다.

그것을 민감하게 감지한 것은 그 역시 심상경의 고수이기 때문이었다. 이 경지에 도달한 지는 얼마 안 되었지만 가까운 곳에서 심상경의 절예가 전개된 것을 오인할 정도로 어설프지는 않다.

'설마 심상경의 절예를 이런 식으로 쓸 줄이야.'

심상경에 도달한 고수에게 있어서 물리적 장벽은 문제가 되지 않는다. 심상경의 절예를 막기 위해서는 시설에 방어 술법을 둘러둬야 한다.

하지만 이 지하는 그럴 필요성이 전혀 없는 곳이었다. 바깥에 노출된 것도 아니고 개미굴처럼 형성된 지하 공간 전체에 심상경의 절예를 막을 수 있는 방어 술법을 두르는 것은 예산 면에서도, 난이도 면에서도 고려할 가치조차 없는 일이었다.

그리고 적은 그 허점을 찌르고 들어왔다.

"탈출로를 확보해! 미끼를 준비하고 나머지는 목숨으로 적을 막아라!"

"알겠습니다!"

암운령의 명령에 교도들이 결연한 표정으로 대답했다. 암운령은 통로에서 날아드는 통신으로 상황을 파악하고는 추가 지시를 내렸다.

"심안마도(心眼魔刀), 네가 그릇을 맡는다. 흑살마객(黑殺魔客)은 첫 번째 미끼를, 나는 두 번째 미끼를 맡겠다."

이곳에는 암운령만이 아니라 이십사흑영수 중 둘이 와 있었다. 그중에서도 심안마도는 몇 년 전 외부에서 영입된 인물로 무공으로는 팔대호법과 필적한다는 평가를 듣는 인물이었다.

눈에 두꺼운 붉은 안대를 두른 중년 남자, 심안마도가 놀란 목소리로 물었다.

"호법께서 그릇을 맡으시는 편이 낫지 않겠습니까?"

"내가 미끼를 맡으면 적들도 내가 있는 곳이 진짜라고 생각해서 전력을 집중하겠지. 적들 중에는 심상경의 고수가 있다."

그 말에 심안마도와 흑살마객이 숨을 삼켰다.

암운령이 말했다.

"내가 그자를 맡는다면 심안마도 너는 다른 쪽은 충분히 뚫고 나갈 수 있을 것이다."

"이 목숨으로 명을 수행하겠습니다."

"믿겠다."

암운령은 허리춤에 매달고 있던, 길이가 2척(약 60센티)에 달하는 두 개의 부채를 꺼내서 펼쳐 들었다. 그런 그를 미끼를 든 부하들이 뒤따랐다.

'팔객인지 아니면 다른 놈인지 모르겠지만 나도 호락호락하지는 않을 것이다.'

그가 상당히 빠른 속도로 심상경에 오를 수 있었던 것은 팔대호법이기 때문이다. 만마박사에 의해 복원된 비술로 여러 차례 영적인 의식을 거치는 동안 저 아득한 곳에서 흑영신이 내려주는 초월자의 예지가 그를 각성으로 이끌었다.

그런 만큼 아직 무인으로서는 미진한 구석이 많았지만 상관없었다. 지난 수년간 현격하게 발전한 흑영신교의 술법이 부족한 부분을 메워줄 테니까.

'알량한 무공을 믿고 우리의 영역까지 쳐들어온 것을 후회하게 해주마.'

기환술사는 얼마나 준비를 갖췄느냐에 따라서 할 수 있는 일이 엄청나게 차이 난다. 그리고 이 지하 시설은 그의 술법이 최대치로 발휘될 수 있는 장소였다.

콰아아앙……!

어둑어둑한 통로 저편에서 굉음이 울려 퍼졌다.

암운령은 강한 기파의 소유자가 빠르게 가까워지는 것을 느꼈다. 암운령도, 상대도 자신을 감출 생각이 전혀 없었다. 암운령은 오히려 상대를 유혹하기 위해 심상경 특유의 기파를 흘려내고 있기까지 했다.

'어디 와봐라.'

각오를 굳힌 암운령 앞에 한 사람이 나타났다. 암운령이 눈을 크게 떴다.

"선풍권룡?"

전신에 푸른빛의 기류를 휘감은 형운이 당당하게 걸어오고 있었다.

5

백령회의 보금자리에 갔을 때, 형운은 두 번의 대련을 거쳤다.

한 번은 백건익의 요청으로 이루어진 대련이었다.

그리고 또 한 번은……

"네가 팔대호법과 싸울 확률은 제법 높다."

혼마 한서우와의 대련이었다.

그저 심상경에 올랐음을 알려주는 것만으로는 부족했다. 형운을 어떤 지점에 투입할지 결정하기 위해서는 형운의 실력을 제대로 알아야 했다.

그 결과 한서우는 후련한 마음으로 결단할 수 있었다.

"내가 너를 그런 전장으로 보내줄 것이다. 물론 네가 바라지 않는다면 강요하지 않겠다. 팔대호법과 만날 가능성이 적은 곳으로 배치하지."

"팔대호법이라……."

형운은 묘한 기분에 휩싸였다.

팔대호법은 형운에게 있어서 손 닿지 않는 곳에 있는 괴물들이었다. 두려워하고 피하는 것이 당연한 존재들이라고 할 수 있었다.

그런데 지금 이 순간, 그들과 대적한 경험이 풍부한 한서우가 형운을 팔대호법에 대적할 수 있는 존재로 평가하고 있었다.

"지금의 너라면 능히 팔대호법과 대적할 수 있다. 그러나 모든 팔대호법을 상대로 승산을 이야기할 수 있냐 하면, 아직 그렇지는 않다. 얼마 전에 염마도 구윤과 싸워봤으니 내가 하는 말을 이해하겠지."

분명 형운의 성장 속도는 경이로웠다.

그러나 요 몇 년간의 성장 속도만 보면 팔대호법 역시 두려울 정도로 빠르게 강해졌다.

무엇보다 팔대호법이라고 한대 묶어서 말해도 구성원 개개인의 무력 편차는 클 수밖에 없었다. 그것은 어느 집단, 어느 계급을 이야기할 때도 마찬가지였다.

"이제부터 내가 하는 이야기는 명확한 근거가 있는 이야기는 아니다. 그저 예지자가 붙잡은 편린이라고만 생각해라."

한서우가 말했다.

"암천령을 만난다면 피해라. 암월령을 만난다면 주의해라."

"암천령……."

형운은 그를 알고 있었다.

흑영신교가 설산에서 빙령을 탈취해 갔을 때, 그는 흑영신교주를 대신해서 죽었다.

이후에 다시 모습을 드러냈을 때는 귀혁을 상대로 스스로를 괴물로 바꾸어서 덤볐다가 죽었다.

그리고 또 그 자리를 차지한 누군가가 나왔다면 벌써 세 번째다. 그런데도 한서우가 위험을 경고할 정도라니 기이한 느낌이 들었다.

한서우가 물었다.

"하겠느냐?"

"예."

형운은 망설임 없이 고개를 끄덕였다.

이제 형운에게 있어 팔대호법은 더 이상 손 닿지 않는 곳에 있는 괴물이 아니었다. 쳐부술 수 있는 적이다.

그러니 기꺼이 그들과 싸울 것이다. 그것이 형운과 흑영신교의 싸움에 종지부를 찍기 위한 길이리라.

6

어둑어둑한 지하 통로에서 형운과 암운령이 대치했다.

전혀 예상치 못한 적의 출현에 신음하는 암운령 앞에서 형운이 씩 웃었다.

"얼굴 보는 것은 이번이 세 번째인가?"

형운은 암운령을 두 번 만났다.

한 번은 그가 설산에서 선검 기영준과 싸웠을 때.

또 한 번은 위진국에서 흑영신교주와 힘을 합쳐 진야의 저주에 맞섰을 때.

"으음……!"

암운령이 신음했다. 형운이 심상경에 도달했다는 사실은 흑
영신교에도 알려졌다. 그러나 설마 이곳을 급습해 온 것이 그일
줄이야?

'신녀께서 예지하지 못한 사실이다. 이놈이 예지의 바깥을
걷는 자이기 때문인가, 아니면 다른 수작이 작용한 것인가?'

혼란스러워하는 그에게 형운이 물었다.

"넌 팔대호법 중 누구지?"

"네놈에게 그런 질문을 받는 날이 올 줄은 몰랐군, 선풍권룡.
이 몸은 위대한 흑영신을 섬기는 암운령이다."

"암운령이라. 아무래도 그 자리는 나와 인연이 깊은 것 같
군."

형운이 처음으로 만난 팔대호법이 암운령이었다. 그는 주제
를 모르고 날뛰다가 귀혁에게 죽었지만, 그 제자인 이군혁은 설
산에서 형운을 죽음 직전까지 몰아넣기도 했다.

그리고 처음으로 일대일로 대적하는 팔대호법이 그 뒤를 이
은 암운령이라니, 악연이 느껴졌다.

"그럼……."

형운이 느슨하게 한 걸음 내딛는 순간이었다.

우우우우우!

암운령의 주변에서 빛이 일었다. 그가 뭔가를 해서는 아니었
다. 미리 준비해 둔 술법이 조건에 따라서 발동한 것이다.

'중압진! 이토록 은밀하게 쓸 수 있나?'

형운은 대화를 나누면서 통로에 중압진을 옅게 깔아두고 있다가 단번에 밀도를 높였다. 그리고 암운령이 형운을 보는 순간부터 준비한 중압진에 대한 방어 술법이 거기에 반응한 것이다.

쾅!

하지만 형운은 개의치 않았다. 중압진이 막히든 말든 곧바로 돌진하면서 일권을 내질렀다.

암운령이 긴 철 부채로 그것을 막고는 몸을 빙그르 돌리면서 발차기와 펼친 부채로 공간을 도려내듯 반격해 왔다.

파파파파파!

형운의 청백색 광풍혼과 암운령의 새카만 안개 같은 암운기가 맹렬하게 부딪쳤다.

그 여파로 통로가 무너질 듯이 뒤흔들렸지만 둘 다 개의치 않았다. 심상경의 고수들에게 있어서 주변이 붕괴해서 파묻히는 상황은 별 위협이 되지 않기 때문이다.

투둥! 투두두두둥!

의기상인과 허공섭물, 그리고 격공의 기가 현란하게 격돌했다.

암운령이 식은땀을 흘렸다.

'무서운 놈! 새파란 애송이가 대체 어떻게 이런 무위를 가진 것이냐?'

형운과 암운령의 싸움은 호각이었다.

격투전에서는 형운이 완전히 압도한다. 속도도, 힘도 완전히 우위에 서 있다. 게다가 내공 면에서도 마찬가지라서 암운령은 형운의 주먹과 부채를 부딪칠 때마다 움직임이 흐트러지는 것을 느꼈다.

기공전에서는 암운령이 우위를 점하고 있다. 격공의 기만으로 보면 대등하지만 의기상인과 허공섭물은 암운령이 확연히 뛰어났다.

그러나 격투와 기공 양쪽을 종합해서 보면 형운이 반보 이상 앞서가고 있다고 해야 할 것이다.

그 차이를 메우는 것은 술법의 힘이었다.

형운이 속으로 혀를 찼다.

'비술을 많이 복원했다더니 확실히 귀찮군.'

암운령은 무공과 술법을 연계해서 효율을 극대화하고 있었다. 이것이야말로 팔대호법의 진정한 모습이리라.

'놈이 몸에 품고 있는 기물은 일곱 개.'

일곱 개의 기물을 연계에서 다채로운 술법을 발휘하는 것은 물론, 시설에 설치된 술법들을 끌고 와서 내공 격차로 인한 화력의 부족함을 메우고 있었다.

형운이 냉기를 발휘하기 시작하자 암운령도 본격적으로 술법을 퍼부었다.

단단하던 발밑이 갑자기 푹 꺼지고, 부서진 돌조각들이 독기를 머금고 화살처럼 쏘아지고, 천장에서 투명한 힘의 파동이 비처럼 쏟아져 내렸다.

형운은 이 모든 것에 대응했다. 그러나 그럴 때마다 암운령을 밀어붙이는 기세가 약해질 수밖에 없었다.

'사방팔방이 놈의 술법 창고야. 쉽게 뚫을 수가 없다.'

형운은 암운령이 자신을 이길 방법을 연구하고 왔다는 사실을 알아차렸다.

형운에게는 암운령에 대한 정보가 거의 없는 데 비해 암운령은 형운에 대해서 많은 정보를 갖고 있었다. 암운령은 그 정보에 기초해서 형운을 공략했다.

사방에서 절묘한 시간 차를 두고 쏟아지는 다채로운 술법들이 형운이 기세를 올리는 것을 막았다. 일단 공세에 전념할 수만 있다면 순식간에 기세를 올려서 압살할 수 있을 것 같은데, 타격을 주기보다는 발목을 잡는 데 주력하는 술법들이 방어로의 전환을 강요한다.

'많이 연구했군. 상대하기 힘들어. 아니, 짜증 나는 쪽에 가까운가?'

일단 형운이 기세를 올리면 도저히 막을 수 없다는 것을 잘 알고 있는 대처법이었다.

물론 발목을 잡는 것만으로는 이길 수 없다. 이 싸움에서 암운령이 택한 전술은 누가 봐도 약자가 강자를 붙잡고 늘어지는 식이었다.

그래서야 패배를 늦추는 것이 고작이다. 암운령도 그 사실을 잘 알고 있었다.

형운의 눈에 느릿느릿하지만 거대한 힘의 흐름이 보였다.

'자잘한 술법으로 타격하면서 큰 술법을 준비하고 있어.'

놈은 분명 비장의 패를 준비하고 있었다. 그것을 쓸 여유를 줘서는 안 된다.

'그럼 내 정보가 어디까지 전해졌나 확인해 주지.'

형운은 격투전을 벌이면서 마음속으로 거꾸로 수를 셌다.

'셋, 둘, 하나!'

―유설무극권(流雪無極拳)!

시간이 지날수록 완숙해지는 무극의 권이 펼쳐졌다.

암운령이 경악했다.

'당했다!'

형운과 암운령 둘 다 심상경의 절예를 심즉동으로 펼쳐내는 수준에 이르지 못한 것은 마찬가지였다.

하지만 숙련도의 차가 확연했다. 전개 속도뿐만 아니라 은밀함도 그랬다. 암운령은 형운이 무극의 권을 거의 구현하기 직전에서야 그 사실을 눈치챘다.

화아아아아악!

백색의 섬광이 허공을 가로지르고, 한 박자 늦게 새하얀 냉기가 폭발했다.

"크아아악!"

흑영신교도들이 비명을 질렀다.

폭발하는 냉기가 그들을 덮쳤다. 마인 술사가 전개해 둔 방어 술법이 그들을 보호했지만 그것도 한계가 있었다.

형운의 무극의 권이 발생시킨 냉기는 압도적이었고, 지하 통로에서는 그 힘이 흩어지지 않고 집중되어 뻗어나갔다. 가장 앞에 있던 자들은 일거에 얼음기둥으로 변해 버렸고 뒤에 있던 자들도 무사하지 못했다.

"으윽!"

일순간 기화했다가 육화한 암운령이 이를 갈았다. 얼어붙은 통로 한복판에서 형운이 싸늘한 눈으로 그를 노려보고 있었다.

이 한 번의 격돌로 둘의 우열이 갈렸다.

'심상경의 절예끼리 부딪치면 안 돼. 다음 것은 호부로 막고 반격해야 한다⋯⋯.'

그는 형운의 무극의 권을 받아내고 육화하는 데 성공했다. 심상경의 절예를 펼치는 속도도 형운보다 늦는데 알아차리는 것조차 늦었으니 완벽한 방어가 가능할 리가 없었다. 이 한 번의 격돌로 상당한 진기를 잃고 말았다.

게다가 형운은 광풍혼을 그대로 두른 채인 데 비해 암운령은 암운기가 전부 사라져 버렸다. 여기에 주변을 잠식한 냉기가 형운에게 유리하게 작용한다는 점까지 고려하면 단숨에 전세가 기울어진 것이다.

당연히 형운은 암운령이 태세를 가다듬을 시간을 주지 않았다.

후우우우우!

통로에 가득한 냉기가 광풍혼과 융합하면서 광풍이 휘몰아쳤다. 주변에 생성된 얼음들이 부서지면서 암운령을 두들겨 댔다.

"으윽! 젠장!"

암운령은 술법으로 열기를 일으켜 거기에 대응했다. 하지만 주변을 잠식한 냉기가 워낙 강해서 정신없이 밀렸다.

'그 짧은 시간 동안 또다시 강해졌을 줄이야.'

형운에 대해서는 더없이 주의를 기울이고 있었다. 하지만 설마 이 정도로 강해졌을 줄은 몰랐다. 형운과 흑무곡주의 전투에서 얻은 정보를 현격히 능가하는 실력이었다.

우우우우웅!

암운령이 시설에 비장된 술법을 발동시켰다. 통로의 환경을 바꾸는 기환진이 발동, 통로를 얼렸던 얼음을 빠르게 녹여 버렸다.

"음!"

형운이 신음했다. 통로를 얼려 버리고 냉기를 증폭시키면서 우위를 점하려던 의도가 분쇄되어 버린 것이다.

암운령의 눈이 흉흉하게 빛났다.

'쉽게 당해주진 않는다. 시간은 네 편만이 아니다.'

형운도 자신과 격전을 벌이면서 동시에 지금 진행되는 술법을 파훼할 수는 없을 것이다. 술법이 완성되는 순간 둘의 입장은 다시 역전되리라.

하지만 다음 순간, 형운의 입에서 나온 말에 그의 눈동자가 흔들렸다.

"아, 참. 네놈이 미끼라는 것은 이미 알고 있어. 네가 나와 싸우는 동안 다른 놈들이 빠져나갈 거라는 기대는 버리는 게 좋아."

7

이십사흑영수의 일원, 흑살마객은 흑영신교에서 순수 배양된 무인이었다.

본래 그는 흑영신교의 전략에서 미끼 역할을 담당했다. 흑영신교와 관련 없는 마인인 척하면서 필요할 때마다 행적을 남겨서 세상의 이목을 끄는 것이 그의 역할이었다.

그러나 그와 같은 목적으로 양성된 마인들이 하나둘씩 죽어가는 동안에도 그는 살아남았고, 계속해서 강해졌다. 그리고 어느 순간에는 흑영신교 입장에서도 함부로 소모품 취급할 수 없는 무력을 지니게 되었다.

'단기전에 한해서는 십대문파의 장로급 고수와도 호각을 이룰 수 있을 것이다.'

그것이 흑살마객에 대한 흑영신교 수뇌부의 평가였다.

그의 마공은 스스로를 과출력 상태로 만드는 데 특화되어 있었다. 장기전에는 형편없이 취약하지만 단기전에서는 자신보다 내공이 두 단계쯤 위인 상태라도 압도할 수 있는 힘을 발휘한다.

쩌엉!

검과 검이 부딪치며 섬광의 파문이 퍼져 나갔다.

"커억……!"

흑살마객과 격돌한 산풍검이 신음했다.

풍검문 최강의 고수라 불리는 그의 내공은 7심. 이 경지에 도달한 후로 내공으로 누구에게 밀려본 적이 없었다.

그러나 흑살마객과 격돌하자 세상이 넓음을 실감하게 되었다.

"제법이로군. 명문 풍검문의 명성도 허명은 아니었는가."

"이 마두가……!"

산풍검이 이를 갈았다.

흑살마객의 말투는 경의를 표하는 것 같지만 음산한 울림이 섞인 목소리는 조소로 가득했다. 실제로 둘의 싸움은 흑살마객 쪽이 시종일관 압도하고 있었다.

기술적으로만 보면 검술과 기공 모두 산풍검이 위였다. 하지만 신체 능력과 한순간에 발휘할 수 있는 내공량의 격차가 너무 컸다. 흑살마객의 폭발적인 공세를 받아내는 것만으로도 산풍검은 내상을 입고 말았다.

"사부님!"

왕춘이 당황해서 사부를 불렀다.

하지만 그에게는 여유가 없었다. 당장 눈앞에 있는 흑영신교도를 상대하는 것만으로도 바빴기 때문이다.

'흑영신교! 과연 무서운 놈들이구나!'

사문으로 돌아간 후 그의 실력은 크게 늘었다. 그런데도 흑영신교의 일개 마인이 그와 팽팽한 대결을 펼치고 있었다.

"크악!"

그러나 곧 그와 상대하던 흑영신교도가 비명을 질렀다. 부근에서 싸우고 있던 척마대원이 너무나도 자연스럽게 그의 등을 베고 지나갔기 때문이다.

왕춘과는 어떤 대화도, 심지어 눈빛을 교환하는 일조차 없이 이루어진 기습이었다.

서격!

왕춘은 치명적인 허점을 드러낸 적을 거의 반사적으로 베어 버렸다.

동시에 척마대원의 행동에 감탄했다.

'집단전에 익숙하군. 임기응변으로 나온 행동이 아니야. 연

계에 대한 전술적 방침이 명확히 정해져 있겠지.'

흑도의 검객과 정파 무인, 양쪽의 삶을 모두 살아온 왕춘은 방금 전의 한 수에 담긴 의미를 알 수 있었다. 그리고 자신이 척마대와 제대로 연계하기 위해서는 어떻게 행동해야 하는지도 이해했다.

"음……."

한편 흑살마객은 산풍검을 압도하고도 침음했다.

상황이 좋지 않았다. 그들은 하필이면 통로와 통로가 교차하는 비교적 넓은 공간에서 적과 맞닥뜨렸다. 흑살마객과 산풍검이 격돌하는 동안 나머지 적들이 부하들을 덮쳤고, 전황을 유리하게 이끌어 나가고 있었다.

'척마대, 확실히 발군의 전투력을 자랑하는 집단이군.'

눈가림 역할을 하는 교도들이라면 모를까, 흑영신교의 정예 무인들은 강호를 공포에 떨게 만들 만한 무력을 지녔다. 그런데 척마대는 그들 상대로도 밀리지 않는 실력을 보여주고 있었다.

'여유 부릴 처지가 아니다. 빨리 이자를 쓰러뜨리고 나머지를……."

그렇게 생각하던 흑살마객은 섬뜩한 감각을 느꼈다.

쉬익!

아슬아슬하게 그의 뒷머리를 스쳐 가는 칼날이 있었다.

'어떤 놈이냐?'

간담이 서늘했다. 실전을 통해 연마된 감각이 아니었다면 꼼짝없이 목이 날아갈 위기였다.

"아깝군. 역시 가 무사처럼은 안 되나?"

그의 뒤에서 심드렁한 목소리가 들려왔다.

"그 눈동자, 설풍미랑인가?"

"이제 나도 마교 놈들이 척 하고 알아봐 주는 몸이 되었나? 출세한 기분인데?"

찰랑거리는 검은 머리카락 아래로 푸른 눈동자를 빛내는 미공자, 마곡정이 도를 어깨에 걸친 채로 건들거리며 웃었다. 귀티가 좔좔 흐르는 외모와 불량한 태도가 지독히 불일치하는 모습이었다.

방금 전, 마곡정은 통로가 어두컴컴하다는 점과 주변에서 여럿이 싸우느라 혼란스럽다는 점을 이용해서 은신술을 펼친 채로 벽을 기어 올라갔다. 그리고 흑살마객에게서 빈틈이 보이는 순간 소리 없이 낙하하면서 기습을 가했다.

완벽한 기습이라고 생각했지만 미진한 구석이 있었던 모양이다.

"어쩔 수 없군. 기습이 실패했으니 그냥 쓰러뜨려야지."

"크윽, 소협! 도움은 감사하네. 하지만 여기는 내가……!"

산풍검이 흐트러진 진기를 다스리며 말했다. 하지만 마곡정은 싸늘하게 그의 말을 끊었다.

"무인의 자존심을 세울 때는 아닌 것 같습니다. 일대일로 싸우는 상황이면 모를까, 대협께서 거기에 집착하시는 만큼 아군이 부담을 짊어져야 합니다. 척마대는 개인의 사사로운 고집을 위해 피를 흘릴 수 없습니다."

"음……!"

마곡정이 척마대 부대주로서의 입장을 명확히 하자 산풍검이 침음했다.

평생을 정파의 협객으로 살아온 그의 입장에서는 받아들이기 어려운 일이었다. 자신의 배경과 연배를 내세울 수 있는 상대였다면 무인으로서 고집을 부렸으리라. 하지만 척마대 부대주인 마곡정은 그럴 수 있는 상대가 아니었고, 지금 전투를 주도하고 있는 것 또한 풍검문이 아니라 척마대였다.

"협공이 싫으시다면 이자와의 싸움은 제가 이어받도록 하지요. 대협께서는 마졸들을 부탁드립니다."

"애송이가 명성을 좀 얻었다고 기고만장하구나."

흑살마객이 눈을 날카롭게 떴다. 마곡정이 콧방귀를 뀌었다.

"내가 겸손하면 그에 대한 포상으로 한칼 맞아주기라도 할 것처럼 말한다? 그러지도 않을 거면 그냥 닥치고 죽어."

"이놈……!"

"내 도에 목이 떨어질 놈이 누군지나 알아두자. 지껄여 봐."

"살다 살다 별꼴을 다 보는군. 좋다. 어린 나이에 지옥으로 떨어질 놈에게 그 정도 선물은 주지. 이 몸은 위대한 흑영신을 섬기는 이십사흑영수의 일원, 흑살마객이다."

"그렇군. 잡을 가치가 있는 사냥감이야. 기파의 전환이 빠른 것을 보니 어떤 성향의 마공을 익힌 건지 알겠고……."

마곡정은 기습을 가하는 과정에서 흑살마객의 무공을 꼼꼼하게 관찰했다. 후각까지 기감으로 활용하는 그는 흑살마객의 피가 급격하게 변화하는 것에서 마공의 특성을 읽어낼 수 있었다.

흑살마객이 흉흉하게 웃었다.

"허세가 제법이구나."

"허세인지 아닌지는 두고 보면 알겠지."

말과 동시에 마곡정이 성큼 다가갔다. 너무나도 자연스럽게, 아무런 기파의 변화 없이 다가가는 바람에 흑살마객은 그가 공격해 왔다는 사실을 약간 늦게 알아차렸다.

투학!

도와 검이 부딪치며 대기가 뒤흔들렸다.

"애송이의 내공이 놀랍구나. 하지만 그래봤자다."

일격으로 둘의 내공 우열이 밝혀졌다. 마곡정은 한 발 뒤로 물러난 데 비해 흑살마객은 흔들림 없이 그 자리에 버티고 서 있었다.

그러나 마곡정은 당황하는 대신 이를 드러내고 웃었다.

"역시 과출력 전문이군. 어디 힘을 최대로 발휘해 보시지그래?"

"그렇게 압살당하고 싶다면 소원대로 해주지."

흑살마객의 기파가 폭발적으로 증가했다. 이십사흑영수가 되면서 교의 전폭적인 지원을 받은 그의 내공은 7심에 도달했다. 그리고 그의 마공 특성상 단기전에서는 8심 내공을 지닌 적이라 할지라도 우위를 점할 수 있으리라.

게다가 마공으로 인간의 정혈을 취하며 성장해 온 그의 육체는 괴물 같은 강건함을 지녔다. 과출력 상태가 되면 운동 능력도 폭발적으로 상승했다.

진기와 신체 능력, 양쪽을 한껏 끌어 올린 그가 질풍처럼 마곡정을 덮쳤다.

후웅!

하지만 흑살마객의 강맹한 검격은 목표를 치지 못하고 허공을 갈랐다.

'그 한순간에 내 사각으로 빠져나가다니?'

흑살마객이 경악했다.

그저 검격을 피했을 뿐이라면 놀라지 않았으리라. 마곡정이 영수의 혈통이라 탁월한 신체 능력을 지녔다는 사실을 알고 있었으니까.

그러나 마곡정은 그가 가속하는 순간, 기다렸다는 듯이 마주 가속하면서 시야 사각으로 빠져나갔다. 흑살마객은 급히 몸을 틀며 검격을 이어나갔다.

투학!

검과 도가 충돌하는 것과 동시에 흑살마객의 시야를 새하얀 기류가 뒤덮었다. 마곡정이 발한 냉기였다.

"공교롭게도……."

마곡정의 목소리가 옆쪽에서 들려왔다. 그리고 새하얀 기류를 뚫고 마곡정이 공격해 왔다.

"큭! 이놈!"

몸을 돌려서 치기에는 늦었다. 흑살마객은 한 점에 집중한 허공섭물로 마곡정을 요격했다.

그러나 다음 순간, 자신이 공격한 것이 허상임을 깨닫고 경악했다.

'분신술?'

평소였다면 쉽게 속지 않았겠지만 지금은 마곡정이 너무 완벽한 상황을 만들었다.

그리고 반대쪽에서 마곡정이 뛰쳐나왔다. 방금 전의 분신과 달리 머리카락 일부가 하얗게 물들고 눈이 기묘한 빛을 발하는 모습이었다.

"…나도 과출력 상태는 좀 자신 있는 편이지!"

냉기를 휘감은 도가 무서운 기세로 흑살마객을 몰아쳤다.

마곡정의 내공은 흑살마객에게는 미치지 못한다. 이 작전에 임하기 전에 천명단을 취했음에도 아직 7심을 이루지 못했기 때문이다.

하지만 마곡정은 흑살마객의 행동을 원하는 대로 유도함으로써 자신에게 유리한 상황을 만들었다.

처음에 내공과 신체 능력의 격차를 확신하게 만든 것부터가 함정이었다. 그가 마음 놓고 공격해 들어오는 순간, 영수의 힘을 개방했다.

흑살마객이 산풍검과 싸우는 것을 본 마곡정은 그의 속도를 완전히 파악하고 있었다. 그에 비해 흑살마객은 마곡정의 진짜 속도를 모르고 있다가 완전히 허를 찔렸다.

정신이 흐트러진 상태에서 냉기를 폭발시켜 시야를 가리면서 분신술을 전개하는 것만으로 다급한 헛공격을 유도했다. 그것만으로도 이미 두 수는 우위를 점했다고 봐도 좋았다.

자세도, 진기 수발도 흐트러진 흑살마객은 마곡정의 공격에 제대로 대응할 수 없었다.

파밧!

결국 마곡정의 도가 흑살마객의 팔을 얕게 베고 지나갔다.

그러나 피가 튀지는 않았다. 상처가 나는 순간 지독한 냉기가 스며들었기 때문이다.

"크윽……!"

흑살마객이 신음했다.

시간이 지날수록 그의 몸에 상처가 늘어갔다. 동시에 강렬한 의문이 뇌리를 지배했다.

'어째서냐?'

한번 수세에 몰리자 도저히 공방의 균형을 뒤집을 수가 없었다.

처음에 밀린 것은 그럴 만한 상황이었다. 마곡정이 원하는 상황대로 끌려갔으니까.

하지만 시간이 흐른 후에도 계속 밀리기만 하는 것은 납득할 수가 없었다. 단기전 전문인 그는 진기 운행이 흐트러져서 한 번에 낼 수 있는 힘이 저하되더라도 금세 회복할 수 있다. 그런데 그게 잘 안 되다니?

곧 그는 그 이유를 깨달았다.

'냉기!'

상처를 통해 침투한 냉기가 그의 진기 운행을 방해하고 있었다. 의기상인과 영수의 능력이 결합된 수법이었다.

마곡정이 지속적으로 발하는 냉기가 주변을 뒤덮고 있었기에, 그리고 정신없이 몰리고 있었기 때문에 알아차리지 못했다.

'감히 이런 장난으로 내 진기 흐름을 흐트러뜨려?'

내부를 살필 정도의 여유를 찾은 이상 대응할 수 있었다.

'한 대 맞아주마. 계속 우쭐거려라. 그 시간도 길지 않을 테니.'

일부러 허점을 드러내서 가볍게 스쳐 맞아주고, 그 틈을 타서 진기 운행을 정상화한다.

그가 그 의도를 실행하는 순간이었다.

콰하하하핫!

갑자기 눈앞에서 순백의 기류가 폭발했다.

"커, 억……?"

일순간 흑살마객은 무슨 일이 일어났는지 이해하지 못했다.

의도한 허점을 드러내는 순간, 정신없이 그를 몰아붙이던 마곡정의 신형이 갑자기 흐릿해졌다. 그리고 지금까지와는 비교도 안 되는 냉기 파동이 폭발했고……

후두두둑.

부서진 얼음 조각들이 떨어져 내렸다.

잘 움직이지 않는 고개를 내려서 소리가 들린 곳을 바라본 흑살마객은, 그것이 얼어붙은 자신의 몸 일부임을 깨달았다.

"나를, 속, 였……."

"상대를 얕본다는 게 무인의 사망 원인 중에 몇 위쯤 될지 궁금하지 않냐, 마교도?"

그에게 물은 마곡정은 머리칼이 반쯤 새하얗게 물들고, 이빨은 마치 맹수처럼 날카로워져 있었으며, 얼굴 생김새도 약간 비인간적으로 변해 있었다. 영수의 힘을 한계까지 끌어낸 결과였다.

"이, 노옴……!"

콰악!

마곡정은 더 들어주는 대신 무성의하게 도를 휘둘러 그의 목을 베어버렸다.

곧 머리칼 색이 검은색으로 돌아온 그가 비틀거리며 중얼거렸다.

"젠장. 정직하게 붙었다가는 황천 갈 뻔했네."

처음부터 몇 겹으로 함정을 준비해 두고 싸우길 다행이었다. 과출력 상태로 단기전을 장기로 하는 놈의 심리를 이용했기에 망정이지 임기응변만으로 싸웠다면 이길 수 없었으리라.

"역시 난 아직 멀었군."

마곡정이 한숨을 쉬었다.

8

심안마도는 골수까지 무공에 미쳐 있는 인물이었다.

그는 흑영신교 내에서 육성된 인물이 아니라 외부에서 활동하다가 영입된 마인이다. 그리고 그가 마공을 연마한 이유는 무인으로서의 욕망 때문이었다.

어쩔 수 없이, 혹은 태어나고 자란 배경이 그래서 마인이 된 것이 아니다. 흑도 낭인의 제자, 아니, 사실상 하인이었던 그가 마공을 손에 넣은 것은 우연이었지만 연마한 것은 스스로의 선택이었다.

그리고 그 선택을 후회해 본 적은 없다.

그는 흑영신교에 몸을 의탁한 것도 어쩔 수 없어서가 아니다. 그의 본성이 흑영신교도로서 적합했기 때문이다.

어려서부터 그는 인간을 가치 있게 본 적이 없었다. 그런 시각을, 마음을 배울 기회도 얻지 못했다.

그러니 자신의 무공 연마를 위해 상관없는 인간을 희생시키는 것에도 아무런 거부감이 없었다. 그에게는 아무런 가치 없는 존재였으니 당연했다.

그가 가치를 부여하는 인간은 오로지 무인뿐이었다.

인간으로서의 그는 타인과 공감할 수 없었다. 그러나 무인으로서의 그는 아니었다.

"크악!"

척마대원의 비명이 울려 퍼졌다. 그가 조심스럽게 통로의 모퉁이로 접근하는 순간, 심안마도가 무리와 떨어져서 전광석화처럼 달려들더니 그를 베어버렸기 때문이다.

"아!"

그것을 보고 탄식한 것은 서하령이었다.

적과 언제 만날지 모르는 상황에서 통로를 이동할 때는 탐색인원을 운용하는 것이 상식이었다. 하지만 설마 적의 우두머리가 이런 식으로 기습해 올 줄이야.

투앙!

다음 순간, 물 흐르듯이 그 옆에 있던 또 다른 척마대원을 노리던 심안마도의 도가 튕겨 나갔다.

"으음!"

심안마도가 경악했다. 방금 전에 자신의 도를 튕겨낸 것이 격공의 기였음을 알아보았기 때문이다.

서하령은 곧바로 후속타를 날렸지만 심안마도 역시 격공의 기로 받아냈다. 마치 서하령이 어떻게 공격해 올지 알고 있었던 것처럼 세련된 반응이었다.

"대단하군. 역시 한 수 하는 고수가 있어서 이곳을 공격해 온 거였나? 이름을 말해보아라, 여자."

"그러는 당신은?"

"위대한 흑영신을 섬기는 이십사흑영수의 일원, 심안마도다. 지금의 내게 본명 따위는 의미가 없지."

"무색마공(無色魔功)을 익혔다는 마두가 흑영신교에 투신했었는 줄 몰랐네."

서하령이 싸늘하게 말했다.

심안마도는 악명 높은 마인이었다. 척마대가 지닌 마인 명단에서도 주의해야 할 대상으로 분류되어 있을 정도로.

심안마도가 안대 아래로 싱긋 웃었다.

"무색마공이 아니라 무색진경(無色辰經)이지만… 뭐 좋다. 어리석은 연옥의 주민들이 어떻게 부르든 상관없지."

"그래. 어차피 여기서 명맥이 끊기게 될 테니."

서하령이 가벼운 발걸음으로 그에게 다가갔다. 피를 흩뿌리며 죽어간 척마대원의 시체를 사이에 둔 채로 둘의 거리가 조용히 줄어들었다.

라아아아…….

문득 서하령이 접근과 동시에 한숨처럼 나른한 선율을 노래하기 시작했다.

심안마도는 기다리지 않았다. 전광석화처럼 일격을 날렸다.

아래쪽에서 위쪽으로 비스듬히 쳐내는 도격이었다. 도의 궤도를 따라서 반 박자 늦게 검푸른 도기가, 그것도 약간 어긋난 궤도로 뻗어나가면서 상대의 회피를 막았다.

언뜻 속도와 강맹함에 치중한 것으로 보이는 강격이었다. 그러나 그 안에서는 현란한 변화의 묘리가 숨어 있었다.

서하령이 그 양쪽을 다 피하면서 파고드는 순간, 심안마도가 반 발짝 더 내디디며 거짓말처럼 무게중심을 변화시켰다. 체중을 실어 쳐낸 것으로 보였던 도의 궤도가 너무나도 자연스럽게 꺾이면서 서하령의 어깨를 노렸다.

투학!

둔중한 소리가 울리며 공기가 쩌렁쩌렁 울렸다.

라아아아…….

서하령과 심안마도의 위치가 서로 바뀌었다. 잠시 등을 마주하고 있던 둘이 거의 동시에 뒤로 돌아서면서 팔과 도를 맞부딪쳤다.

"큭!"

심안마도가 신음했다.

서하령이 아주 약간 더 빨랐다. 그가 일으키는 변화를 예측하고 도를 쳐내는 것과 동시에 침투경을 가했다. 심안마도는 기맥을 보호하는 힘을 강화해서 그것을 피했지만 그 덕분에 반응이 약간 늦어지게 되었다.

투웅!

그로 인해 서하령의 움직임을 뻔히 보면서도 어쩔 수가 없었다. 안쪽으로 파고든 서하령의 어깨치기에 맞고 날아가서 벽에 처박혔다.

아니, 그렇게 보이도록 위장했다.

쾅! 콰쾅!

다음 순간 서하령과 심안마도의 등 뒤쪽에서 폭음이 일었다.

서하령이 가한 발차기와 기다렸다는 듯 반격한 심안마도의 도격으로부터 뻗어 나간 기운이 서로를 스쳐 가 벽을 강타하는 소리였다.

'굉장하군.'

심안마도는 감탄했다.

벽에 부딪치기 직전까지 완벽한 허점을 위장하고 있었다. 그런데 서하령은 그의 의도를 읽고 허를 찔러왔다. 그럴 가능성을 대비하지 않았더라면 오히려 당해 버렸으리라.

둘의 공방은 무심한 듯, 단순한 듯 보이는 행동에도 수많은 의도와 변화의 조짐이 얽혀 있었다.

심안마도가 말했다.

"이제야 알겠군. 그대는 성운의 기재인 영화권봉(穎花拳鳳)이겠지?"

하아아아……

서하령은 대답하지 않았다.

심안마도는 등골이 오싹했다.

'저것을 막아야 한다.'

이 싸움이 시작된 이래로 단 한 번도 멈추지 않은 것이 있다.

그것은 바로 서하령의 노래였다.

그녀는 한숨을 쉬듯 나른한 음색을 노래하고 있었다. 아무리 내공이 뛰어나도 사람인 이상 폐활량이 무한하지 않으니 날숨에서 들숨으로 전환되는 순간에는 노래가 끊겨야 할 것이다. 그런데 그녀는 진기를 실어서 노래에 독특한 울림을 만들어냄으로써 연속성을 유지하고 있었다.

'영화권봉의 음공이 무섭다더니 명불허전이군. 아직은 기반

을 까는 단계일 뿐, 이 노래가 완성된다면 필패다.'

심안마도에게는 시각이 없다.

그가 서하령의 용모를 보고도 아무런 동요가 없었던 것은 정서가 메말랐기 때문이 아니다. 그에게 있어서 인간의, 아니, 세상 만물의 미추(美醜)는 감정을 일으키는 조건이 못 되었기 때문이다.

무색진경은 그것을 연마하는 자에게서 시각을 앗아간다. 그리고 그것을 대가로 심안(心眼)이라 불리는 대체 감각을 얻게 된다.

그것은 흔히들 생각하는 심안과는 조금 다른, 명확한 감각이다.

시각은 인간이 세상을 인지하는 수단 중 가장 큰 비중을 차지한다. 그러나 비중이 높은 만큼 의존성이 높고, 무인의 관점에서는 그로 인한 약점이 발생하는 경우도 많았다.

심안마도의 뇌리에서는 모든 것이 입체적인 선의 조합으로 인식되었다. 선의 굵기와 색 등 그만이 알 수 있는 주관적인 정보의 차이를 분석해 보면 시각으로 보는 것보다 훨씬 많은 것을 알 수 있었다.

무엇보다 심안에는 사각이 없다. 머릿속에서 항시 전방위를 의식할 수 있다.

또한 심안은 빛의 유무에 구애받지 않는다. 밝든 어둡든 상관없이 존재를 인식하는 것은 물론이고 기의 흐름마저도 볼 수 있었다.

그렇기에 그는 서하령이 펼치는 음공의 실체를 알 수 있었다. 서하령은 나직하게 이어지는 소리를 통해서 주변에 자신의 기를 깔아두고 있었다. 그 기운의 밀도가 일정 수준에 도달한다면 폭발적인 기세로 심안마도를 덮칠 것이다.

'목소리를 매개로 진법 같은 효과를 낸다. 정말 놀랍군. 오랜만에 가치 있는 무인을 만났어.'

심안마도는 환희를 느꼈다. 서하령과 나누는 한 수 한 수가 그의 정신을 고양시키고 있었다.

인간적인 감정의 공감이 불가능한 그에게 있어서 무공이란 단순한 기술이 아니었다. 그것은 자신을 알리고 타인과 공감할 수 있는 유일한 수단이었다.

설령 자신과 상대 사이에 존재하는 것이 악의뿐일지라도 좋았다. 오로지 무인과 생명을 걸고 겨루는 순간만이 자신이 살아 있다는 것을, 무언가와 공감할 수 있는 존재라는 것을 알 수 있게 해줬으니까.

'처음부터 막다른 곳을 알려주고 그 안에 승부를 내라고 강요해 오다니, 너는 정말 가치 있는 무인이다. 반드시 너를 연옥의 저편으로 인도하마.'

심안마도의 도가 거센 파도처럼 춤추기 시작했다.

언뜻 보면 선이 굵고 강맹한 도격을 마구 내지르는 것처럼 보인다. 그러나 행동 하나하나에 여러 의도가 숨어 있고 그것이 새로운 상황을 만날 때마다 또 다른 변수를 낳으면서 무한의 변화를 일으키고 있었다.

"맙소사……."

척마대원들이 신음했다.

자신이 저 도격에 맞선다면 한순간에 참살당할 것이다. 도격의 참뜻을 파악하지 못하고 겉만 봐도 그 사실을 절감할 수 있었다.

그런데 서하령은 너무나도 여유 있게 맞섰다.

수많은 의도가 반목하며 새로운 의도를 낳는 격투 속에서도 서하령의 노래가 끊이지 않는다. 아니, 오히려 점점 더 거세게 울려 퍼지고 있었다.

"으윽!"

심안마도가 신음했다.

그는 벌써 수십 번도 더 서하령의 노래를 끊으려고 시도했다. 강하게 몰아치고, 도기를 맞부딪치고, 기공전으로 허를 찔러가면서 더 큰 소음을 발생시켜 음공의 맥을 끊어놓을 생각이었다.

그런데 하나도 통용되지 않는다. 서하령의 방어를 뚫는 것은 마치 물속에서 기포를 붙잡으려고 하는 것과도 같았다. 절대 힘으로 부딪치지 않고 흘려 버리고, 접촉과 동시에 침투경이 끊임없이 들어오니 미쳐 버릴 지경이다.

등 뒤에 낭떠러지가 있다는 것을 뻔히 알면서도 계속 밀려나는 형국이었다.

'설마 예지 능력이라도 있는 것인가?'

심안마도는 환희와 절망 속에서 의문을 품었다.

그는 서하령의 신체 능력과 내공에 대해서는 의구심을 품지 않았다. 그는 강적을 만났을 때 상대의 성별이나 연령을 보고 지레짐작하지 않는다. 그에게는 오로지 무인만이 가치 있었고, 무인의 가치는 무공으로만 정해지는 법이니까.

그러나 서하령의 무공에는 의문을 금할 수 없었다. 그녀의 방어는 그저 단단하다, 기술이 뛰어나다는 말로 설명할 수 있는 수준을 아득히 뛰어넘고 있었다.

무엇보다 심안마도의 심안은 다른 무인의 시각을 압도하는 감각이다. 심안을 가졌다는 것만으로도 기술적으로 동수를 이루는 무인을 농락할 수 있을 정도였으니까.

서하령과 그의 기술은 거의 동수였다. 격투전도, 기공전도 거의 격차가 없었다.

그런데도 서하령이 거의 모든 국면에서 그를 앞서가고 있었다.

있을 수 없는 일이다.

기술적으로 상대를 압도하지 않는 한 무인의 공방은, 특히 기술이 주가 될 경우에는 손익을 계산하는 협상전이 된다. 모든 국면에서 우위를 점하는 것은 현실적으로 불가능하니 어떤 국면을 버리고 어떤 국면을 취할지를 계산하게 되고 그것이 전투의 합을 이루는 것이다.

'처음부터 끝까지 농락당하고 있다. 나와 그녀 사이에 어른과 아이만큼의 격차가 있단 말인가?'

그것도 말이 안 된다. 그 정도 격차가 있었다면 벌써 끝났어야 하지 않는가?

'모르겠군. 그녀에게는 내 심안조차 보지 못하는 것이 보이는 것인가?'

이 순간, 심안마도는 본능적으로 정답을 찾아냈다.

분명 무색진경은 놀라운 무공이다. 비록 마공이기는 하지만 선악을 배제하고 볼 때 그 완성도는 놀라운 수준이었다.

그러나 서하령이 이룬 천라무진경의 완성도가 더 뛰어나다.

이 순간, 그녀는 오감을 낱낱이 활용해서 미래를 좇고 있었다.

소리가 되기 전의 소리, 서로 부딪쳐서 폭발하기 전의 진동, 시각에서 형상으로 완성되기 전의 편린까지 모든 것이 그녀에게 예지를 부여했다.

'무색마공, 확실히……'

서하령은 냉정하게 심안마도의 무공을 평가했다.

'…이대로 없애 버리기에는 아까울 정도로 뛰어난 기술.'

기술의 질을 평가할 때는 도덕을 개입시키지 않는다. 그것은 서하령이 귀혁으로부터 배운 무학자로서의 정신 자세였다.

서하령은 더없이 신중하게 싸움을 이끌어 나갔다.

심안마도는 비록 심상경에 도달하지는 못했을지언정 놀라운 기량의 소유자였다. 그렇기에 바늘구멍만 한 틈도 허락할 수 없었다.

지금 그녀가 압도적인 우위를 점한 것은 시작부터 명확하게 유리한 판을 짜는 데 성공했기 때문이다. 그리고 심안마도는 바늘구멍 같은 틈이라도 발생한다면 가차 없이 그 판을 엎어버릴 수 있는 실력자였다.

둘의 움직임이 점점 더 고요해졌다.

시간이 갈수록 더욱 정교하고 변화무쌍한 공격이 쏟아진다. 변수를 일으킴으로써 상대의 허점을 발생시키고, 그 허점을 함정으로 이용해서 상대의 허점을 노리고, 그것조차도 예상하고 다시 뒤통수를 노리는 기술전의 극치였다.

그리고 서서히 마지막이 다가오고 있었다.

마침내 서하령의 음공이 완성되었다.

'지금이다!'

동시에 심안마도가 폭발적으로 가속하며 뛰어들었다.

서하령이 음공을 폭발시키기 위해서 힘을 모았다 방출하는 그 짧은 순간을 노린 공격이었다. 완벽하게 서하령의 허를 찌르는 행동이었다.

그렇게 보였다.

"……."

찰나의 공방 직후 서하령과 심안마도는 서로 등을 보인 채로 서 있었다.

"하하하……."

심안마도가 웃음을 터뜨렸다.

유쾌하게 웃던 그는 울컥 피를 토하며 무릎을 꿇었다.

"…바늘구멍만 한 틈도 허락지 않는군. 이토록 공들여서 완성한 수를 주저 없이 미끼로 써버리다니, 감탄했다."

그 말대로였다. 서하령은 음공을 폭발시키는 순간 발생하는 허점을 미끼로 던져서 심안마도의 움직임을 유도한 것이다.

심안마도는 은밀하게 힘을 모으고 있었다. 다른 무인이라면 전혀 그가 힘을 비축한 낌새를 알아차리지 못했으리라.

하지만 상대가 천라무진경을 연마한 서하령이라는 것이 그의 불운이었다.

서하령이 차가운 눈으로 그를 바라보았다.

"마치 할 바는 다 했다는 듯 후련한 얼굴이네? 하지만……."

"안다."

"뭐?"

"뒤쪽 벽 너머의 통로 쪽을 지나간 그 여자, 그대가 믿고 보낸 인물일 테니 내 부하들은 다 죽었겠군."

"……."

서하령의 표정이 이해할 수 없다는 것으로 변했다.

둘이 격전을 벌이는 동안 벽 너머의 통로로 한 사람이 움직였다. 가려였다.

서하령과 마곡정이 적들을 추격하는 동안 가려는 둘 중 어느쪽으로도 향할 수 있는 중간 지점에 대기하고 있었다. 지원이 필요한 쪽으로 가기 위해서였다.

그리고 서하령은 마곡정이 적을 잡았다는 말을 듣자마자 가려를 불러들였다. 가려는 척마대 기환술사의 지원으로 길을 찾아가면서 심안마도의 부하들을 추격, 전부 처리했다고 보고해 왔다.

놀랍게도 심안마도는 자신의 뒤쪽 통로로 지나가는 가려의 존재를 포착했다고 말하고 있었다. 가려도 굳이 은신술을 쓰지 않은 채였겠지만, 그렇다고 하더라도 벽 너머를 지나간 가려의 성별까지 알아낸 것은 놀랍기 그지없었다.

"위대한 흑영신의 뜻을 알기 전까지, 이 연옥에서 내가 살아 있음을 실감할 수 있는 것은 오로지 무인으로서 맞이하는 순간뿐이었다."

심안마도는 고통으로 가득한 삶을 살아왔다.

부모는 그를 버렸다. 살아오면서 만난 인간들은 누구도 그를 사랑하지 않았다. 언제 죽어도 상관없는, 인간의 모습을 한 물건처럼 취급했다.

그것은 심안마도 역시 마찬가지였다.

어려서부터 그런 것만 보고 배워서?

아니다. 그는 처음부터 누구에게도 공감해 본 적이 없었다.

오로지 무인으로서의 삶만이 예외였다.

무공을 연마할 때, 그리고 무인으로서 생사를 걸고 싸우는 순간에만 평범한 인간들이 당연히 누리는 감정을, 살아 있다는 실감을 얻을 수 있었다.

"이것이 흑영신께서 그분의 종인 내게 허락한 유일한 도락일진저. 나는 기꺼이 그 권리를 행사했을 뿐이다. 오래전부터 나의 삶과 죽음은 오로지 칼날 위에만 있었으니, 나는 그대와 만나 삶을 얻었고 이제 죽음까지 얻었다. 연옥의 죄인이여, 그대가 달성한 죄업을 자랑스러워하라. 그리고 두려워하라. 언젠가 그대도 칼끝에 걸린 죽음을 만나게 될지니……."

마치 예언가처럼 말하던 심안마도가 피를 토하며 무너져 내렸다. 서하령의 일격으로 기맥이 가닥가닥 끊겨 있었는지라 쓰러졌을 때는 이미 숨을 거둔 후였다.

서하령은 잠시 동안 멍하니 심안마도의 시신을 바라보았다. 그러다가 고개를 돌릴 때였다.

우우우우우……!

저편에서 일어난 불길한 울림이 지하 시설 전체를 뒤흔들었다.

9

형운은 눈앞에 쏟아지는 어둠을 보고 있었다.

우우우우우……!

그가 두른 광풍혼으로 밝아졌던 통로가 완전히 어둠에 잠겨

삼켜지고 있었다.

결국 암운령의 술법이 완성되었다.

"큭큭, 크크크큭……!"

실성한 것처럼 웃는 암운령은 만신창이였다.

형운은 술법이 완성되기 전에 끝장을 보기 위해 맹공을 퍼부었다. 암운령은 몇 번이나 죽을 고비를 넘겼다. 몸통뼈가 부러지고, 내상을 입고, 왼팔은 아예 꺾여서 허공섭물로 움직여야 하는 판국이었다.

그러나 형운은 결국 술법의 완성을 막지 못했다. 이제는 입장이 역전될 시간이다.

우둑! 우두두둑!

부러졌던 암운령의 팔이 급격하게 치료되기 시작했다. 그것을 보며 형운이 중얼거렸다.

"아아, 설산 때와 비슷한 상태로군?"

흑영신교가 설산에서 빙령을 탈취할 당시, 그들이 펼친 술법의 영역에서 팔대호법은 흑영신의 가호를 받아서 능력이 폭증했었다. 형운은 지금 암운령의 상태가, 그리고 주변의 기류가 그때와 같다고 느꼈다.

치직, 지지직!

형운의 팔목과 발목에서 미미한 뇌전이 일었다.

주변을 집어삼킨 어둠은 사악한 힘의 결정체였다. 흑영신교도가 아닌 자는 이 안에 들어서는 것만으로도 마치 독을 집어삼킨 것처럼 죽어가게 되리라.

암운령이 부채를 펼치고 달려들었다. 부상으로 빌빌거리던 조금 전까지와는 비교도 안 되는 속도였다.

'처음과 비교해도 약간 더 빠르군.'

형운은 당황하지 않고 맞섰다.

일월성신의 눈이 있기에 무슨 일이 벌어진 것인지 알 수 있었다. 이 시설에 설치된 기환진들을 유지하던 기운을 전부 한곳에 모은 다음 흑영신의 가호로 바꿨다.

아마 흑영신의 신관 노릇을 하는 팔대호법이기에 쓸 수 있는 수법이리라. 지금 이 순간 암운령은 육신에 비정상적인 활력이 넘치며 감각과 신체 능력이 증가하고 있었다.

그러나 그렇다고 해도 형운이 입힌 부상은 꽤 컸다. 아무리 큰 힘이 주어졌다고 해도 회복하려면 시간이 걸리리라.

'시간을 주면 안 돼.'

형운의 눈이 차가워졌다.

지금까지도 여유를 갖고 싸운 것은 아니다. 술법이 발동하기 전에 끝내 버리기 위해서 최선을 다했다.

하지만 최선을 다한 것이 곧 전력을 다했다는 의미는 아니었다.

아니, 정확히는 전력을 다할 수가 없었다. 암운령은 형운이 펼치는 무극의 권은 호부로 버티면서 시설에 비축된 술법들을 소나기처럼 퍼부어댐으로써 형운의 움직임을 제약했기 때문이다.

그런데 이제 상황이 달라졌다.

암운령은 흑영신의 가호를 현현시킴으로써 강해졌다. 하지만 그 대가는 시설에 비축되어 있던 술법을 가동시키던 힘이었다.

'다수의 화력을 포기하고 대신 더 강력한 개인으로 나를 막겠다?'

팔대호법이라는, 흑영신교가 내밀 수 있는 최강의 패라고 할 수 있는 존재가 선택할 만한 답이었다.

하지만 그 답이 과연 이 상황에서 올바른 답일까?

—유설무극권(流雪無極拳)!

어느 순간, 형운이 무극의 권을 펼쳤다. 섬광의 궤적이 암운령을 관통했다.

암운령은 코웃음을 쳤다. 흑영신의 가호가 현현한 이상 무극의 권에 의한 기화는 쉽게 막을 수 있었다.

'냉기로 나를 어쩔 생각이었다면, 안이한 생각이었음을 깨닫게 해주마!'

지금의 그는 기환술사로서의 능력도 현격하게 상승해 있었다.

파아아아아!

형운이 무극의 권으로 발생시킨 냉기는 그가 두른 어둠의 결계 위를 미끄러져 갈 뿐이었다. 그렇기에 그는 곧바로 육화한 형운의 등을 공격해 들어갔다.

그리고 그 순간 형운이 눈앞에서 사라졌다.

"흥! 그 잔재주는 벌써 몇 번이나 봤다!"

이미 형운이 이 싸움에서 몇 번이나 운화를 사용했기에 암운령도 그것을 염두에 두고 있었다.

암운령이 펼쳐둔 방어 술법이 자동으로 발동, 형운의 첫 일격을 막아냈다. 뒤이어 몸을 돌린 암운령의 부채가 칼날처럼 형운의 머리 위로 떨어졌다.

콰직!

"크악!"

둔탁한 소리가 울리며 암운령의 비명이 터져 나왔다.

"이, 이건 뭐냐?"

암운령은 자신의 허벅지를 뚫고 나온 얼음송곳을 보며 당황했다.

바닥에 생성된 얼음 중 일부가 마치 얼음공예로 깎아낸 것처럼 매끈한 송곳의 형태로 변해서 그의 허벅지를 관통했다.

"쓸 만하군."

형운이 씩 웃었다.

후우우우……!

광풍혼과 냉기가 뒤섞이면서 통로를 질주했다.

흑영신의 가호가 냉기의 효과를 감소시켰지만 통로가 얼어붙는 것 자체를 막을 수는 없었다. 그리고 그렇게 생성된 얼음들은 마치 살아 있는 것처럼 갖가지 날붙이의 형상을 취한 채로 허공을 날았다.

두근! 두근! 두근!

형운의 안에서 빙백기심이 요동쳤다.

보다 고차원적인 영수의 능력이 활성화된다. 얼음이 고체가 아니라 허공섭물로 제어되는 액체인 것처럼 자유자재로 변화하면서 암운령을 노렸다.

"이런 능력이 있었나?"

암운령은 경악하면서도 술법으로 대응했다.

그가 술법으로 일으키는 화염으로는 도저히 형운의 냉기를 막을 수 없다. 그렇기에 전부 방어 술법으로 돌려서 얼음들을 막아내면서 형운과 격투전을 벌이는 것을 선택했다.

그것은 실수였다.

초월자의 의지와 접한 그의 정신이, 인간의 의식만으로는 볼 수 없는 지점에서 일어난 일을 경고해 왔다.

'무슨 일이 일어나는 거냐?'

뒤쪽에서 얼음 조각들이 급속도로 모여서 어떤 형상을 이루고 있었다.

물론 현상 자체만 보면 조금 전까지 줄기차게 일어나고 있던 일이다. 하지만 조금 전까지는 병기의 형상을 취했다면 이번에는 생명체의 형상을 취한다는 차이점이 있었다.

"산만해지셨군!"

암운령의 주의가 분산된 사이 형운이 기세를 올리기 시작했다. 광풍혼이 무서운 기세로 가속하면서 형운의 손발이 폭풍처럼 그의 방어를 강타했다.

콰콰콰콰!

형운을 상대할 때 가장 두려워해야 할 것은 안정감이다.

순간순간 변수에 대응하는 순발력이 부족한 대신 형운은 성채와도 같은 안정감을 갖고 있었다. 육체와 내공 양쪽의 강력함이 인간이라는 종의 극한에 도달해 있기에 일단 어떤 상태를 구축하면 쉽사리 흔들리지 않는다.

방어에 치중할 때는 그 방어의 단단함이 무섭다.

그리고 공격도 일단 기세가 오르기 시작하면 그 맥을 끊기 어렵다.

콰직!

암운령의 두 부채 중 하나가 꺾였다.

부채의 특성상 펼쳤을 때는 그 면이 취약해진다. 기세가 오른 형운의 관수가 펼쳐진 부채의 면을 강타해서 구멍을 냈고, 그다음에 부딪치자 내구도가 약해진 부채가 꺾여 버리고 말았다.

암운령은 곧바로 부러진 부채를 버리고 하나의 부채만으로 싸우기 시작했다. 하지만 그 판단을 내리는 사이 아주 짧은, 그야말로 찰나의 허점이 발생하고 말았다.

투학!

등 뒤에서 충격이 덮쳐왔다.

'뭐냐?'

암운령이 경악했다.

그것은 형운을 쏙 빼닮은 얼음 조각상이었다. 문제는 그 얼음 조각상이 형운의 움직임을 그대로 체현한다는 것이다.

콰콰콰콰!

무서운 기세로 주먹을 내지를 때마다 반동을 버티지 못한 얼음 조각상의 몸이 터져 나갔다.

그러나 얼음 조각상은 상관하지 않았다. 부서져도 마치 시간을 되돌린 듯 금세 복원되었기 때문이다.

'아, 안 돼……!'

양쪽에서 협공당한 암운령의 손발이 어지러워졌다. 그리고 형운은 그 틈을 놓치지 않았다.

쾅!

결국 형운의 주먹이 그의 방어를 뚫고 몸통에 꽂혔다.

이어지는 공격을 막은 암운령이 튕겨 나갔다. 즉시 추격하려던 형운을 술법의 힘이 붙잡아서 주춤하게 한다.

하지만 상관없었다. 뒤쪽에 대기하고 있던 얼음 조각상의 일격이 암운령의 등뼈를 부숴놓았다.

"크아아악!"

그리고 한 박자 늦게 뛰어든 형운의 발차기가 크게 원을 그리면서 암운령의 몸통에 내리꽂혔다.

쾅!

마지막 순간, 암운령의 표정에 놀람이 스쳐 갔다.

'뭐지?'

이 순간에는 어울리지 않는 감정에 형운이 의아함을 느끼는 순간, 그 감정이 사라지고 대신 평온함이 그 자리를 대체했다.

동시에 형운의 정신에 무언가 번뜩였다.

'음?'

누군가 먼 곳에서 자신을 보았다.

형운은 그 사실을 깨달았다.

10

쿠구구구……!

지하 통로가 무너져 내렸다.

형운은 그것을 보며 눈살을 찌푸렸다.

"결국 무너지는군."

보통 이런 상황에서는 기공의 물리적 영향을 최소화하고 격투전으로 승부를 보게 마련이다. 하지만 형운도 암운령도 마치 탁 트인 장소에서 싸우듯 힘을 개방하는 것을 거리끼지 않았으니 당연한 결과였다.

형운은 호신장막을 펼쳐서 당장 자신에게 떨어져 내리는 잔해들을 막으며 생각에 잠겼다.

당장 붕괴 현장을 탈출해야 하는 상황에서 형운이 생각에 잠겨 있는 이유는 간단했다.

누군가 자신을 들여다보았다.

멀리보기 술법으로 보는 것과도, 성존이 내면을 들여다보았을 때와도 다른 감각이었다. 한순간 이질적인 시선이 자신을 향했고, 자신도 그 시선의 주인을 바라보았는데 서로가 보는 지점이 어긋나 있는 것 같은 기묘하고 불쾌한 느낌이 들었다.

처음에는 그 감각의 정체를 이해할 수 없었다. 하지만 자신에게 주어진 정보를 차분하게 정리해 보니 알 수 있었다.

'이게 예지 능력자가 나를 보는 감각인가?'

상대의 시선은 자신과 같은 시간대에 있지 않았다.

예지력을 발휘해서 미래의 편린을 보았고, 딱 그 시공간의 지점에 자신이 서 있었다. 그래서 상대가 자신을 보는 순간 자신도 상대를 보았지만 서로의 인식이 어긋났다.

그것은 아주 짧은 순간이었다. 형운은 상대가 자신을 자세히 보려고 하지 않았다는 사실을 알았다. 급하게 주변을 훑다가 한순간 시선이 간 정도일 것이다.

그렇기에 상대도, 형운도 많은 정보를 얻을 수 없었다. 하지만 형운은 상대가 누구인지는 알았다.

'신녀.'

흑영신교의 신녀가 자신을 보았다. 형운은 처음으로 신녀의 존재를 직시할 수 있었다.

그녀는 연약한 소녀처럼 보였다. 작고 가녀린 소녀가 거대한 슬픔과 사명감을 짊어진 채 자신을 혹사하고 있었다.

만약 그녀의 정체를 모르는 채로 외면과 감정만을 접했다면 안타까워서 도와주고 싶었을지도 모른다.

'광신……'

하지만 형운은 그녀가 품은 감정의 뿌리를 안다.

그녀도 결국 다른 흑영신교도들과 마찬가지였다. 그런 감정을 품은 채로 죄 없는 이들이 피를 흘리게 만들고 있었다.

'쓸모 있는 정보는 없군. 하긴 피차 마찬가지인가?'

형운은 신녀에 대한 감정을 밀쳐내면서 냉정하게 상황을 분석했다.

'지금까지 철저하게 피하던 내게 예지력이 향했다는 것은 이 것저것 가릴 수 없을 정도로 그녀가 몰려 있다는 뜻이겠지. 하지만 슬슬 어딘가 따라잡혔을지도 몰라.'

한서우는 아마 두세 지점 정도는 신녀의 예지에 따라잡힐 것이라고 말했다.

과연 그 지점은 어디가 될 것인가?

『성운을 먹는 자』 16권에 계속…

초대형 24시 만화방

신간 100%, 샤워실, 흡연실, 수면실(침대석), 커플석, 세탁기 완비

■ 강북 노원역점 ■

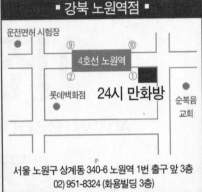

서울 노원구 상계동 340-6 노원역 1번 출구 앞 3층
02) 951-8324 (화용빌딩 3층)

■ 일산 정발산역점 ■

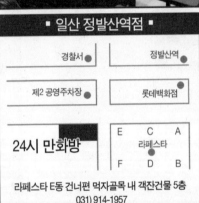

라페스타 E동 건너편 먹자골목 내 객잔건물 5층
031) 914-1957

■ 일산 화정역점 ■

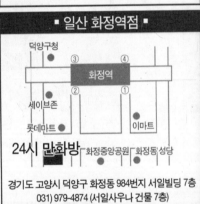

경기도 고양시 덕양구 화정동 984번지 서일빌딩 7층
031) 979-4874 (서일사우나 건물 7층)

■ 부천 역곡역점 ■

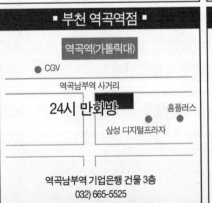

역곡남부역 기업은행 건물 3층
032) 665-5525

■ 부평역점 ■

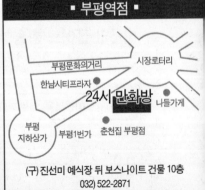

(구) 진선미 예식장 뒤 보스나이트 건물 10층
032) 522-2871

철백 新무협 판타지 소설

FANTASTIC ORIENTAL HEROES

大武

대
무
사

피와 비명으로 얼룩진 정마대전의 종결.
그리고…

"오늘부로 혈영대는 해산한다."

혈영대주 이신.
혈영사신(血影死神)이라고 불리는 그가
장장 십오 년 만에 귀향길에 올랐다.

더 이상 전쟁의 영웅도, 사신도 아니다!

무사 중의 무사, 대무사 이신.
전 무림이 그의 행보를 주목한다!

Book Publishing CHUNGEORAM

유행이 아닌 자유추구 -
WWW.chungeoram.com

이민섭 新무협 판타지 소설

ORIENTAL HEROES

역천마신

사술을 경계하라!

『역천마신』

소림의 인정을 받지 못한 비운의 제자 백문현.
무림맹과 마교의 음모로 무림 공적으로 몰린
그에게 찾아온 선택의 기회.

"사술, 이것을 받아들인다면 인세에 다시없을 악귀가 될 것이네."

복수를 위해 영혼을 걸고 시전한 사술이 이끈 곳은
제남의 망나니 단진천의 몸.

"무림맹 그리고 마교, 그 두 곳을 박살 낼 것이다."

이제 그의 행보에 전 무림이 긴장한다!

Book Publishing CHUNGEORAM

유행이 아닌 자유추구 -
WWW.chungeoram.com

검자 新무협 판타지 소설
FANTASTIC ORIENTAL HEROES

목탁

해적으로 바다를 누비던 청년,
절해고도에 표류해… 절대고수를 만나다!

"목탁은 중생을 구제하는
좋은 이름일세"

더 이상 조무래기 해적은 없다!
거칠지만 다정하고, 가슴속 뜨거운 것을 품은

목탁의 호호탕탕 강호행에
무림이 요동친다!

Book Publishing CHUNGEORAM

유행이 아닌 자유추구 –
WWW.chungeoram.com

사략함대 장편소설

FUSION FANTASTIC STORY

2016년 대한민국을 뒤흔들 거대한 폭풍이 온다!

『법보다 주먹!』

깡으로, 악으로 밤의 세계를 살아가던 박동철.
그는 어느 날 싱크홀에 빠진다.

정신을 차린 박동철의 시야에 들어온 건 고등학교 교실.
그리고 그에게 걸려온 의문의 ARS는 그를 새로운 인생으로 이끄는데…….

빈익빈 부익부가 팽배한 세상, 썩어버린 세상을 타파하라!

법이 안 된다면 주먹으로!
대한민국을 뒤바꿀 검사 박동철의 전설이 시작된다!

Book Publishing CHUNGEORAM

유행이 아닌 자유추구 -
WWW.chungeoram.com